Furia

POE|Berenice

JEFFREY JAMES HIGGINS

FURIA
UN OCÉANO DE TERROR

Traducción de Miguel Trujillo Fernández

Berenice

FURIOUS: Sailing into terror
© 2021, Black Rose Writing
All rights reserved.
Spanish translation © Editorial Almuzara, SL., 2024
Spanish (Worldwide) edition published by arrangement
with Montse Cortazar Literary Agency (www.montsecortazar.com)

© Jeffrey James Higgins, 2021
© de la traducción: Miguel Trujillo Fernández, 2024

Primera edición en Berenice: abril, 2024

Berenice • Colección Poe
Director editorial de Berenice: Javier Ortega
Maquetación: Ana Cabello

Editorial Almuzara
Parque Logístico de Córdoba. Ctra. Palma del Río, km 4
C/8, Nave L2, nº 3. 14005, Córdoba

Impresión y encuadernación:
Liberdúplex

ISBN: 978-84-11316-21-7
Depósito Legal: CO-580-2024

Impreso en España/*Printed in Spain*

Para Cynthia Farahat Higgins,
la mujer más valiente del mundo.

CAPÍTULO UNO

CAPÍTULO UNO

Quería morirme.

Me apoyé contra la cuna y acaricié con los dedos el osito de Emma, un animal de peluche más grande de lo que ella había llegado a ser. El tejido de velvetón estaba frío e inmóvil, lo contrario a Emma durante su corta vida; su existencia imposiblemente breve de tres meses. Había llegado y se había ido tan deprisa que casi era posible imaginar que nunca había llegado a vivir siquiera. Casi. Algunas mañanas me despertaba y experimentaba unos pocos segundos de paz antes de recordar lo que había ocurrido, y entonces la realidad me golpeaba como un viento frío.

Mi hija está muerta.

Los ojos cosidos del osito de peluche me devolvieron la mirada. Había tenido mucho cuidado de comprar juguetes para el baño que no fueran tóxicos, y muñecos que no supusieran ningún peligro de ahogamiento. Todos los objetos de la habitación eran a prueba de niños, desde los huecos de dos centímetros y medio entre los listones de la cuna hasta las cubiertas de seguridad de los enchufes eléctricos. Lo había pensado todo muy bien.

Una lágrima me humedeció la mejilla, corriéndome el rímel, y abracé al osito contra mi pecho. Todavía podía oler el aroma dulce y floral del talco para bebés, y recordé la primera vez que Emma me sonrió, con sus mejillas regordetas y rosadas.

Me ardían los ojos, y la cuna se emborronó en mi campo de

visión. El suelo se movió por debajo de mí, como si la alfombra se hubiera transformado en arena del desierto, y el mundo pasó a toda velocidad a mi lado, siguiendo adelante sin mí, de forma atropellada, como una hoja moviéndose por el lateral de la carretera sin dirección ni esperanza.

Levanté la mano sobre la cuna y acaricié un elefante de trapo que colgaba de un móvil. Le di un golpecito y el móvil empezó a girar en círculo hacia ninguna parte mientras sonaba la melodía de *Estrellita ¿dónde estás?* Emma se reía cada vez que la oía.

Mi embarazo no había sido planificado, y los meses antes del nacimiento de Emma habían sido una vorágine, un ajetreo frenético encaminado a prepararme para la maternidad. Pintamos la habitación de la niña y compramos la cuna, el carrito y los chupetes. Tomé vitaminas y leí libros sobre la maternidad, todo para estar preparados cuando llegara. Y entonces Emma llegó y todo el mundo quería verla, tocarla, compartir nuestra felicidad. Durante tres meses consumió todos nuestros pensamientos, todos nuestros momentos de vigilia. Y entonces se fue.

Tenía el mismo pelo rubio que yo.

Se me doblaron las rodillas y quise caer a través del suelo, hundirme en la tierra, tumbarme con Emma en su tumba. Quería abrazarla, besarla, quererla. No podía comprender la injusticia de lo que había pasado, la crueldad. Había estado sana y llena de vida hasta la mañana en que la encontré fría e inmóvil.

Síndrome de muerte súbita del lactante. ¿Cómo podía ser eso algo real? ¿Cómo podía permitir nadie que eso ocurriera?

Me agarré a la cuna para estabilizarme.

—¿Te encuentras bien? —me preguntó Brad desde el umbral de la puerta.

Se me puso el cuerpo rígido. Había olvidado que mi marido estaba en casa, y la necesidad de ocultarle mi debilidad me abrumaba. Me di la vuelta para que no pudiera ver mis lágrimas. Cuadré los hombros y me puse recta, esperando no venirme abajo.

—¿A ti qué te parece? —pregunté. Mi voz sonaba extraña, como si fuera una pista de sonido doblada por una actriz.

—Tengo que enseñarte una cosa.

—Ahora no.

—Dagny, esto no te ayuda.

—He dicho que ahora no.

Me tocó la mano y yo se la aparté.

Me arrodillé y pasé las puntas de los dedos por los protectores de la cuna, diseñados para impedir que Emma se golpeara la cabeza contra la madera. Había escogido el color rosa de té por sus efectos calmantes. ¿Habrían contribuido a su muerte? Tanto Brad como yo éramos cirujanos, pero no lo habíamos visto venir, no habíamos podido salvarla. Quería subirme a la cuna y taparme la cabeza con la manta hasta que el mundo desapareciera. Hasta que yo desapareciera.

—¿Acosté a Emma boca arriba? —pregunté, todavía sin entablar contacto visual.

—Ya hemos hablado de esto.

—¿Estaba encendido el vigilabebés?

—Sabes que sí.

—¿Hice algo mal?

—Dagny, por favor.

—¿Lo hiciste tú?

Brad me fulminó con la mirada.

—Tienes que parar.

Unos conejitos se reían de mí desde un mural pintado en la pared. Había estado demasiado confiada, muy poco preparada. ¿Qué significaba la vida si un niño inocente podía morir sin ninguna razón? Mi vida se había convertido en una pausa, en un signo de interrogación, en un purgatorio esperando una explicación.

—Podría volver a llamar al despacho del forense, o al inspector Fuller.

—Llevas meses llamándoles por lo menos una vez a la semana.

—Han dejado de devolverme las llamadas.

—Su investigación ha terminado. A veces los bebés se mueren y jamás sabemos cuál es la razón.

—Yo sigo necesitando respuestas.

Siempre había sido una persona optimista, capaz de ver el lado bueno de las cosas, buscando de manera instintiva formas de ser feliz. Pero ahora no. Todavía tenía a esa persona dentro de mí, pero se encontraba bajo el agua, luchando por alcanzar la superficie, agitando los brazos y las piernas mientras se quedaba sin aire y trataba de alcanzar la luz. Lo único que podía hacer era observarla como si fuera una transeúnte desinteresada que paseaba por la playa, sin saber si quería que lo lograra o no.

Un gruñido emanó de alguna parte, profundo y gutural, y tardé un momento en darme cuenta de que venía de mí, como si mi alma hubiera tomado el control de mi cuerpo y estuviera gritando para que terminara esta pesadilla. La vida se había roto a un nivel elemental, imposible de reparar. Mi bebé se había ido para siempre.

—Vamos —dijo Brad. Me tomó de la mano y me sacó de la habitación. Yo no me resistí. Después, se giró hacia mí—. Tengo que hablar contigo de una cosa. Espérame en la sala de estar.

—¿Hablar de qué?

—Tengo que coger algo de mi despacho. Tú espérame ahí.

Era una orden, no una petición.

Bajé las escaleras y me situé frente a nuestros ventanales, no por curiosidad ni porque Brad me lo hubiera pedido, sino porque no se me ocurría nada más que hacer.

Un minuto más tarde, Brad se apresuró a entrar en la habitación con un sobre en la mano. Sonrió, aunque más que una sonrisa de verdad era un intento fallido. Apretó los labios y sus mejillas se elevaron, pero las comisuras de su boca bajaron (como si fuera una sonrisa y una cara de tristeza a la vez), con su frustración moldeada en una máscara. Su expresión me decía que había llegado a los límites de su paciencia. Quería que mi duelo terminara, necesitaba que mi dolor se acababa, anhelaba recuperar su vida. Él había encontrado una forma de seguir adelante, la capacidad de volver a respirar, y yo no lo había hecho.

—Mira, Dagny. ¿Qué te...? Eh, creo que te va a gustar esto.

Le lancé una mirada furiosa. Emma solo llevaba seis meses muerta, el doble de tiempo que había vivido. Me molestaba su resiliencia, lo cual no era justo para él, pero me daba igual. La vida era injusta. La muerte de Emma era injusta. El fin de mi felicidad era injusto.

—Siéntate —dijo Brad, con la voz suave y solemne, como la del dueño de la funeraria que me había ayudado a elegir el ataúd—. Creo que sé cómo ayudarte... cómo ayudarnos a los dos. Tengo una idea para sacarte de esto...

—¿Sacarme de esto? ¿Qué te hace pensar que hay una forma de salir?

—Ven aquí y siéntate.

Lo seguí hasta el sofá en el centro de la habitación. Se trataba de un espacio enorme dentro de una casa gigantesca, en una finca descomunal. Brad había comprado esta mansión con el dinero de su familia y me había sorprendido con ella la semana antes de que nos casáramos, cuatro meses antes del nacimiento de Emma. La belleza y la opulencia de la casa encajaba con los demás hogares de Newton, en Massachusetts, pero no era Boston, no era la ciudad donde me había pasado toda la vida. No era mi hogar. Todo había pasado con demasiada rapidez: el noviazgo, el embarazo inesperado, la casa, el matrimonio. La muerte.

Me senté en el sofá y contemplé el paisaje otoñal. Las hojas se habían vuelto de colores carmesí, bermellón y arsénico amarillo. Ellas también estaban muriendo.

—¿De qué se trata?

Mi voz sonaba fría y distante.

—Ya han pasado seis meses, y ya casi se ha terminado tu beca de investigación en Cirugía —dijo Brad—. Necesitas... Los dos necesitamos salir de esto y volver a vivir. Los dos necesitamos...

—¿Cuánto tiempo se me permite estar triste, Brad?

—No digo que no puedas sufrir, pero tienes que seguir adelante. Esto también ha sido difícil para mí.

—¿De verdad? Porque pareces haberte recuperado deprisa.

Era miserable decirle algo así. ¿Quién era aquella persona que se había apoderado de mi cuerpo después de que mi alma lo abandonara?

—Ha sido imposible, inconcebible, pero me he obligado a aceptar el dolor. Joder, que también era mi hija. Estoy tratando de ayudarte.

—A veces pienso en tomar pastillas y hacer que todo pare —dije.

Él golpeó el respaldo del sofá con la mano.

—No me jodas. ¿Te crees que yo no he tenido también ganas de morirme?

Lo fulminé con la mirada en silencio. Ahí estaba. La furia que siempre burbujeaba justo por debajo de la superficie. Había logrado atravesarla para llenar la habitación, como el gas de un pozo de brea: fétido, horrible, tóxico.

—No… no pretendía gritarte —dijo Brad—. Esto ha sido insoportable. Tenemos que hacer algo.

Dirigió la mirada hacia el techo.

Yo solía ver esa expresión como una ventana a la mente de un doctor brillante, pero ya no. Lo más probable es que eso también fuera injusto. Tal vez quería alguien a quien pudiera culpar, y la proximidad de Brad lo convertía en un blanco conveniente. O tal vez no.

Sostuvo el sobre frente a mí, pero no lo cogí.

—¿Qué es eso?

—Billetes de avión. Billetes a Bali. He alquilado un barco… Bueno, en realidad es un yate. Navegaremos desde Indonesia hasta las Maldivas, cerca de la costa de la India. Solos tú y yo.

Lo miré boquiabierta y pestañeé.

—¿Te crees que quiero unas vacaciones?

—No son unas vacaciones. Es un mes en el mar, lejos de Boston, lejos de nuestras vidas… Lejos de todo esto.

—Ya sabes que me da miedo el agua.

—No tienes que nadar. Vamos a estar en un yate de más de dieciocho metros de eslora.

—No he navegado en barco desde que era pequeña.

—Yo llevo navegando en el yate de mi familia desde que tenía doce años. Puedo encargarme del trabajo pesado, y si quieres ayudarme, te ayudaré a refrescar conceptos.

—Me están esperando en el Centro de Cirugía Pediátrica de Boston —dije.

—Llevan meses esperándote y no veo que vayas a volver a corto plazo. Tienes que recuperarte antes de concluir tu beca de investigación y hacer los exámenes.

Las respuestas de Brad acudían con rapidez, como si hubiera pensado mucho en su plan y estuviera preparado para mis objeciones. Me balanceé sobre los pies como un boxeador mareado por un golpe, incapaz de responder a sus contraataques.

—No sé yo.

—Créeme, el cambio de espacio nos resultará terapéutico. Necesito esto. Los dos lo necesitamos. Tienes que venir.

Miré por la ventana a las hojas secas que se arremolinaban sobre el jardín. Girando y girando sin ir a ninguna parte. Descomponiéndose.

—¿Cuándo?

—Nos marchamos la semana que viene.

Se puso en pie, tensó la mandíbula y salió con rapidez de la habitación. Conversación terminada.

Abrí la boca para gritar, para decirle que no se marchara, pero en vez de eso me recliné en el sofá y me quedé mirando por la ventana. ¿Cómo había podido planificar un viaje de un mes sin mi consentimiento? Me sentía como si no tuviera voz en el asunto, ningún derecho a objetar. La adversidad parecía haber sacado las peores partes de su carácter. Se había vuelto más quisquilloso en los últimos meses, asumiendo una autoridad inmerecida en nuestra relación. Parecía como si, al sucumbir a la depresión, yo hubiera abdicado mi lugar en nuestro matrimonio. Él se había vuelto más dominante, me consultaba menos, me trataba como a una niña, como si él tuviera la razón. Y yo tenía serias dudas sobre eso; serias dudas sobre él.

Fuera, la puerta del coche se cerró. El motor se encendió y Brad pasó junto a los ventanales y recorrió el largo camino de acceso. Las puertas de hierro se abrieron con un chirrido y lo observé mientras giraba a la izquierda y pasaba junto a mansiones de ladrillo, muros de piedra y jardines de terciopelo. Las hojas se agitaban a su paso.

Me daba igual adónde fuera.

Me había pasado seis meses sin hacer nada más que estar de luto, el periodo de inactividad más largo de mis treinta y dos años de vida. No reconocía a la mujer llorona en la que me había convertido: incapaz de trabajar, incapaz de socializar, incapaz de lidiar con lo que había sucedido. Siempre había utilizado mi mente para superar los obstáculos, pero no era capaz de pensar en una forma de salir de aquella depresión. No podía seguir adelante después de la muerte de Emma.

Tal vez el viaje en barco de Brad me diera un poco de distancia del trauma psicológico, espacio para someter mis emociones a mi control. Si no me recuperaba pronto, perdería mi beca de investigación en cirugía pediátrica, perdería todo aquello por lo que había luchado a lo largo de toda mi vida. Obligarme a montar en un barco también me haría enfrentarme a mi mayor miedo, y si era capaz de hacer eso, me convertiría en una persona más fuerte. Mi inquietud se debía a algo más que una fobia irracional: navegar a través del océano Índico conllevaba riesgos reales. Los barcos se hundían, los accidentes ocurrían, la gente moría.

Pero estaba desesperada. Tal vez en esa ocasión Brad sí que tuviera la razón. Me quería, y cruzar un océano en barco podría ser el cambio que me hacía falta para recuperarme. Tal vez necesitaba hacer ese viaje.

Me senté en el sofá y visualicé a mi padre con el sol reflejándose en el agua, unos momentos antes de que ocurriera, hace veintiún años. El día que marcó mi vida.

Pestañeé para deshacerme del pensamiento y me concentré en el jardín. Las hojas flotaban en círculos sobre el camino de acceso. El sol se hundía en el cielo y las sombras se extendían por el suelo. Subieron por mis piernas, cubriéndome y sumiendo la habitación en la oscuridad. Me observé ahí sentada, como si fuera la transeúnte que paseaba por la playa.

Esperé a ver qué hacía.

CAPÍTULO DOS

—Tu marido es un gilipollas —dijo Jessica Golde.

Me subí al asiento del copiloto de su Toyota Corolla, que había aparcado en doble fila frente al Centro de Cirugía Pediátrica de Boston, esperándome bajo un cartel de «prohibido aparcar». A Jessica nunca le habían importado las normas.

—Buenos días a ti también —respondí.

—¿Cómo puede pedirte Brad que te vayas a un viaje de un mes? Ya sabes que nunca me ha caído bien, pero arrastrarte a un barco en mitad del océano la verdad es que es demasiado.

—No sé si eso es justo. Brad también está sufriendo. A lo mejor así es como está lidiando con ello. No ha sido divertido vivir conmigo desde… que ocurrió.

—Sabe que te aterroriza el agua desde que eras pequeña y aun así te ha pedido que vayas a navegar con él por el océano Índico. Menudo imbécil.

Me daba miedo el agua desde aquel día de julio, un recuerdo grabado para siempre en mi mente. El olor del protector solar y el cloro flotaba en la cálida brisa veraniega. Las mujeres lucían bikinis y sombreros enormes, y los hombres llevaban bañadores coloridos y chanclas. Los niños gritaban y reían. Entonces, la multitud se silenció y se reunió alrededor de algo que había en el suelo. El helado se fundía por el lateral de mi cucurucho, se deslizaba entre mis dedos y goteaba sobre el hormigón. Lo sentí en el estómago, sabía lo que vería ahí tirado.

—¿Dagny? —me llamó Jessica—. ¿Has oído lo que te he dicho? ¿Sigues aquí?

Me giré hacia ella en el coche. Se me había puesto la carne de gallina.

—Lo siento, estaba pensando. ¿Qué decías?

—Decía que Brad sabe lo de tu fobia, pero te ha pedido que vayas a hacer un viaje en barco de todos modos. ¿Por qué lo ha hecho?

—No lo sé —dije.

Me observé las manos. Yo también había pensado en eso, y había llegado a la conclusión de que la propuesta de Brad había sido un desafío. Siempre estaba compitiendo conmigo. Al principio no me había dado cuenta, pero solo llevábamos tres meses saliendo cuando me quedé embarazada. Mi decisión de casarme con él había sido apresurada, impulsada por la oleada de hormonas y el deseo de crear un hogar estable para mi bebé todavía por nacer.

—Creo que Brad te pidió que hicieras un viaje en barco para obligarte a admitir tu miedo, confesar tu debilidad y reconocer que él es más fuerte que tú —dijo Jessica.

—Eso sería cruel.

—A Brad siempre le preocupa que tú seas más lista que él, que seas mejor cirujana. Quiere que este viaje sea una competición.

Tal vez sea el momento de demostrarle que tiene razón.

Me giré hacia Jessica, pero no le devolví la mirada.

—¿Qué pasa si ha elegido hacer un viaje en barco para desafiarme, para ayudarme a enfrentarme a mi miedo? Él sabe que no puedo aceptar el fracaso. Tal vez esté usando mi fobia infantil para distraerme de mi dolor y obligarme a sanar. Si eso es lo que está haciendo, es como jugar al ajedrez en tres dimensiones. Sería un maestro de la motivación.

Este viaje podría salvarme.

—O un maestro de la manipulación —replicó Jessica.

—Tenemos problemas con nuestro matrimonio. Brad cree que pasar un tiempo alejados de nuestra rutina me ayudará a recuperarme, y la terapia de exposición es una intervención eficaz para la acuafobia. A lo mejor tiene razón.

—Brad es un narcisista, y tú lo sabes —dijo Jessica—. Es un niño rico, guapo y mimado al que no le importa tu dolor. Ni siquiera te preguntó antes de planificar el viaje.

Eso era cierto, pero no iba a hablar mal de Brad con ella. Como mínimo le debía eso. Brad era mi marido, y yo tenía que serle leal. Además, Brad también podía ser dulce y persuasivo. Su carisma atraía a la gente, les hacía querer seguirlo. Lo más probable era que no tuviera intención de ser insensible. Era más bien un subproducto de su narcisismo. Necesitaba que me recuperara de la muerte de Emma para poder volver a ser feliz, y si tenía que obligarme a unirme a su plan, que así fuera.

—Tengo que hacer algo —dije—. Estoy perdida. A veces creo que no voy a ser capaz de llegar al final del día.

—Puedes hacer cualquier cosa que te propongas, cariño. Eres la persona más motivada que he conocido. Pensabas que Harvard sería imposible, pero te graduaste entre los mejores de tu clase. Dudabas de que conseguirías convertirte en cirujana, pero lo hiciste. Pensabas que nunca conseguirías esa beca de investigación, pero aquí estás. Eres una ganadora.

Jessica había sido mi mejor amiga desde que nos sentábamos la una junto a la otra en nuestra clase de Introducción a la Filosofía durante nuestro primer año en la Universidad de Boston. Eso fue hace catorce años, antes de la Facultad de Medicina de Harvard, antes de mi residencia quirúrgica en el Hospital General de Nueva Inglaterra (donde conocí a Brad) y antes del Centro de Cirugía Pediátrica de Boston.

Jessica era baja, regordeta y morena, todo lo contrario a mí. Ella era una judía italiana de Nueva Jersey, y yo era una católica escocesa-irlandesa de Boston. No nos parecíamos en nada y veníamos de culturas diferentes, pero nos hicimos amigas enseguida. Jessica se había metido en la enfermería; un cambio de carrera que, según me dijo, le había inspirado yo con mi pasión por la medicina. Incluso habíamos trabajado juntas brevemente antes de que yo dejara el Hospital General de Nueva Inglaterra. Era como la hermana que nunca había tenido, y echaba de menos verla todos los días.

—Gracias, Jess. No habría llegado tan lejos sin ti.

—Me alegra que me hayas llamado. Deja de actuar como una ermitaña y vente a la playa con Jimmy y conmigo. Él cree que estás tremenda.

—Me cae bien tu marido, pero no he estado saliendo para nada. Eres la única persona con la que puedo seguir hablando.

—¿Y a pesar de ello crees que pasar un mes en un barco con Brad será divertido?

—¿Divertido? No exactamente, pero puede que me ayude. No lo sé.

—¿Qué estabas haciendo hoy en el hospital?

—He tenido una sesión con el psiquiatra del personal.

Jessica abrió mucho los ojos.

—¿Lo dices en serio? No puedo creer que hayas ido a un psiquiatra. ¿Qué ha pasado con la Dagny que decía «puedo resolver cualquier problema con mi mente»?

—La gerente del hospital me recomendó encarecidamente que lo viera, y ha sido muy buena conmigo al permitirme que me tome este periodo sabático. Sentí que no podía rechazar su oferta.

—¿Qué te dijo el psiquiatra?

—Las cosas melodramáticas de siempre. Le hablé del viaje en barco y pensó que tal vez sería buena idea hacer una escapada, dejar algo de espacio entre la casa y yo. Dijo que un cambio de entorno podría ayudar, siempre y cuando no reprima mis sentimientos.

No mencioné que también le había contado al psiquiatra mis dudas sobre Brad y nuestro matrimonio. El psiquiatra me había sugerido que mis sentimientos hacia Brad tal vez no tenían nada que ver con la muerte de Emma. Me dijo que lo más probable es que fueran un tema independiente que nuestra tragedia había sacado a relucir, unas preocupaciones nacidas de problemas que no estaban relacionados con eso. Y yo no se lo había contado todo. No le había contado lo peor.

—¿Qué vas a hacer? ¿Irás?

—Acabo de avisar oficialmente a la gerente de que voy a extender mi tiempo de permiso. Le he dicho que volveré en enero. Creo que me permitirá terminar mi beca de investigación, pero si no puedo volver a mi puesto cuando empiece el nuevo año, es posible que tenga que buscar otro trabajo.

—Vas a hacer ese viaje para demostrar lo valiente que eres. Has aceptado porque tienes miedo.

Jessica me conocía mejor que nadie. Nunca podía ignorar un desafío, y esta era una oportunidad para enfrentarme a mi fobia infantil, una fuente duradera de debilidad y vergüenza. Me llené de orgullo al tomar la decisión difícil; un destello de mi antiguo yo.

Puede que todavía esté aquí.

—Me voy porque me moriré si me quedo aquí. Necesito alejarme, y no hay nada más lejos que estar en mitad del océano.

Alguien llamó a mi ventana y me di la vuelta. Eric Franklin me sonrió a través del cristal. Bajé la ventana.

—Hola, Dagny, me alegra haberte pillado. He estado pensando en ti.

—Gracias, Eric. A mí también me alegra verte.

—¿Cuándo vamos a recuperarte? Esto no ha sido lo mismo sin ti.

—Enero, creo. Me voy a ir fuera un mes. Ya he avisado.

—No puedo decir que me alegre escuchar eso, pero lo entiendo. Si necesitas algo, cualquier cosa, tienes mi número.

Jessica se inclinó sobre mí.

—Hola, soy Jessica, la amiga de Dagny.

Se me encendieron las mejillas.

—Lo siento. Jessica, este es Eric. Es especialista en enfermedades infecciosas con especialidad en pediatría. Eric es genial con los niños. Hemos hecho consulta juntos con varios pacientes.

—Encantado de conocerte, Jessica —dijo Eric.

—Me recuerdas a Jude Law. ¿Te lo han dicho alguna vez?

Eric se sonrojó.

—Eh… Puede ser.

—¿Estás soltero? —preguntó Jessica.

—Jessica, para —la interrumpí, y me volví hacia Eric—. Tenemos que ir yéndonos. Me alegra verte.

—Recuerda que puedes llamarme cuando quieras —dijo él.

Lo observé mientras entraba en el hospital.

Jessica levantó las cejas.

—¿«Puedes llamarme cuando quieras»?

—Para ya. Es un compañero de trabajo.

—A mí no me importaría que me hiciera una exploración.

—Vámonos. Tengo que hacer las maletas. Brad y yo nos iremos dentro de dos días.

—Mierda. ¿Cómo puedo hacerte cambiar de opinión?

—Si sigo así, me moriré. Tengo que intentar algo. —Tomé la mano de Jessica y la miré a los ojos—. Apóyame con esto.

—Siempre lo hago, cariño, pero tengo un mal presentimiento con este viaje.

—Lo sé. Tengo miedo, por muchas razones, pero este viaje podría ayudarme… Creo.

—Luego no me digas que no te lo advertí.

CAPÍTULO TRES

Me quedé quieta en el vestíbulo después de que Jessica me dejara en casa. Sentía como si la mansión fuera diferente. Yo misma me sentía diferente. Aceptar el desafío de Brad me había hecho algo.

No podía esperar a que Brad volviera a casa para decirle que iría de viaje con él. Cogí el teléfono y llamé a su oficina para darle la noticia.

—Asociación Quirúrgica, le atiende Ellen —dijo la secretaria.

—Hola, Ellen, soy Dagny Steele. ¿Está Brad disponible?

—Ah, doctora Steele. ¿Cómo está?

¿Cómo debería responder a eso?

—¿Puedo hablar con Brad?

—¿El doctor Coolidge?

—Sí, ¿sabes si mi marido ha salido de Cirugía? Necesito hablar con él.

—Eh… no. Quiero decir que no está en Cirugía. No, eh… No está aquí.

—¿No está ahí? —pregunté—. ¿Dónde está?

—No lo sé. Va a tener que probar a llamarle al móvil.

Sonaba vacilante, extraña. Le di las gracias y colgué.

Marqué el móvil de Brad y la llamada fue directa al buzón de voz.

¿Dónde está?

Miré a través de la ventana de la sala de estar a las ramas de nuestro roble, que se mecía con el viento. *Su oficina está llena de enfermeras muy guapas.* Unas nubes oscuras flotaban por el cielo, tapando el sol.

La decisión de emprender el viaje, ser proactiva y actuar, me había parecido correcta. Siempre me había sentido impulsada a lograr las cosas, motivada para alcanzar mis metas. Mi vocación por la medicina llegó cuando tenía once años, tras el incidente que cambió mi vida para siempre. Desde ese día, supe que mi destino era ser doctora, lo sabía con absoluta certeza, de la misma manera que sabía que era una niña o que vivía en Boston. Recordaba estar sentada en el borde de mi cama, balanceando las piernas hacia adelante y hacia atrás, tratando de quemar mi frustración por tener que esperar para convertirme en médico. Me había imaginado un reloj sobre mi cabeza, con sus manecillas haciendo tictac, contando los segundos y los minutos que desperdiciaba mientras terminaba el colegio. Cada día que no era doctora, alguna otra niña podía sufrir el mismo destino que yo. Cada día perdía una oportunidad más de salvar una vida. Tic, tac. Cada día. Ese sentido de urgencia me había impulsado a sobresalir durante toda mi vida.

Hasta que Emma murió.

Mi teléfono sonó y yo respondí.

—Hola, Dagny —dijo Brad—. Perdona, no había visto tu llamada. ¿Pasa algo?

—¿Dónde estás?

—En el trabajo. ¿Qué ocurre?

—¿Estás en el hospital?

—¿Qué está pasando?

—Llamé a tu oficina y Ellen me dijo que no estabas en Cirugía, y que no sabía dónde estabas. Pensaba que...

—Estoy en una reunión farmacéutica en la segunda planta. Supongo que se me olvidó decírselo.

Una ráfaga de viento arrancó varias hojas muertas del roble, que se arremolinaron en el aire y revolotearon hasta el suelo.

—¿De verdad? —pregunté.

—¿Estás controlándome?

—No, eh . . . Lo siento. Te llamaba para decirte que he decidido ir al viaje.

—Eso está genial, es estupendo, de verdad —dijo Brad—. Este viaje va a ser una maravilla para ti, te ayudará a recuperar tu vida.

—Esa es mi esperanza.

—Te prometo que no te arrepentirás.

CAPÍTULO CUATRO

El muelle se balanceaba bajo mis pies mientras Brad y yo seguíamos a Ali, nuestro asesor turístico, a través del Puerto Deportivo Internacional de Bali. Una variedad de embarcaciones de recreo se mecían junto a los estrechos muelles. Los yates con valor de un millón de dólares parecían fuera de lugar atados a las tablas desgastadas, como si fueran Ferraris en un aparcamiento de caravanas. Un tráfico marítimo constante entraba y salía del puerto de Benoa, en la península sur de Bali.

Tomé un sorbo de mi tercer café del día, un espresso doble, que había comprado de camino desde el Centro Turístico Real de Indonesia en Nusa Dua. Brad había programado el viaje para que zarpáramos a la mañana siguiente y teníamos que preparar el yate. El viaje de Boston a Bali había durado más de veintiséis horas, y me sentía como cuando me pasaba la noche entera estudiando en la Facultad de Medicina. Me había quedado atontada, confusa, como si caminara a trompicones en un sueño.

—Ahí está —dijo Brad, mirando el final del muelle.

—Sí, sí —respondió Ali, y mostró una sonrisa llena de dientes.

Cruzamos un puente arqueado hacia un largo muelle que sobresalía más de cincuenta metros desde el puerto. Inspeccioné los barcos amarrados en atracaderos perpendiculares a nuestra derecha. Los magníficos veleros de crucero tenían una longitud media de entre doce y quince metros; sus velas estaban amarradas a botavaras bajo los altísimos mástiles, como un bosque de secuoyas. Al pasar, leí los nombres de los modelos pintados en sus cascos: *Estrella del Golfo 50, Odisea Solar Jeanneau 49, Ostra 56, Bavaria 42, Bristol 40.* Todos eran casas de vacaciones flotantes. A nuestra izquierda atracaban catamaranes de doble casco situados en paralelo al muelle para acomodar su anchura. Los admiraba, pero se me hizo un nudo en el estómago ante la idea de hacerme a la mar.

—¿Cuál de ellos es? —pregunté, incapaz de contener mi curiosidad.

—Ese, señora Coolidge —dijo Ali.

—Es Steele —respondí—. No me he cambiado el apellido.

¿Por qué necesitaba explicarle eso?

Ali me lanzó una mirada extraña y señaló. Seguí su dedo extendido hasta el final del muelle, más allá de los catamaranes, hasta el barco más largo de todos: un yate Beneteau Oceanis.

—Estás de coña —dije.

—¿Qué te parece? —preguntó Brad.

—¿Vas a manejar ese gigante?

—Vamos a manejarlo *los dos.* Tú eres mi primer oficial de cubierta. Podemos controlarlo todo desde el timón, y prácticamente navega solo.

Un escalofrío recorrió mi piel, seguido de una oleada de náuseas. Me froté el cuello y miré fijamente el yate, el barco que nos llevaría a Brad y a mí a través de miles de millas náuticas de mar abierto, y lo único que nos protegería de mi peor miedo. Bueno, el yate y las habilidades de navegación de Brad. Me estremecí y me mordí una uña.

La cubierta se encontraba a dos metros y medio por encima de la línea de flotación, con un amplio francobordo sobre un casco de un blanco reluciente. Una franja de cristales tintados dividía la parte superior y recorría la longitud del barco. Un techo rígido blanco cubría la cabina y un mástil de carbono se elevaba a casi treinta metros por encima de la cubierta. El yate parecía contemporáneo, elegante y eficiente.

—¿Qué longitud tiene? —pregunté.

—Casi diecinueve metros de eslora y más de cinco metros de ancho. Es una belleza, ¿verdad?

—Es enorme.

El yate era mucho más de lo que esperaba, y la idea de vivir en un barco durante un mes ahora era tangible; real por primera vez. Me empezaron a sudar las manos.

Esto está ocurriendo.

—Tuve suerte de conseguirlo —dijo Brad—. Los franceses solo fabricaron treinta y cinco de estos, pero este es de un amigo de mi padre.

—Parece como si dentro viviera un villano de James Bond. Tengo que preguntarlo… ¿Cuánto ha costado?

—El amigo de mi padre lo compró por 1,4 millones de dólares, y yo se lo he alquilado por 24.000 dólares durante todo el mes de diciembre.

—Eso es un tercio de mi salario anual.

—No tienes que seguir preocupándote por el dinero.

El nombre «KARNA» adornaba la popa con letras doradas.

—¿Qué significa *Karna*? —le pregunté.

—Yo también quise saberlo —dijo Brad—. El dueño se pasa mucho tiempo en el océano Índico, y por eso le puso el nombre de un héroe mitológico hindi. Karna fue un campeón moral bendecido con fuerza y habilidad. Sufrió traiciones y ataques, pero se mantuvo fiel a sí mismo y superó la adversidad.

—Debe de dar buena suerte ponerle a un barco el nombre de un héroe, ¿verdad?

—Es un yate —especificó Brad.

—Vengan, vengan —dijo Ali—. Déjenme que se lo enseñe. Ya están listos para navegar.

Había navegado con mi padre y había recibido clases de pequeña; a menudo había navegado yo sola por el río Charles de Boston, pero esas clases habían sido en un velero de tres metros y medio, esencialmente una tabla de surf con una pequeña vela, una orza y un timón. En comparación, aquel yate era un leviatán.

Todavía recordaba cómo navegar y había refrescado mi memoria leyendo un manual de navegación en el avión. Tenía un conocimiento decente de la terminología náutica y sabía lo suficiente como para no llamar «cuerda» a un cabo, pero la lista de las distintas partes de un velero parecía interminable. La jerga náutica era casi tan complicada como la terminología médica.

Ali saltó del muelle, subió a bordo y bajó hidráulicamente la puerta del espejo de popa. La puerta se desplegó y se extendió a tres metros por detrás del barco, formando una plataforma para nadar. Detrás del espejo de popa abierto, una lancha motora inflable de tres metros descansaba dentro de un garaje para un bote auxiliar.

—Vengan —dijo Ali, y nos hizo señas para que subiéramos a bordo.

Dudé, con el pánico creciendo dentro de mí.

Brad me cogió la mano.

—No puedo —dije.

—Sí puedes.

Me levantó del muelle y me llevó a la plataforma. La cabeza me daba vueltas, y estiré los brazos para mantener el equilibrio.

—No sé yo.

—Este viaje va a ser una aventura —me aseguró—. Estoy emocionado.

—Tengo náuseas.

Unas escalerillas gemelas rodeaban la popa, y Brad me guió por cuatro escalones de teca hasta la cubierta. No había estado en el agua desde el incidente, y un sudor frío me brotó de la frente y la espalda.

Brad no parecía darse cuenta de mi incomodidad. Estaba eufórico, como un niño con un juguete nuevo. Sonrió e inspeccionó la longitud del barco, emocionado al presumir de su adquisición.

—Tenemos timones gemelos, a estribor y babor, con controles de navegación duplicados —dijo—. Puedes izar y arriar las velas, gobernar y navegar desde cualquiera de los dos lados.

Miré hacia la bahía, mareada.

—No tengo ninguna intención de gobernar este barco.

—Sigue siendo un yate, y es fácil. Lo descubrirás en uno o dos días.

—No sé yo.

—Confía en mí.

El puente de mando estaba delante de los timones, con sofás de cojines blancos y mesas de teca a ambos lados. Había algo más de medio metro de espacio de cubierta que recorría la borda hasta llegar a la proa, y unas cuerdas de salvamento de metal se extendían a unos setenta y cinco centímetros por encima de la cubierta, pero no me hacían sentir más segura. Un arco compuesto y un techo rígido Bimini colgaban sobre el puente de mando, y una escalerilla cubierta conducía a la parte de abajo, a la cabina.

Miré hacia el muelle y la tierra firme.

—Sígueme —dijo Brad, caminando hacia la proa.

—Hay mucho espacio en la cubierta —dije, agarrando la cuerda de salvamento mientras lo seguía.

—Te parecerá más pequeño después de un mes en el mar. —Brad se detuvo entre dos pequeñas escotillas en cubierta y una más grande cerca de proa. Se inclinó y abrió la escotilla de plexiglás más grande—. Aquí es donde se guarda el trinquete. Ha sido equipado como alojamiento para la tripulación, pero guardaremos aquí el equipo de emergencia.

Miré hacia un espacio pequeño y claustrofóbico que contenía una cama, un lavabo y armarios de almacenamiento.

—Me alegro de que no vayamos a dormir aquí dentro.

—La cocina está equipada, tal como se solicitó —gritó Ali desde la popa. Desapareció por la escalera hacia la cabina.

—Vamos, Dags. Mañana tendremos mucho tiempo para pasar el rato en cubierta. Vamos a asegurarnos de que haya cargado nuestra comida a bordo y haya llenado los tanques de agua y combustible.

Caminamos en dirección a la popa y respiré hondo antes de descender seis escalones de madera hacia el interior de la cabina. A mi izquierda había una silla giratoria atornillada frente a la mesa de las cartas de navegación, con equipos de comunicación, navegación y control empotrados en la pared. Una gran mesa de comedor estaba situada en paralelo al lado de babor, rodeada de sofás. A estribor, una cocina contenía un congelador, un frigorífico, un fogón, un horno, un microondas y un fregadero. Las ventanas tintadas se extendían hasta la proa, con armarios lacados en blanco por encima.

—Detrás de ti hay dos camarotes, a babor y a estribor, cada uno con su propio jardín—dijo Brad—. Así es como se llama el cuarto de baño en jerga marinera.

—Gracias, capitán.

—El nuestro, el camarote principal, está en la proa.

—Entonces, ¿hay dos dormitorios en la parte de atrás y uno grande delante?

—Dos camarotes en popa y el camarote principal en proa —me corrigió—. Se dice «proa y popa», no «delante y atrás».

Brad me condujo a través de la cocina hasta un pequeño pasillo. Se detuvo allí y abrió dos puertas que contenían un frigorífico y una lavadora. El pasillo desembocaba en el camarote más grande, el nuestro. Había una cama de matrimonio grande encima de una plataforma elevada, y la luz entraba por dos escotillas superiores y unas hileras de ventanas a los lados. La pared a estribor estaba llena de armarios, y una televisión digital de cuarenta pulgadas colgaba del mamparo.

—Es más lujoso de lo que esperaba —dije—, pero es un espacio más pequeño de lo que estamos acostumbrados. ¿No nos entrará claustrofobia?

—Tenemos tres camarotes con puertas con cerradura, un salón cómodo y mucho espacio en cubierta. No tendrás ninguna dificultad para alejarte de mí.

—¿Tú alguna vez quieres alejarte de mí?

—No quería decir que…

—Lo sé, pero…

—¿Pero qué? —preguntó.

—Te llamé el otro día y no estabas en el trabajo.

Brad se puso las manos en las caderas y frunció el ceño.

—Ya te expliqué eso. Estaba en una reunión farmacéutica.

—Trabajas con todas esas enfermeras jóvenes y guapas... Mujeres que no tienen mi depresión.

—Estás siendo ridícula —dijo Brad.

—Siento que no me estás contando algo.

—No tienes nada de qué preocuparte —me aseguró él, evitando mi mirada—. Vamos a terminar el inventario y vayamos al hotel. Quiero una cena extravagante antes de zarpar mañana.

Lo seguí hasta la cocina donde Ali había abierto armarios llenos de latas de comida. El congelador estaba rebosante de carne en paquetes sellados al vacío, y el frigorífico estaba repleto de frutas y verduras.

Ali se inclinó, sacó un panel de la cubierta y abrió un compartimento oculto debajo. Miré por encima de su hombro las filas de productos enlatados, aceites, jabón para lavar los platos, geles de baño, champú, agua embotellada, cerveza, refrescos, harina de trigo y de maíz, azúcar, condimentos, especias, mantequilla, arroz, galletas saladas, pasta, alubias, frutos secos, barritas de cereales, patatas fritas, gelatina, atún y sopa. Demasiada comida para la tierra y apenas suficiente en el mar.

—Podríamos dar de comer a una marina —dije.

—Te sorprenderá ver lo rápido que nos la comemos. Una vez que entremos en el océano Índico, si algo no ha venido con nosotros, no lo tendremos. —Brad se volvió hacia Ali—. Parece que está todo. No voy a ponerme a contar todas las latas.

—No es necesario, señor Coolidge. Lo he revisado todo yo mismo.

—Estupendo —dijo Brad. Sacó un fajo de rupias indonesias de su bolsillo y se las entregó a Ali—. Esto es por tus esfuerzos, buen hombre. Por favor, déjame un momento a solas con mi esposa.

Ali le dio las gracias y subió la escalerilla.

Brad tomó mis manos entre las suyas.

—Sé que lo de este viaje ha sido una sorpresa y que no has

tenido tiempo de prepararte, pero yo soy el capitán y voy a encargarme de todo. Estás en manos expertas.

—Está bien.

Estuve a punto de darle las gracias, pero este viaje era algo que él quería hacer, algo con lo que me había desafiado, y había esperado hasta el último momento para contármelo. Darle las gracias por ser mi caballero de reluciente armadura no me parecía muy apropiado.

—Escucha, si esto es demasiado difícil para ti, no voy a obligarte a ir. Podemos quedarnos en el centro turístico y tumbarnos en la playa unos días.

—¿De verdad? —pregunté.

—No soy un monstruo.

—Pero, ¿qué pasa con el alquiler del barco?

—No es más que dinero.

Exhalé.

—Gracias por decir eso, pero no. Te he dicho que iría y eso es lo que haré. Necesito hacer esto.

Brad sonrió.

—Te alegrarás de haberlo hecho. Este es uno de los mejores yates que se han construido jamás. Mañana, después de que salgamos del puerto, te explicaré todos los procedimientos de emergencia.

—¿Procedimientos de emergencia?

—Qué hacer si me caigo por la borda, cómo manejar nuestro equipo de comunicación, habilidades básicas.

—Será mejor que no te caigas por la borda. Jamás podría navegar esto yo sola.

—No seas paranoica. Yo cuidaré de ti. No va a pasar nada malo.

CAPÍTULO CINCO

Caminé por el suelo de teca de nuestro bungaló en el Centro Turístico Real de Indonesia y salí al balcón. Miré más allá de un grupo de palmeras que se balanceaban, atravesando la playa hasta el océano Índico. El sol se derretía y se extendía por el horizonte mientras el agua se oscurecía y el cielo ardía en tonos ámbar y escarlata.

—Puede que esta sea la isla más hermosa del mundo —dijo Brad, acercándose a mí por detrás.

Asentí con la cabeza, pero permanecí en silencio. No me sentía bien estando en un hotel de cinco estrellas en una playa tropical mientras Emma yacía muerta en su tumba. ¿Eso cambiaría alguna vez?

—¿Estás bien? —preguntó Brad. Los músculos de su mandíbula se tensaron mientras esperaba mi respuesta.

—Estar en el agua me da miedo, pero prefiero estar ahí fuera que aquí. De algún modo, pasar un mes en un barco me parece más apropiado. Puede que mi acuafobia lo convierta en un castigo, mi penitencia por haberle fallado a mi hija.

—Mañana conseguirás tu deseo.

—No tengo otra opción. Si pierdo mi beca, no sé qué voy a hacer.

—Voy a comprobar el pronóstico del tiempo, y después

será mejor que nos vayamos a dormir. Quiero que salgamos al amanecer.

Brad se desvistió y se metió en la cama con su portátil mientras yo revisaba la ropa de mi maleta. Había preparado el equipaje a toda prisa, sin saber lo que iba a necesitar. El calor de la isla se alargaba durante todo el mes de diciembre, así que había llevado bikinis, pantalones cortos y camisetas de manga corta.

Pensar en el yate hizo que me subiera la presión arterial. Hacía veintiún años que no navegaba en un barco. Recordaba navegar por el río Charles con mi padre, cuando le pidió prestado el Catalina de nueve metros y medio de eslora a un amigo y navegamos desde el río hacia el puerto de Boston. Un día perfecto, sin nubes, sin humedad y sin preocupaciones. Al menos esa era la imagen congelada en mi memoria, antes de que todo cambiara.

Cerré mi maleta y solté un suspiro. El equipaje que me había traído tendría que bastar. Me lavé el maquillaje, me cepillé los dientes y me puse una camiseta larga. Cogí mi portátil y me metí en la cama junto a Brad.

—Mierda —dijo.

—¿Qué pasa?

—Hay un monzón acercándose al golfo de Bengala.

—Eso no suena bien.

—Vamos a tomar la ruta del norte hacia la India pasando por el sur de Tailandia porque los vientos del noreste estarán detrás de nosotros, pero si alcanzan fuerza de vendaval en el golfo, será peligroso.

En el exterior, el tiempo parecía perfecto. El monzón debía de estar lejos de Bali.

—Pensaba que habías dicho que la temporada de los monzones había terminado —dije.

—Los monzones del noreste alcanzan su punto más alto entre junio y septiembre, y van desapareciendo durante el otoño. Se supone que ya deberían haber terminado, y los monzones del suroeste no comienzan hasta mediados de mayo.

—Entonces, ¿no nos encontraremos con ninguno?

—No deberíamos.

—Me sentiría mejor si estuvieras más seguro —le dije.

—En el golfo de Bengala puede haber, pero el viento irá disminuyendo a medida que nos acerquemos más al ecuador.

—¿No podríamos tomar la ruta del sur?

—Allí los vientos son más lentos y tendríamos que navegar al sur del ecuador para utilizar la corriente ecuatorial en dirección oeste. Preferiría utilizar los vientos del noreste.

—¿Qué vamos a hacer? —pregunté.

—No hay nada que podamos hacer. Lo mejor será que nos quedemos un día más aquí y dejemos que pase el monzón. Podemos zarpar pasado mañana.

La idea de quedarnos sentados en el hotel, como una pareja en su luna de miel, me ponía enferma. Me pasé las manos por el pelo.

—¿Tenemos que quedarnos aquí sentados a esperar? —pregunté.

—Bali es un destino turístico internacional. Podemos caminar por la jungla o visitar un templo.

Debería estar de luto.

Me toqué el abdomen, recordando a Emma creciendo dentro de mí. Todavía podía sentirla succionando de mi pecho, del mismo modo que un amputado siente el cosquilleo de un miembro perdido. Cada vez que pensaba en ella, mi depresión cobraba vida propia, presionando tras mis ojos, tirando de mi cuerpo, como si tuviera pesos atados a mis extremidades. La vida de Emma había sido corta, pero yo había establecido vínculos con ella mientras crecía dentro de mi útero. Tal vez las hormonas habían impulsado nuestra conexión, una compulsión química para garantizar que cuidara a mi bebé, o tal vez provenía de algo más grande, algo etéreo, metafísico. No sabía cuánto tiempo tendría que sufrir, pero no podía ver el final.

—Vete tú a explorar la isla, yo me quedaré en la habitación.

—Tienes que aprovechar que vamos a pasar un día más aquí.

—No me digas lo que tengo que hacer, por favor. He aceptado seguirte al otro lado del mundo. ¿No es suficiente?

Brad frunció el ceño como un niño al que hubiera castigado. Se dio la vuelta y me dio la espalda.

Fulminé la parte de atrás de su cabeza con la mirada, y casi podía escuchar sus sinapsis furiosas. Brad se había acostumbrado a conseguir lo que quería. Sus padres ricos lo habían mimado cuando era niño y su comportamiento no había cambiado. Había pasado la infancia en colegios privados, yendo de vacaciones a Europa y recibiendo nada más que lo mejor. Provenía de una familia de sangre azul y actuaba como tal. Era guapo, rico y confiado. Puede que yo fuera la primera mujer en decirle que no.

Encendí mi MacBook Air y revisé mi correo electrónico. El primer mensaje era de Eric, y eso mejoró mi ánimo. Eric se había convertido en un amigo cercano durante mis dos años en el Centro de Cirugía Pediátrica de Boston y se preocupaba por mí. Tenía un intelecto agudo, un juicio sagaz y empatía con sus pacientes jóvenes. Todo el personal lo respetaba, y me sentía honrada cuando me consultaba algo.

Eric siempre me escuchaba cuando hablaba, pero solo éramos amigos y compañeros de trabajo, nada más. Acababa de empezar a salir con Brad cuando lo conocí y, aunque lo encontraba atractivo, nunca habría podido salir con más de una persona a la vez. Eric nunca expresó ningún interés romántico en mí, pero creía que albergaba algo más que sentimientos platónicos. Eso fue antes del embarazo sorpresa, antes del matrimonio apresurado, antes de que mi vida se hiciera pedazos. Después de mi boda, Eric me felicitó y me dijo que había esperado demasiado para invitarme a salir. Ese tipo de comentario habría sido inapropiado, pero se rio cuando lo dijo y nos sentíamos cómodos metiéndonos el uno con el otro, así que no le di importancia. Me había casado con Brad, y eso era todo.

Leí su correo electrónico.

Hola, Dagny. Aquí todos te echan de menos. Espero que tu viaje te dé el tiempo y la distancia que necesitas para recuperarte y reunir fuerzas. No esperes milagros. Estas cosas llevan

su tiempo, así que no te apresures, pero espero que regreses
para terminar la beca de investigación después de tu viaje.
Eres una estrella brillante en alza y los niños te necesitan.
Todos lo hacemos. Si quieres hablar, mándame un correo o
llámame cuando quieras. Dale mis saludos a Brad. - Eric.

El correo era comprensivo y amable. Me había preocupado lo que pudiera pensar la gente del hospital sobre mi larga ausencia. ¿Me juzgaban por no volver a trabajar? ¿Pensaban que había perdido la cabeza? Saber que Eric me apoyaba me daba confianza, y me gustaba interactuar con alguien que tenía en cuenta mis sentimientos, sin la competitividad y sin la impaciencia.

Cerré el portátil y miré a Brad, que estaba tecleando en el suyo.

—¿En qué estás trabajando? —pregunté.

Brad levantó la vista sorprendido, como si hubiera olvidado que me encontraba allí. Cerró el portátil de golpe.

—Nada. Solo estoy mirando el tiempo de nuevo.

—Estoy confiando en ti —dije.

—No estaba haciendo nada.

—Lo digo por el viaje. He aceptado venir aquí y ponerme en tus manos porque quiero superar esto. Quiero que los dos superemos esto.

—Yo también. Vamos a descansar un poco. Lo necesitaremos.

Se dio la vuelta para dormir.

Lo miré durante un buen rato antes de apagar la luz.

CAPÍTULO SEIS

El sol se derramaba a través de una abertura entre las cortinas, atacando mis ojos secos e irritados, doloridos por haberme pasado toda la noche llorando. Cuando estaba al borde del sueño, mi mente había conjurado la imagen de mi bebé y había pensado en la vida que Emma nunca viviría. Eso fue lo único que me hizo falta para derrumbarme. Me desmoroné y sollocé hasta que me dolió el estómago, enterrando la cara en la almohada para no despertar a Brad. Había dormido menos de dos horas.

La puerta de la habitación del hotel se abrió y Brad entró con unos cafés. La cafeína se había convertido en una medicina para mí. La cafeína y el alprazolam. No era capaz de funcionar sin ellos, o al menos no me atrevía a intentarlo.

—Buenos días, Dags —dijo Brad, y dejó mi café sobre la mesita de noche.

—Buenos días.

—Sé que has pasado una noche horrible, pero no voy a dejar que te quedes sentada en la habitación. Ven conmigo.

—No... No puedo.

—Sí que puedes. Si te duchas y te vistes te sentirás mejor. Vamos a ir a un sitio turístico, y si lo odias, podemos volver.

—No sé —dije.

Mi voluntad de resistirme disminuyó. La depresión me agotaba. La constante agitación emocional me drenaba por completo de toda mi energía, pero incluso el acto físico de sentarme en una habitación y llorar devoraba mi fuerza vital. Había estado de duelo sin parar durante seis meses, y la idea de pasar el día dentro de la habitación del hotel era demasiado, aunque me merecía el dolor por haberle fallado a mi hija.

—Si tú no vienes yo tampoco iré, pero estamos a punto de pasar treinta días en un espacio cerrado. Será mejor que no desperdiciemos nuestro último día en tierra quedándonos sentados en una estrecha habitación de hotel.

—¿Último día? ¿Ha mejorado el tiempo?

—El monzón avanza deprisa. Estará muy por delante de nosotros cuando lleguemos al golfo de Bengala. Zarparemos al amanecer.

Me animé con la noticia. No iba a tener que quedarme en esa habitación de hotel, en ese purgatorio, durante mucho más tiempo. Al día siguiente daría un paso proactivo y trataría de salir de mi psicosis. Ya era hora de que me enfrentara a mis miedos, de que viera si todavía me quedaba algo que valiera la pena salvar.

Brad me miró fijamente, inclinando la cabeza a un lado y levantando las cejas, esperando una respuesta.

¿Qué demonios estaba haciendo en Bali? ¿Qué estaba haciendo con mi vida? Me sentía perdida, insegura. ¿Estaba tomando decisiones inteligentes o solo estaba actuando por pura desesperación?

—Está bien, dame media hora.

CAPÍTULO SIETE

Nuestro taxi se detuvo en la carretera frente al templo *Pura Goa Lawah*. Yo llevaba pantalones cortos y una blusa de manga corta, y Brad se había puesto vaqueros y una camiseta. Antes de salir del coche, me envolví la cintura con un *kain kamben*, un pareo balinés, y me puse sobre los hombros un *selendang*, un pañuelo para el templo. Brad se puso unas prendas similares que habíamos comprado en la tienda de regalos del hotel. El conserje había insistido en que nos cubriéramos antes de entrar al templo y me pregunté si había mentido para hacer una venta, pero ahora veía a docenas de turistas vistiendo esas prendas para cubrirse, y dudaba que toda la población de Bali hubiera conspirado para estafar a los turistas.

—Aquí estamos —dijo Brad sonriendo ampliamente.

—Es un sitio precioso.

Había sido una compañía horrible, así que traté de parecer optimista por él. Además, los santuarios de piedra me fascinaban. Abrí la puerta de nuestro taxi, conocido como *Bluebird*, «pájaro azul», por su color y el emblema alado en la parte superior. Una horda de vendedores ambulantes agresivos se abalanzó sobre nosotros para tratar de vendernos pareos, calendarios balineses y una variedad de baratijas. Las mujeres me agarraban de los brazos, y una de ellas me pasó un collar de conchas en la cabeza. No se lo había pedido, pero le di ochenta mil rupias. Parecía mucho dinero, salvo porque el tipo de cambio era cercano a quince mil rupias por un dólar.

Brad pagó nuestras entradas y le obligaron a pagar más por un guía. Nada era demasiado caro, pero me sentía como una palurda que había ido a que la desplumaran.

—He contratado a un guía, pero el sitio es pequeño y tengo una guía en papel, así que podemos explorarlo solos —dijo Brad.

—Sí, sí, capitán.

Brad leyó la guía mientras caminábamos.

—Goa Lawah es un templo hindi de principios del siglo XI construido para proteger a los balineses de los espíritus oscuros que invaden desde el mar. Hay veinticinco santuarios y pabellones de piedra en el terreno.

Inspeccioné la zona.

—Parece el escenario de una película de Indiana Jones.

—Pues sí, pero es un lugar sagrado importante para los balineses.

El extenso complejo de templos estaba ubicado contra una colina escarpada, con el monte Agung asomándose en la distancia. Una playa de arena negra, que bordeaba el mar de Bali, se asomaba entre los árboles por detrás de nosotros. La jungla rodeaba el templo, lista para invadir el lugar en el momento en que los encargados del terreno le dieran la espalda. El terreno estaba salpicado de higueras y árboles de bambú, y dos enormes banianos se elevaban sobre el templo principal. El viento susurraba entre las hojas y perfumaba el aire con una dulce fragancia.

—¿Por qué llaman a estos sitios *puras*? —pregunté, leyendo por encima del hombro de Brad.

—El libro dice que un *pura* es un templo hindi balinés al aire libre, con santuarios más pequeños dedicados a varios dioses hindúes. El complejo Goa Lawah es uno de los seis lugares de culto más sagrados de la isla.

Brad siguió narrando mientras avanzábamos tierra adentro hacia el santuario principal. Pasamos a través de un portal hacia el sanctasanctórum interior, que contenía tres santuarios principales. Más allá, unos largos escalones de piedra conducían a las tradicionales puertas *candi bentar* de Bali, que soportaban una enorme entrada a una cueva, como sujetalibros de piedra ornamentados.

—Según cuenta la leyenda, hay túneles que salen desde la cueva, pasan por toda la isla y llegan hasta el templo Besakih a los pies del monte Agung. Esa cueva es el hogar de *Basuki*, el rey serpiente. Hay un santuario en algún lugar del terreno con una escultura de la serpiente.

—Hay fieles entre los turistas —señalé.

Había dos docenas de balineses sentados frente al templo, con los pies metidos debajo de los muslos y las palmas unidas. Observamos la ceremonia desde lejos y, cuando terminó, nos acercamos al elaborado santuario. Nos quitamos los zapatos, subimos los escalones y miramos más allá de las puertas hacia la boca de la cueva.

Las sombras bañaban el interior de la cueva, y sus paredes vibraban y palpitaban con decenas de miles de murciélagos negros.

—*Goa Lawah* significa literalmente «cueva de los murciélagos» —dijo Brad.

—Puaj. Son repugnantes.

—Venga ya. Son una monada.

Examiné un murciélago que había cerca del borde de la cueva. Dormía en posición invertida, colgando de la roca con las alas negras plegadas y pegadas a su cuerpo. Me acerqué más a él. Su cabeza se parecía a la de un perro, con la nariz rosada, el hocico largo y pelaje marrón. Su pecho subía y bajaba mientras respiraba.

—Dan muy mal rollo.

—Si esperamos a que caiga la noche, podremos ver cómo salen volando para alimentarse.

—Paso bastante, la verdad.

Brad se cernió sobre mi hombro y estiró el cuello para ver.

—Parecen suaves. Quiero acariciar uno.

—Qué asco. Están sucios y lo más probable es que tengan enfermedades.

—Eso lo dice la chica de ciudad que hay dentro de ti.

Capté un movimiento por el rabillo del ojo y vi un murciélago que salía disparado de la cueva, directamente hacia nosotros. Grité y me agaché. Brad cayó hacia atrás.

—¿Que demonios ha sido eso? —grité—. ¿Dónde se ha metido?

—Se ha ido.

—¿Estás bien?

—Sí —dijo Brad, levantándose del suelo. Parecía conmocionado.

—¿Está seguro?

—Me ha golpeado la cabeza al pasar volando —dijo.

—¿Te ha mordido?

—No.

Se pasó los dedos por el pelo y los inspeccionó.

—¿Y bien?

—Te he dicho que no.

—Déjame que lo mire.

—Joder, Dagny. Te he dicho que estoy bien. Deja de tratarme como a un niño.

Le devolví una mirada fulminante. El murciélago nos había asustado, pero eso no era motivo para que me hablara así. Se había puesto nervioso, así que lo dejé pasar.

—Me ha dado un susto de muerte —dije—. Pensaba que los murciélagos solo volaban por la noche.

—Puede que lo hayamos asustado.

—¿Cómo vamos a asustarle? Los que teníamos miedo éramos nosotros.

—No lo sé. Puede que esté enfermo.

Miré dentro de la cueva, inquieta.

—Me ha dado mal rollo.

—¿Qué pasa? —preguntó Brad.

—No estoy segura. Tal vez sea solo mi preocupación por el viaje, pero me ha parecido un mal presagio.

Brad frunció el ceño y se puso las manos en las caderas.

—Estás diciendo tonterías. ¿Es que quieres echarte atrás?

—Yo no he dicho eso.

Brad se rascó la cabeza y se revolvió el pelo.

—Venga, vamos a volver ya. Necesito darme una ducha larga.

—¿Y revisar el tiempo otra vez?

—¿Qué se supone que significa eso? —preguntó Brad. Se alejó pisando fuerte antes de que yo pudiera responder.

Me di la vuelta y contemplé las palpitantes paredes de la cueva. Parecía como si la propia roca estuviera viva y yo estuviera mirando al rey serpiente. Me estremecí y seguí a Brad.

CAPÍTULO OCHO

Me detuve frente al puesto de mando de estribor con los dedos apretados con fuerza alrededor del timón y observé a Brad desatar el cabo de popa. El puerto parecía tan plano como un estanque y, por un momento, me sentí como una niña que jugaba a ser la capitana de un barco, pero el chaleco salvavidas rojo que llevaba bien ajustado no apoyaba mi fantasía. No tenía ni idea de lo que estaba haciendo, y bien podría haber estado al volante de un Jumbo 747.

Brad enrolló el cabo y tomó el timón, y yo me senté en un banco detrás de él, aliviada de ceder mi responsabilidad. Giró la llave en el contacto y el motor diésel cobró vida con un ronroneo, enviando vibraciones a través de las suelas de mis zapatillas y hasta mis pies. Cuando el motor se calentó, Brad activó los propulsores laterales y alejó el yate del muelle, y después encendió el propulsor de proa y emprendió el rumbo hacia el canal.

Allá vamos.

Mi corazón amenazaba con salirse de mi pecho y me llené de un sudor frío, a pesar de que el alprazolam corría por mi sistema. Hasta ese momento, hasta que zarpamos, no había sabido si tendría el valor de aceptar el desafío de Brad. Habría sido fácil volver a subir al muelle, tomar un taxi hasta el aeropuerto y coger un vuelo de vuelta a casa. Sería sencillo volver a mi vida, evitar mi acuafobia, ignorar nuestros problemas matrimoniales... y negarme a enfrentar la muerte de Emma. Pero, si me daba por vencida, no sabía cómo iba a seguir adelante.

Me puse de pie, me incliné sobre la borda y contemplé el agua que separaba nuestro barco del muelle: un foso de agua salada que me aprisionaba a bordo. Un escalofrío recorrió mi espalda y mis músculos se tensaron. Estábamos flotando a tres metros de distancia del muelle y casi podía extender el brazo y tocarlo, pero ya no estábamos atados a tierra firme.

Estábamos en el mar.

Brad vio la aprensión en mi cara y sonrió. No era una sonrisa agradable, sino engreída y arrogante, y me entraron ganas de empujarlo por la borda.

—Sé que te da miedo el agua, pero no te preocupes —dijo Brad.

—No me da miedo el agua. Me da miedo ahogarme.

—Estás a salvo. Tenemos un bote salvavidas en el garaje para el bote auxiliar y una balsa salvavidas inflable para cuatro personas guardada en el compartimento de babor. Además, este barco es prácticamente insumergible.

—Eso decían del Titanic.

Brad pasó junto a los yates que se balanceaban en los amarres y nos condujo por el canal hacia aguas abiertas. Nos alineamos con otras embarcaciones que salían del puerto, a unos cientos de metros por detrás de un yate de quince metros de eslora. La temperatura rondaba los veintisiete grados y unos cúmulos blancos flotaban sobre mi cabeza... Un día perfecto, salvo por mi miedo paralizante.

Me senté en el banco y me agarré con ambas manos, temblando y temerosa de acercarme a la borda. El mar palpitaba con pequeñas olas de menos de medio metro de altura, pero de todos modos sentía el movimiento cuando la proa subía y bajaba. La sensación comenzaba en mis pies y se extendió por todo mi cuerpo. Arriba y abajo. Incesante. Me llevé las manos al estómago y esperé que no me entraran ganas de vomitar.

—¿Va a ser muy movidito el viaje? —pregunté.

—Depende del clima y de la dirección del viento y la corriente.

—¿La cosa podría ponerse fea?

—Por supuesto. Estamos navegando a través del océano.

Escupió las palabras, molesto por tener que explicármelo.

—Esto es difícil para mí.

Brad permaneció en silencio durante un minuto entero antes de hablar.

—Tienes razón, estoy de mal humor. Llevo todo el día con un dolor de cabeza horrible. Seré más paciente.

—Gracias —respondí.

—Este yate pesa más de veinticuatro toneladas completamente cargado. No va a ponerse a dar tumbos como ocurre con las embarcaciones más pequeñas.

—Pero ahora puedo sentir el movimiento.

—Tienes que acostumbrarte a estar en el mar. Para cuando desembarquemos en las Maldivas, el terreno firme nos resultará extraño. Tú no te preocupes.

—Las fobias no funcionan así.

Brad se puso rígido.

Cerré los ojos e incliné la cara hacia el sol, dejando que los rayos me calentaran. El aire olía a salado y fresco. El agua chocaba contra nuestro casco, el motor retumbaba, las gaviotas graznaban. Mi temblor se disipó.

Nos dirigimos hacia el sureste y Brad siguió las boyas a través del puerto. Pasamos entre Tanjung Benoa y la isla de Serangan, y después dejamos atrás el arrecife del puerto. La isla se volvió borrosa; sus detalles se desvanecieron para convertirse en una mancha marrón hasta que solo el monte Agung permaneció visible en la distancia. Bali era una de las mil islas que formaban la República de Indonesia, que atravesaba el mar de Java como un tajo gigante y separaba Australia del sudeste asiático.

—Ahora que estamos fuera del puerto deportivo, quiero darle un repaso a tus conocimientos sobre navegación —dijo Brad.

—Me dijiste que tú lo harías todo.

—Necesitas saber los conceptos básicos para que te sientas

cómoda tomando el timón cuando yo esté durmiendo o si ocurre alguna emergencia.

—El viento sopla contra las velas y nos empuja a través del agua, ¿verdad? —pregunté, tratando de ser sarcástica.

—En realidad, no. El viento empuja desde una dirección y el agua impacta contra el casco desde la otra. Nos movemos hacia delante porque estamos entre las dos fuerzas, como una semilla de sandía apretada entre los dedos.

—Una semilla de sandía. Entiendo.

—Te estoy explicando esto por tu propio bien. Si me caigo por la borda, desearás haber prestado atención.

Mi estómago se endureció como si me hubiera tragado una piedra. Brad tenía razón. Íbamos a navegar tres mil millas náuticas a través de cuatro mares y el océano Índico. Necesitaba recuperar mis habilidades de navegación.

—Lo siento. Te escucho.

—Lo más importante en la navegación es el viento. Tenemos un viento del este-sureste que sopla por nuestro lado de estribor, a unos siete nudos, pero una vez que dejemos atrás Indonesia y nos dirijamos hacia la India, los vientos serán del norte-noreste y más intensos.

Observé el gigantesco mástil negro que se elevaba sobre la cubierta.

—No me había dado cuenta de que la geografía dictaba la dirección del viento.

—Los vientos alisios están ligados a la geografía, y las estaciones afectan a la velocidad del viento. Alrededor del ecuador, los vientos chocan y se arremolinan, anulándose entre sí. Hasta podríamos encontrarnos con vientos del oeste cuando crucemos el océano Índico.

—¿Podremos navegar contra el viento?

—Apuntar la proa hacia el viento hará que no podamos movernos, pero todavía podemos navegar hacia él moviéndonos unos pocos grados en cualquier dirección.

—Avanzar hacia el viento siempre me ha parecido contraproducente.

—Cuando el viento sopla de un lado se llama «viento de costado», y cuando está detrás de nosotros es «viento de cola».

—Recuerdo los puntos de navegación.

—Si no eres capaz de recordar nada más, recuerda esto: la navegación se basa en la dirección y velocidad del viento.

Me arrastré hasta la borda, rodeé la cuerda de salvamento con los dedos y observé el agua que chapoteaba contra el casco. Dejaba una estela espumosa detrás de nosotros mientras el yate cabeceaba sobre las olas. El movimiento no era violento, pero me resultaba antinatural sentir la cubierta moviéndose debajo de mí. Se me pusieron los nudillos blancos contra la cuerda.

Cerré los ojos y exhalé, y después los abrí y me concentré en el horizonte.

—Estoy recordando las cosas. Es bastante sencillo.

—Puede llegar a ser increíblemente complicado, pero no estamos compitiendo, así que no tenemos que estudiar algoritmos. El casco se escorará si hay demasiado viento de costado. Escorar más de treinta grados es peligroso y corremos el riesgo de volcar, así que presta atención, porque los vientos se desplazan, las olas crecen y las corrientes cambian.

—¿Qué pasa si el barco se inclina demasiado? —pregunté, cruzando los brazos sobre el estómago.

—Se llama «escorar», no inclinarse, y si es demasiado extremo hay que soltar las velas o girar hacia el viento. Cualquiera de las dos maniobras enderezará el yate y nos frenará.

—Lo entiendo… En teoría.

—Puedo pasarme todo el día hablando, pero es más fácil enseñártelo.

Brad apagó el motor y la plataforma dejó de vibrar. El silbido del viento y el chapoteo del agua reemplazaron al gruñido gutural del motor. Podría haber estado en la cubierta de un ballenero del siglo XVIII, salvo porque me rodeaban más aparatos electrónicos que en la nave espacial *Enterprise* de *Star Trek*.

Una sensación de vacío se instaló en la boca de mi estómago.

—La vela mayor tiene alrededor de doscientos cuarenta metros cuadrados. Podemos plegarla y desplegarla desde los paneles de control de cualquiera de los dos puestos de mando. Un génova cuelga del puntal de proa y nos da alrededor de doscientos setenta metros cuadrados más de vela. Lo controlamos con este interruptor.

—¿Has memorizado los metros cuadrados? —pregunté.

—Las velas y el viento lo son todo.

—Suena como si necesitáramos una tripulación de cuatro personas.

—Con esta belleza, no. Lo han automatizado todo en este yate. Los cabrestantes eléctricos controlan las velas y las arrastran a través de la brazola de la cabina hasta que convergen en el timón.

—Confío en tu palabra —dije.

—Mírame.

Brad me mostró las pantallas de control del monitor de dieciséis pulgadas detrás del timón. Las etiquetas decían: carta de navegación, eco, estructura, radar, gobierno de la vela, regata, instrumentos, vídeo, piloto automático, gráfico de tiempo y gráfico de viento.

—Me imagino que un transbordador espacial tendrá controles como este —dije, y Brad sonrió.

Presionó un interruptor y la vela mayor se desplegó sobre nosotros; enorme y de color gris carbón, casi negro. El viento era ligero, pero la vela lo atrapó y se hinchó. La brisa soplaba por la popa desde las cinco en punto, y nos escoramos unos grados a babor. Me sujeté a un asa cromada al costado del panel de instrumentos para estabilizarme. Mi cuerpo se estremeció.

—Te acostumbrarás a la inclinación. Cuando vayamos a toda máquina, nuestra escora será de unos veinticinco grados más.

—Siento que podría caerme por la borda —dije, y mi voz era un susurro.

—Utiliza siempre una mano para agarrarte a algo, y cuando

se levante el viento, utiliza un arnés de seguridad y sujétalo a las cuerdas de salvamento.

Por encima de mí, la botavara hizo girar la vela mayor a babor. Brad presionó otro interruptor y desplegó el génova en la proa. La vela se hinchó y redondeó como un globo gigante. Una imagen del desfile del Día de Acción de Gracias del centro comercial Macy's pasó por mi mente.

—La clave es recoger las velas y mantenerlas lo más llenas posible, sin permitir que el viento se escape. Cuando el borde de la vela tiembla, lo llamamos «orzar» y es una señal para recoger la escota. Si escoramos demasiado, soltamos la vela.

Navegar era complicado, e incluso los conceptos básicos que Brad me estaba explicando implicaban profundos niveles de matices; mitad ciencia y mitad arte. Pensaba que Brad me llevaría como si fuera mi chófer durante nuestro viaje, pero mientras escudriñaba el extenso mar que nos rodeaba, me quedó claro que iba a necesitarme.

—El yate parecía enorme atracado en el muelle —dije—, pero ahora parece insignificante en comparación con el tamaño del mar.

—Pues ya verás cuando lleguemos al océano Índico. Es el tercer océano más grande del mundo, con más de veintiséis millones de millas cuadradas. Ven, deja que te enseñe la mejor vista a bordo.

Brad sonaba profesoral y minucioso. Había sido insoportable en casa, y ahora iba a estar atrapada en un barco con él durante un mes. *¿En qué estaba pensando?* Al menos era un marinero experto, y sería capaz de mantenernos a salvo. Parecía más seguro en el mar, como si el barco sacara lo mejor de él.

Lo seguí hasta la proa. Abrió la escotilla que conducía al armario del trinquete e hizo bajar la escalerilla. Lo miré y lo vi hurgar en una bolsa de lona que había sobre la litera. Un minuto después, subió con un arnés en las manos.

—Esto es un escalador de mástil. Si hace falta arreglar las cápsulas electrónicas, podemos usarlo para llegar allí.

—¿Llegar adónde?

Brad señaló el mástil de casi treinta metros de altura y sonrió.

—Allí arriba.

Tuve que inclinarme hacia atrás y estirar el cuello para ver la parte superior del mástil y las cápsulas de comunicaciones y satélites adjuntas.

—¿Vas a utilizar ese trozo de tejido endeble para subir hasta allí arriba?

—Es posible que uno de nosotros tenga que hacerlo si algo se rompe.

El estómago me dio un vuelco.

—Voy a dejar una cosa clara, doctor Coolidge. Lo único que se acerca a mi acuafobia es mi miedo a las alturas. Jamás verás que mis pies abandonan esta cubierta.

—Estaba de broma. No tienes que subir hasta allí, pero si algo sale mal, puede que yo tenga que hacerlo. Han diseñado el elevador de mástil para navegantes solitarios. Voy a enseñártelo.

—No lo hagas. Me da miedo solo de imaginarlo.

—No me asustan las alturas —dijo Brad.

No hacía falta que se subiera al mástil, pero iba a hacerlo para demostrar que no tenía miedo. Por un momento lo vi como si fuera un adolescente tratando de impresionar a una chica. Su competición unidireccional conmigo parecía no tener fin.

Desató un cabo que corría a lo largo del mástil y lo aseguró a una cornamusa. Le sujetó un pequeño mecanismo de escalada (un bloqueador como el que usaban los escaladores) y lo sujetó con un pasador de metal. Colgó un arnés del mecanismo, y por debajo se balanceaba un columpio.

—¿Te vas a sentar en ese columpio?

—Es una silla de contramaestre, y sí, es perfectamente segura.

Brad se sentó, reposando las nalgas contra la silla y dejando colgar las piernas a través de las correas. Se ajustó el cinturón de seguridad alrededor del regazo hasta que estuvo bien asegurado en el asiento.

—¿Cómo se levanta el asiento? —pregunté.

—Así.

Unió un segundo mecanismo de escalada debajo del primero, con dos estribos colgando de él. Metió los pies en los estribos y levantó el mecanismo hasta que sus pies estuvieron a la altura del asiento. Se puso en pie sobre los estribos, levantó su peso del asiento y elevó el bloqueador del mismo hacia arriba. Después, se recostó sobre el asiento y levantó el mecanismo inferior. Volvió a colocar su peso sobre los estribos y volvió a elevar el asiento. Un diseño sencillo e ingenioso.

Subió durante varios minutos, y su cuerpo se hizo más pequeño a medida que ascendía. Casi treinta metros era demasiada altura, cerca de nueve pisos. Me daba vueltas la cabeza y me temblaban las piernas, tuve que mirar hacia otro lado.

—Puedo ver a una distancia de al menos diez millas —gritó Brad, con la voz casi inaudible por encima del viento—. La curvatura de la Tierra es muy pronunciada aquí arriba.

—Ten cuidado. No puedo navegar esta cosa yo sola.

¿Y si le pasaba algo a Brad? Apreciaba su habilidad, pero no me gustaba tener que depender de él. Miré hacia arriba y él me saludó con la mano. Parecía cómodo y en su elemento, disfrutando de la experiencia y orgulloso de protegerme.

Miré el agua azul e inhalé el aire salado. El mar era magnífico, vasto y poderoso. Hermoso pero letal. Un escalofrío de miedo me recorrió y apreté los codos contra el cuerpo.

Quería que Brad se bajara de ahí.

CAPÍTULO NUEVE

Los otros barcos desaparecieron de la vista después de un par de horas, dejando solo la lejana isla de Penida visible en el horizonte. El viento se hizo más fuerte a medida que el sol se elevaba, y el yate se mecía con un ritmo suave. El movimiento me daba sueño, de modo que me tumbé en un banco de la cabina y me quedé dormida.

Me desperté con el sol más hacia el oeste, sobre nuestro lado de babor. Notaba la piel seca y cálida, y se me había resecado la garganta. Miré detrás de mí al timón sin tripular y me levanté de golpe.

—¿Brad? ¿Dónde estás?

Miré por toda la cubierta, frenética y al borde del pánico. ¿Se había caído por la borda? ¿Qué debería hacer?

—Hola, Dags —dijo, asomando la cabeza por la escalera—. He bajado para usar el jardín. No me encuentro muy bien.

—¿Puedes dejar el timón desatendido?

—Lo tengo en piloto automático. No pasa nada por hacer algún descanso, siempre que no sean demasiado largos. Los barcos viajan rápido por aquí y tenemos que permanecer alerta.

—Me has asustado.

—No quería despertarte. No te he visto dormir tan profundamente desde… desde antes.

—¿Cuánto tiempo he dormido?

—Dos horas.

Eso me sorprendió. No recordaba la última vez que me había echado una siesta o había dormido sin tener pesadillas.

—Debe de ser por el aire salado y el movimiento del barco —dije.

—Suele pasar. Aquí dormiremos mejor los dos. Todo será mejor.

—Has dicho que te encontrabas mal. ¿Qué te pasa?

—No lo sé. Todavía tengo un dolor de cabeza horrible, y me provoca náuseas. Puede que vomite.

—¿Te habrás mareado por el mar?

Brad me miró con el ceño fruncido.

—Yo no me mareo en el mar.

—Estoy preocupada por ti. No hace falta que me arranques la cabeza de un mordisco.

—No necesito que me cuides como a un crío. Estoy bien. Es el desfase horario.

—¿Qué puedo hacer para ayudarte?

—Voy a explicarte nuestra ruta otra vez —dijo Brad, evitando mi pregunta—. Sígueme.

Siempre ha sido demasiado orgulloso para aceptar mi ayuda. Bajé las escaleras detrás de él. Abrió un armario debajo de la mesa de cartas, sacó un montón de mapas y los extendió sobre la mesa.

—No se me dan bien los mapas… Ni las direcciones —dije.

—Es fácil. Nos dirigimos hacia el norte, frente a la costa este de Bali. Vamos a pasar por el mar de Bali y nos dirigiremos al noroeste por el mar de Java, entre Yakarta y Borneo.

Seguí su dedo a través del mapa. Nos dirigíamos hacia Tailandia, en el continente del sudeste asiático.

—Ya veo.

—Continuaremos hacia el noroeste a lo largo de la costa de Sumatra, pasaremos Singapur y entraremos en el Estrecho de Malaca. Navegaremos contra el viento cuando pasemos Kuala Lumpur, en Malasia.

—¿Vamos a parar en algún sitio? —pregunté.

—Podríamos hacerlo si tuviéramos algún problema, pero nuestro plan es navegar directamente hacia las Maldivas.

—¿Qué hay después de Kuala Lumpur?

—Entraremos en el mar de Andamán y daremos un giro brusco hacia babor al final de Sumatra. Desde allí iremos directamente hacia el oeste, hasta llegar a las Maldivas.

—Ese será el verdadero océano abierto, ¿verdad?

—Todo parecerá que es océano abierto, pero sí, el último tramo es navegación de altura. Tendremos el golfo de Bengala a estribor y el océano Índico a babor.

—¿A qué distancia están las Maldivas?

—Hay mil setecientas millas náuticas desde Bali hasta Banda Aceh, en la punta de Sumatra, y otras mil trescientas hasta llegar a las Maldivas.

—Esa parte del viaje es la que más me intimida.

—Es el tramo más largo de nuestro viaje, y el más peligroso.

—¿Peligroso?

—Es el más remoto. Viajaremos por la vasta extensión del océano Índico nosotros solos. Nuestro rumbo nos llevará al sur de la India, a unos cinco grados al norte del ecuador. La siguiente vez que veamos tierra después de Sumatra serán las Maldivas.

Examiné el mapa. El océano Índico era enorme. Los océanos habían sido un misterio para el ser humano desde hacía milenios, y ahora entendía por qué. La carta de navegación estaba llena de espacio azul deshabitado.

—¿Cuánto tiempo durará todo el viaje? —pregunté.

—Depende de la velocidad del viento, la fuerza de la corriente, el tamaño de las olas y nuestras habilidades de navegación. Si hacemos una media de entre cinco y siete nudos, deberíamos estar allí en unos diecinueve días, suponiendo que no haya contratiempos.

—¿Menos de tres semanas para todo el viaje?

—En el mejor de los casos.

—¿Cuál es el peor de los casos?

—Nos hundimos y los tiburones nos comen —dijo Brad.

—No tiene gracia.

—Es broma, pero siempre puede pasar algo.

Este viaje implicaba riesgos y necesitaba a Brad. A él se le daba mejor y tenía que confiar en él, pero tenía dudas y dificultades para hacerlo.

—¿Puedo preguntarte una cosa? —inquirí.

—Claro.

—¿Vas a decirme la verdad?

Brad entrecerró los ojos.

—Vale.

—¿A quién le estabas enviando correos electrónicos anoche?

—¿Cuándo?

—Cuando estábamos en la cama. Cuando te pregunté qué estabas haciendo.

—Te dije que estaba mirando el pronóstico del tiempo.

—Cerraste el portátil de golpe, muy rápido.

—¿Qué crees tú que estaba haciendo?

Me humedecí los labios.

—¿Saliste con mucha gente antes de conocernos?

—Ya te he dicho que sí.

—¿Saliste con alguna de las enfermeras del Hospital General?

Los ojos de Brad se dirigieron rápidamente a la escalera.

—Algunas.

—La otra vez que estuviste casado, ¿engañaste a tu exmujer?

Él cruzó los brazos sobre el pecho.

—¿A qué viene esto?

—Últimamente pareces reservado.

—No, no engañé a mi exmujer, y no te estoy engañando a ti ahora, si eso es lo que estás insinuando.

—Solo quiero que seamos sinceros el uno con el otro —dije, buscando la verdad en sus ojos.

Él se dio la vuelta.

—Sobre la mesa de cartas tienes una pantalla de radar, lo que señala nuestra posición exacta en un mapa.

No me pareció que tuviera ningún sentido presionarlo. Tomé

aire y lo dejé salir, y después caminé hacia el panel de instrumentos. La pantalla parecía Google Maps con esteroides.

—¿Y eso es un teléfono vía satélite? —pregunté, señalando la unidad de pared.

—Sí, y tienes acceso a la mayoría de nuestros datos aquí, en estos paneles de instrumentos.

—¿Podemos controlar el barco desde aquí?

—Podemos monitorizarlo, pero necesitamos gobernar y controlar las velas desde el timón. Mira, esto te va a encantar. Tenemos un sistema de satélite TracPhone V7-HTS.

—Justo lo que siempre he querido. ¿Qué demonios es eso?

—Todo el yate es un punto de acceso Wi-Fi. Puedes acceder a Internet desde tu Mac y enviar correos electrónicos, navegar por la red e incluso hacer llamadas por Skype. Es un sistema caro de narices, pero es mejor que depender de un teléfono por satélite. Este yate tiene todas las comodidades posibles.

Eso me emocionó. No estábamos tan desconectados como había pensado.

—¿Podemos pedir ayuda si la necesitamos?

—Si nos estamos hundiendo, claro. La pregunta es si vendría alguien.

Se me revolvió el estómago y me alejé de él.

—¿Qué pasa? —preguntó.

—Será mejor no hablar de hundirnos.

—Somos casi insumergibles.

—No lo gafes.

Brad rodeó la mesa de mapas y me tocó el hombro.

—No debería haber dicho eso. No va a pasar nada.

Me volví hacia él y sonreí, agradecida por el contacto humano.

—Me alegra que puedas manejarte bien en un barco. Sabes que no habría venido sin ti.

—Estoy haciendo esto por ti.

—Este viaje debe de haberte causado problemas en el trabajo. ¿Cómo has conseguido un mes libre?

Brad frunció la ceja y apartó la mano.

—No fue difícil, y necesitábamos hacerlo.

—¿Quién se ocupará de tus pacientes mientras estamos fuera?

—El equipo quirúrgico se los ha repartido.

—¿Les parecía bien cubrir tus turnos durante tanto tiempo?

Él se frotó el cuello.

—Es un hospital. Pueden ocuparse de cualquier emergencia.

—No quería agobiarte —dije—. Hablando de emergencias, ¿tenemos un botiquín? He traído Biodramina y aspirina, pero nada más fuerte. Supongo que no pensé en lo aislados que estaríamos y no he tenido tiempo para planificar.

Me arrepentí de inmediato del comentario, que había sonado pasivo-agresivo. Si Brad se dio cuenta, no lo mencionó. Entró en el camarote de babor, abrió un armario y sacó un gran maletín médico.

—Esto es un kit de medicina marítimo. Contiene un botiquín de primeros auxilios estándar, apósitos más grandes para heridas profundas y un módulo con vías respiratorias, collarines para el cuello, férulas, agujas y pinzas hemostáticas… Todo lo que podemos necesitar si ocurre algo grave.

—¿No hay medicamentos con receta?

—No habría podido conseguirlos sin pasar por muchos obstáculos. Indonesia tiene leyes muy estrictas para los estupefacientes.

—Intentaré no lesionarme —dije.

—Si alguno de nosotros tiene un problema grave, podemos contactar con las autoridades locales, dondequiera que estemos, y dirigirnos hacia el puerto.

—¿Cómo contactamos?

—Utilizando el teléfono por vía satélite o la radio. Las direcciones están al lado de ellos. Si hubiera un evento catastrófico, como un accidente que ponga en peligro nuestra vida, podemos solicitar un rescate. El propietario del yate tiene un contrato con Medevac Worldwide Rescue. Sus números están en el manual.

—Si dos cirujanos no podemos arreglárnoslas, tenemos un problema —dije—. ¿Algo más?

—Hay un extintor de incendios debajo del fregadero de la cocina. Un incendio en un barco es mal asunto.

—Entendido. Nada de provocar incendios.

—Si me caigo por la borda me perderás de vista en treinta segundos, así que tira todos los salvavidas inflables, cojines o lo que puedas encontrar. Haz dos giros de noventa grados y regresa al campo de escombros. Es difícil encontrar a alguien a la deriva y casi imposible si hay una tormenta, por eso es necesario usar el arnés de seguridad y atar la correa en alta mar.

—Créeme, no voy a entrar en el agua. Me moriría de miedo antes de ahogarme.

—Probablemente deberíamos hacer un simulacro de hombre al agua —dijo Brad.

—Creo que ya me has asustado lo suficiente por un día.

—Una última cosa. La pistola de bengalas está en el armario del trinquete.

—Eso solo sirve si hay alguien por ahí para verlas —dije.

—No te preocupes. Vamos a estar bien. Te lo prometo.

CAPÍTULO DIEZ

Mi mente iba a toda velocidad mientras subía a nuestro camarote. El viaje me horrorizaba y me desafiaba al mismo tiempo. Asustarme a mí misma era como una especie de castigo merecido, pero enfrentarme a mis miedos también expresaba mi personalidad fundamental. Siempre que me encontraba con algún obstáculo, ya fuera en la escuela o en el quirófano, lo abordaba de frente. El hombre se había convertido en el depredador alfa debido a la mente humana, y yo creía que era capaz de salir de cualquier situación utilizando mi raciocinio.

Brad se metió en la cama junto a mí. Deslizó la mano por debajo de las sábanas y me acarició la cadera.

Me quedé helada. Sabía que iba a acabar ocurriendo. No habíamos tenido relaciones sexuales durante los últimos dos meses de mi embarazo y solo dos veces después de que mi cuerpo se recuperara de haber dado a luz. Entonces, mi libido había muerto con Emma.

Fingí estar dormida, una respuesta cobarde, pero no tenía energía para rechazarlo una vez más y explicarle por qué no estaba preparada. Tal vez no deseaba enfrentarme a la posibilidad de que mi reticencia implicara algo más que dolor.

—¿Dagny? Sé que estás despierta.

Me di la vuelta y lo miré a los ojos.

—No puedo.

—Han pasado seis meses.

—Todavía no, lo siento.

—Siempre has disfrutado de nuestra vida sexual —dijo.

Miré hacia otro lado.

—Eso era antes.

—Será terapéutico para ti, te ayudará a distraerte de las cosas. Si intentas…

—No estoy de humor. No…

—Concéntrate en tu cuerpo, no pienses en nada más.

—Esto no está bien —dije, con el pecho tenso.

Brad me miró de reojo.

—¿O a lo mejor es exactamente lo que necesitas?

—Quiero hacerte feliz, de verdad que quiero.

—Te vas a sentir bien. Te ayudará a aliviar tensiones.

—Lo siento. Esta noche no.

Su expresión se endureció.

—Lo entiendo y he sido paciente, pero yo tengo necesidades.

—Pronto.

—Eso ya lo he oído antes.

Tiró las sábanas a un lado y se fue al jardín pisando fuerte. Sus arrebatos se habían producido con más frecuencia desde la muerte de Emma.

Brad se había unido al personal del Hospital General de Nueva Inglaterra hacía poco más de un año y, unas semanas más tarde, yo había completado mi residencia de cinco años en Cirugía General y me había ido de allí para convertirme en becaria en el Centro de Cirugía Pediátrica de Boston. Brad me había cortejado durante casi diez meses antes de que aceptara salir con él. Yo no había salido con mucha gente y él tenía aspecto de estrella de cine, así que pensé «¿por qué no?».

La respuesta llegó tres meses más tarde, cuando me quedé embarazada.

Un mes después de que Brad y yo empezáramos a salir, se me retrasó la regla. Había dado por hecho que era por el estrés, pero pasó un mes sin que me viniera. Me hice una prueba de embarazo y me senté en el retrete mirando una cruz azul en un trozo de plástico. Había insistido en que Brad usara condón para prevenir enfermedades y como medida para evitar embarazos, pero me había quedado embarazada de todos modos. Me había sentido eufórica y aterrorizada al mismo tiempo.

Siempre había pensado que un feto era una vida, de modo que no me planteé el aborto. Brad me propuso matrimonio, para su crédito y para mi alivio. No lo conocía bien, pero Emma necesitaba un padre y yo carecía de recursos para cuidar a mi bebé y continuar con mi beca. La familia de Brad tenía dinero y él parecía sincero, así que acepté.

Más tarde traté de no juzgarme por mi decisión precipitada, porque las hormonas se habían apoderado de mi sistema. Solo llevábamos juntos unos meses, y todo el mundo parece perfecto y maravilloso durante las primeras etapas de una relación. Al principio, todos muestran lo mejor de sí mismos ante la otra persona. Las citas eran como una entrevista de trabajo, solo que con las hormonas furiosas y el futuro pendiendo de un hilo. Solo me hicieron falta unos meses para descubrir la corrosión en la impecable imagen de Brad.

Aparté los recuerdos de mi mente.

Brad murmuró algo por encima del agua que corría en el jardín. La frustración sexual lo volvía loco, y dudaba que alguna otra mujer hubiera rechazado alguna vez a ese magnífico doctor con el cuerpo perfecto. Tenía carisma, atractivo sexual y dinero familiar; todos ellos afrodisíacos para las mujeres solteras.

Hay muchas enfermeras guapas a su alrededor todos los días.

No tener relaciones sexuales era difícil para él, pero lo peor era que este rechazo provenía de su esposa. Le había resultado difícil de tragar, pero su furia surgía de unas raíces psicológicas aún más profundas. Su experiencia lo había condicionado a conseguir lo que quería. Sus padres lo habían consentido y, cuando las cosas no le salían como quería, su frustración se convertía en ira.

Y en violencia.

La puerta del jardín se abrió y Brad me miró con furia y un

brillo familiar en los ojos, salvaje y hambriento, como un león acechando a su presa. Se me erizó el vello de la nuca. Cerré los ojos y fingí dormir.

CAPÍTULO ONCE

El séptimo día de nuestro viaje me desperté en el sofá del salón. Las siestas se habían convertido en parte de mi rutina diaria. El yate se mecía arriba y abajo, pero ya me había acostumbrado a mantener el equilibrio en el barco y apenas me daba cuenta. Ahora el movimiento me resultaba relajante, y cuando me acostaba en la cama me arrullaba como a un bebé hasta que me quedaba dormida. Me imaginé a Emma en su cuna y me puse de pie.

Nos había llevado seis días cruzar el mar de Java, más de lo esperado, porque los vientos habían cambiado y se habían debilitado. Navegamos hacia el noroeste en dirección a Singapur, entre las islas de Java y Borneo, con el mar de la China Meridional al norte. Brad dijo que deberíamos llegar al estrecho de Malaca, entre Indonesia y Malasia, en algún momento de aquella tarde.

La parte más peligrosa de nuestro viaje se encontraba más allá, en la inmensidad del océano Índico.

El sol flotaba bajo en el horizonte y la brisa se había vuelto más fresca. Sucedió rápido, como si alguien hubiera presionado un interruptor. Me puse una sudadera carmesí de Harvard sobre el bikini. La temperatura rondaba los veinticinco grados por la noche, pero la brisa del mar hacía que pareciera más fría.

Subí las escaleras hasta la cabina con facilidad, ya acostumbrada al ascenso y descenso de la proa, a la inclinación de la cubierta, a un mundo en constante movimiento. Me había aclimatado a las millas de mares azules y relucientes, al aire salado y al sol implacable. De vez en cuando veíamos algún velero o petrolero en el horizonte, pero por lo demás nos encontrábamos solos. Mi acuafobia había disminuido hasta convertirse en una estática de fondo, como el sonido de la televisión en la habitación de al lado. Los temblores regresaban si ahondaba demasiado en ello, pero me concentraba en otras cosas y mantenía mi miedo a raya.

—Qué bien que estés despierta —dijo Brad detrás del timón.

—¿Todavía te duele la cabeza? —pregunté.

—Ahora es peor.

—¿Debería preocuparme?

Se masajeó las sienes.

—He tenido dolor de cabeza y fatiga desde que salimos de Bali. Es el desfase horario.

—¿Durante una semana entera?

—Ahora tardo más en recuperarme que cuando tenía veinte años. Eso es todo… el desfase horario.

—¿Qué hay de las náuseas? —pregunté.

—Todavía las siento.

—Si te pones enfermo vamos a tener un problema gordo —dije—. Deberíamos parar en el puerto para que pueda examinarte un médico.

—Yo soy médico. Ni de coña voy a dejar que me medique algún matasanos de la isla.

—Aun así… estoy preocupada.

—Tú mantén los ojos abiertos por si ves barcos petroleros mientras preparo la cena —dijo Brad, y desapareció por la escalera.

Habíamos caído en una rutina: dos marineros unidos por una misma misión y un interés mutuo en la supervivencia. Él preparaba el desayuno y la cena y se encargaba de la mayor parte de la navegación, y yo preparaba el almuerzo, lavaba la ropa y me turnaba frente al timón mientras él dormía. Mi habilidad para navegar mejoraba día a día. También estaba atenta por si veía otros barcos en las rutas marítimas, lo que significaba que me pasaba los días tumbada en esteras para tomar el sol y empapándome del sol y el aire fresco. Mi contribución a la tripulación implicaba mirar hacia el mar con un silencio hosco, pero me concedía tiempo para estar a solas con mis pensamientos y el espacio que necesitaba para pensar bien las cosas.

Me había desmoronado después de encontrar a Emma fría e inmóvil en su cuna. Todavía no era capaz de describir mi dolor. Mi mayor miedo, lo más horrible que podría haber imaginado, había sucedido. Había perdido a mi hija. Había muerto sin previo aviso, no después de una larga enfermedad, sino de repente, sin haber tenido tiempo para prepararme.

La peor parte, lo que trataba de no recordar, era que cuando ella murió no lo supe de inmediato. El día que sucedió me había despertado, me había lavado los dientes y me había puesto una bata de baño. Había hecho todo eso mientras mi hija yacía muerta en la habitación de al lado. Había muerto y yo no lo había sentido. Una parte de mí se había ido para siempre y yo había estado holgazaneando por mi habitación, como si mi mundo todavía existiera. Me sentía descansada, feliz de que Emma no me hubiera despertado durante la noche. Había disfrutado de mi sueño mientras mi bebé moría.

Estuve inconsolable durante al menos un mes después de su muerte. No recordaba la mayor parte: los paramédicos, los médicos, la policía y sus preguntas. El funeral. La tragedia había provocado una interminable oleada de actividad, una pesadilla hecha realidad. No podía concentrarme ni trabajar, y tuve que pedir unos días de permiso en el Centro de Cirugía Pediátrica. El personal se había portado genial conmigo. Eric se había portado genial. Me demostraron una comprensión increíble, pero no podían hacer nada para aliviar mi dolor.

El hospital me había proporcionado un psiquiatra, y asistí a sesiones semanales sentada en una cómoda silla de cuero mientras lo escuchaba hablar sin cesar sobre las etapas del duelo: negación, culpa, ira, negociación, depresión y aceptación. Había comenzado con la incredulidad, una incapacidad para creer que Emma había muerto, lo que supongo que era negación. Después, me quedé como entumecida y permanecí así durante seis meses. Desde luego, había experimentado la depresión, pero también ira: ira conmigo misma por no haber podido mantener con vida a mi bebé.

Y culpa. Demasiada culpa.

Sabía que los niños podían morir a causa del SMSL, el síndrome de muerte súbita del lactante. También sabía que las muertes inexplicables por este síndrome ocurrían alrededor de treinta y cinco veces por cada cien mil niños. Lo había investigado. Ahora, los médicos hablaban sobre el SMSIL, el síndrome de muerte súbita inesperada del lactante. ¿Quién se tomaba el tiempo para pensar en nombres que ponerle a lo más devastador que le puede pasar a una madre?

Todos los días durante seis meses me despertaba y experimentaba una fracción de segundo de feliz ignorancia antes de recordarlo, y entonces el entumecimiento regresaba. Me pasaba los días como envuelta en una neblina, y cuando pensaba en Emma, mi negación se convertía en un dolor crudo, como si mi alma hubiera sido desgarrada y estuviera sangrando sobre mi conciencia. Sabía que tenía que aceptar la muerte de Emma y volver a trabajar, volver a mi matrimonio, volver a ser una persona, pero eso me parecía una traición a su memoria, porque ser feliz disminuiría mi pérdida. Necesitaba sentir el dolor, demostrarle a Emma cuánto la amaba, cuánto la echaba de menos.

No estaba preparada para la felicidad. Puede que nunca llegue a estar preparada.

Brad estaba trasteando en la cocina y el olor a pollo asado flotaba en la cubierta. La noche cayó sobre el sudeste asiático y el cielo se volvió de un negro intenso en el este y de rojo ardiente a babor. Las luces brillaban en la orilla a lo lejos, lejos de la proa. Relucían a kilómetros de distancia, pero sentía que podía extender la mano y tocarlas.

—Eso es Singapur —dijo Brad, subiendo a cubierta con nuestros platos.

—Es precioso.

—Entraremos pronto en el estrecho y solo tardaremos cuatro días en llegar al mar de Andamán. Después de eso, no volveremos a ver tierra hasta que lleguemos a las Maldivas.

—Todavía tengo un poco de miedo —dije.

—No va a pasar nada malo.

Me senté a su lado para devorar la pechuga de pollo y la ensalada. Las verduras frescas no durarían todo el viaje, así que nos las comíamos dos veces al día y guardábamos el maíz, los guisantes y las zanahorias congelados para la segunda mitad del trayecto. El aire del mar, estar todo el día fuera y el aburrimiento me habían hecho recuperar el apetito por primera vez en seis meses, y comía con voraz abandono.

Brad terminó de comer y se levantó. Lo vi sacar una caña de pescar larga del almacén y poner un cebo grueso y plateado en un cable de metal.

—¿Qué vas a pescar? —le pregunté.

—Lo que sea que pique.

Brad tiró del cebo para asegurarse de que estuviera bien sujeto y después se dirigió hacia la popa.

—Ese cebo es enorme —señalé.

—Hay monstruos ahí abajo —respondió él.

—Maravilloso.

—Aquí el viento será más débil, procedente del norte, y tendremos que virar de un lado a otro a través del estrecho —dijo Brad.

—Eso suena a navegar de verdad.

—En realidad el estrecho es ancho, y podemos navegar en la misma dirección durante horas. Solo tienes que mantener la vista en las velas por si el viento cambia de dirección.

Fijó el hilo de pescar, colocó la caña en un soporte y se secó las manos en los pantalones cortos.

—Yo haré la primera guardia y te despertaré sobre las dos de la mañana —dije.

—Si sientes que te pesan los párpados, ven a buscarme. El estrecho está congestionado y tiene que haber alguien en cubierta.

Desde que salimos de Bali, nos turnábamos para hacer guardia por la noche. Brad me había dicho que los dos podríamos dormir una vez que llegáramos al golfo de Bengala, pero había demasiado tráfico marítimo en el mar de Java. Me contó historias de petroleros que llegaban a puerto con aparejos enrollados en la proa. Las tripulaciones de aquellos gigantes comerciales no llegaban a sentir el impacto de un pequeño velero.

—El tiempo a solas… me ayuda —dije.

—Por eso hemos venido.

Tenía que admitir que, a pesar de sus defectos, Brad estaba tratando de salvarme.

—Te despertaré si veo algo.

—¿Dagny?

—¿Sí?

—Me alegra que esto esté funcionando —dijo Brad.

—Gracias por apoyarme.

Brad cogió los restos de medio pollo de su plato y lo lanzó por encima del espejo de popa hacia el mar. Lo había visto tirando restos de comida por la borda después de cada comida.

—¿La comida no atraerá a los tiburones? —pregunté.

—Los peces también tienen que comer.

—No creo que sea inteligente lanzar carnada alrededor del barco.

—Te preocupas demasiado —dijo Brad.

—Por favor, deja de hacerlo.

—No seas ridícula.

—Mis preocupaciones no son ridículas.

Abrió la boca para hablar, pero después la cerró y se puso de pie.

Confirmó que el Sistema Automatizado de Identificación estaba funcionando y se fue abajo a dormir. El transceptor del SAI transmitía el número de identificación de nuestra embarcación y su ubicación GPS a cualquier otra que se encontrara en un radio de veinte millas. También tenía una función para evitar colisiones, que hacía sonar una fuerte alarma si otro barco se acercaba.

No era infalible, pero era un buen sistema de seguridad por si los dos nos quedábamos dormidos.

Recogí nuestros platos, volví a subir a cubierta y me senté en el banco detrás del timón. La brisa soplaba por el lado de estribor, manteniendo la vela mayor a babor. El viento amainó, como cada noche después de la puesta del sol.

Contemplé el horizonte. Los veleros tenían luces en la parte superior de los mástiles y los cruceros estaban tan iluminados como los casinos de Las Vegas, pero habíamos visto algunos barcos pesqueros sin ninguna luz exterior. También estuve atenta por si había basura marina. Golpear algo a una velocidad de ocho nudos podría hacer un agujero en nuestro casco y hundirnos. Cuando habíamos salido de Bali, mi miedo rayaba en el pánico, pero los días de monotonía habían atenuado mi preocupación, como un dolor de dientes, siempre presente, pero posible de ignorar.

Saqué un arnés del armario, me lo puse y conecté la correa al panel de instrumentos. Me había acostumbrado a ponérmelo cuando me quedaba sola en cubierta. Tiré de la cuerda de salvamento para asegurarme de que estuviera bien sujeta y apoyé la mano en el timón. Si una ola gigante rebelde nos golpeaba o el viento cambiaba de dirección y yo me caía por la borda, Brad jamás me encontraría. La idea de quedarme flotando en un mar negro esperando a que me devoraran o a ahogarme me puso la piel de los brazos de gallina.

Mi peor pesadilla.

La oscuridad envolvía el cielo nocturno, ocultaba la textura del mar, nos abrazaba. El estrecho se ennegreció, ocultando el mundo marino que había debajo. La superficie se aplanó, haciendo que las olas fueran casi imperceptibles, y nuestra velocidad disminuyó a dos nudos en la noche casi sin viento. Me recosté en el banco y contemplé los millones de estrellas que llenaban el cielo. La noche en el mar, alejada de la luz ambiental de la civilización, convertía el mundo en un planetario, un lienzo pintado con asombro y admiración que se extendía hasta el horizonte.

Nunca había visto nada parecido.

Al ser una chica de ciudad, nacida y criada en Boston, el mundo natural me resultaba desconocido. Me había criado en una casa de arenisca de dos plantas del siglo XIX, cerca de la esquina de Commonwealth Avenue con Fairfield Street. Tres enormes ventanales daban a la calle y, cuando era pequeña, observaba el desfile de la humanidad corriendo y paseando a sus perros en el centro comercial de Commonwealth Avenue. La ciudad me tranquilizaba, me rodeaba de vida, de amor, como si la ciudad de Boston me envolviera en un abrazo. Recordaba escuchar la nieve derretida desprendiéndose de los neumáticos mientras los coches iban a toda velocidad por Commonwealth Avenue. Los sonidos de la ciudad me reconfortaban como a un bebé escuchar los latidos del corazón de una madre. Mi padre había pagado la casa, y me quedé allí después de que mis padres murieran.

Hasta que me casé con Brad.

Nos habíamos mudado a las afueras, pero no vendí la casa de arenisca. Cuando pensaba en ella, podía oler el humo de nuestro fuego ardiendo, como si los restos del pasado me alcanzaran. Me recordaba que venía de algún lugar. Era el hogar de mi familia, mi último vínculo con mi padre, y jamás lo abandonaría.

Observé el horizonte. Estábamos solos. La luna se reflejaba en la superficie del mar como un foco gigante que brillaba desde el cielo. Solté un suspiro. Por primera vez desde la muerte de Emma, sentí cierta paz. Tal vez podría aprender a ser feliz otra vez.

CAPÍTULO DOCE

—Buenos días, Dags —dijo Brad, de pie detrás del timón.

—Son más de las siete. Me has dejado dormir demasiado.

Salí de la escalera con una taza de café y crucé la cabina.

—Necesitabas descansar. Por eso hemos venido.

—¿Viste algún barco anoche?

Tomé un largo trago de café tostado francés. El líquido cálido y aromático se derramó sobre mi lengua, relajándome y agudizando mi mente. Casi podía sentir mis neuronas haciendo sinapsis entre ellas.

—Una balandra se acercó por detrás de nosotros desde el este con rumbo a interceptar, así que viré a babor.

—Suenas preocupado.

—No, en realidad no, pero el barco giró con nosotros.

Me detuve a medio sorbo y lo miré.

—¿Hay algún problema?

—No te preocupes. No tendría que haber dicho nada, pero la balandra cambió de dirección varias veces con nosotros. Lo más probable es que no sea nada.

—¿Qué estás pensando?

—Fue extraño, eso es todo. Por lo general los veleros dan a otros barcos un margen amplio, pero este tomó medidas activas para quedarse con nosotros.

—¿Por qué iban a hacer eso? —pregunté.

Brad suspiró.

—No te preocupes, ¿vale?

—Me estás asustando.

—No es nada, pero ha habido incidentes de piratería alrededor de Indonesia —dijo.

—¿Piratas? ¿Estás de coña?

—Ha ocurrido. No es tan grave por aquí como frente a la costa de Somalia o cerca del golfo Pérsico, pero en Indonesia también ha habido incidentes.

—Pero… ¿piratas? Estamos en el siglo XXI.

—No me refiero a esos que llevan parches en los ojos y loros en el hombro. Tienen fusiles de asalto y adicción a las metanfetaminas.

Mis dedos se tensaron alrededor de la taza de café.

—¿No es más lógico que usen una lancha a motor?

—Probablemente. Estoy siendo paranoico.

—¿Deberíamos llamar a alguien? ¿Pedir ayuda por radio?

—Podemos hacerlo si vuelven a aparecer, pero hace horas que no los veo. La Guardia Costera y Marítima de Indonesia patrulla el estrecho de Johor, y dudo que veamos piratas tan cerca de Singapur. Las posibilidades de que los capturen son demasiado altas.

—Pero, ¿y si son piratas?

—No lo son.

—Vamos a suponer que sí.

—Pedimos ayuda por el canal de emergencia y nos dirigimos hacia el puerto más cercano. Apagamos el SAI para no transmitir nuestra posición ni identificarnos.

—Tal vez deberíamos apagarlo ahora.

—Ya lo he hecho, hace dos horas.

Se me erizó el vello de la nuca. Me giré en el banco y miré por encima del espejo de popa. El agua azul se extendía hasta el horizonte.

—No veo nada.

—Ya se han ido. No es nada, en serio. No tendría que haberlo mencionado.

—Brad, si tenemos un problema, quiero saberlo. No puedo ayudar si no sé lo que está pasando.

Brad me dirigió una sonrisa condescendiente, como si fuera ridículo que pensara que podía ayudar. Sentí la necesidad de decirle que su comportamiento reciente rayaba en la misoginia, ¿pero para qué iba a exacerbar su inseguridad? Era demasiado temprano para discutir.

—No es nada. Voy a descansar unas pocas horas. Me encuentro peor. ¿Tomas tú el timón?

—Estoy preocupada por tu salud —le dije.

—Es solo dolor de cabeza, fatiga… Un poco de dolor en las articulaciones. Estaré bien.

—Estás más enfermo.

—Tan solo necesito dormir. —Brad caminó hasta la escalera y se detuvo con un pie en el escalón—. Despiértame si ves algo, eh… preocupante.

Asentí con la cabeza y él desapareció abajo. Escudriñé de nuevo el horizonte. La idea de los piratas parecía ridícula. Me serví otra taza de café y me senté frente al timón. Sentí un hormigueo en la nuca, como si alguien me observara, parte de la conciencia no visual que todos poseemos. Examiné el horizonte en todas direcciones, pero no vi nada más que millas de mar.

Pensé en el hospital y en volver a trabajar. ¿Tenía la concentración necesaria para poder centrarme en las necesidades de mis pacientes? Volver a la rutina me ayudaría, y estaría bien ver a Eric de nuevo. Echaba de menos su compañía.

El aire se enfrió, poniéndome la piel de gallina en los brazos y sacándome de mis ensoñaciones. Unas nubes negras se acercaban desde el este. El informe meteorológico náutico de la mañana había pronosticado cielos despejados con solo un diez por ciento de posibilidades de precipitaciones. El diez por ciento no era el cero por ciento. Iba a llover pronto, al menos un poquito.

Fui bajo cubierta y cogí mi sudadera de Harvard del camarote de estribor. La había dejado allí, junto con algunos libros de bolsillo y otras cosas, para no tener que estar entrando y saliendo de nuestro camarote y despertar a Brad. Subí las escaleras y me detuve en seco.

Dos velas se mecían en el horizonte por detrás de nosotros. Solo podía ver la parte superior, lo que significaba que se encontraba a más de cuatro millas de distancia. Me di la vuelta para ir a buscar a Brad y me detuve. ¿Estaba actuando de forma melodramática? ¿Sería siquiera el mismo barco que había visto Brad? Me había dicho que era una balandra...

¿Qué leches es una balandra?

Decidí esperar a ver si se acercaba. Tomé el timón, apagué el piloto automático y giré en dirección a babor. El viento soplaba a estribor, así que el barco se escoró. La cubierta estaba inclinada a babor, así que sujeté el timón con fuerza, abriendo los pies para mantener el equilibrio. Los años que había pasado yendo a clases de ballet cuando era pequeña al fin daban sus frutos.

Brad había dicho que el yate podía inclinarse con seguridad hasta alcanzar los treinta y tantos grados. Yo podía dibujar un arco de treinta grados en un papel con un compás, pero estimar la inclinación en cubierta era algo diferente. Extendí el brazo hacia el horizonte. Si lo tenía hacia arriba eran 180 grados, lo que significaba que mi brazo estaba a noventa. A medio camino entre mi brazo y el horizonte había cuarenta y cinco grados. Bajé el brazo y comparé el ángulo con la cubierta. La escora era inferior y el mar no se acercaba siquiera a la borda, así que estábamos a salvo. *Probablemente.*

Examiné los datos del panel de control. Nuestra velocidad había aumentado a once nudos, y las olas golpeaban nuestro casco. Brad me había advertido sobre navegar en paralelo con las olas, pero quería ver si el barco nos seguía. Pasé a la pantalla de la vela y saqué la botavara. La cubierta se enderezó y la velocidad del yate se redujo hasta los seis nudos. El borde del grátil de la vela mayor ondeaba y tenía que tensarla, pero la escora me daba miedo. Miré por encima del espejo de popa y vi que las velas del otro barco parecían más lejanas. ¿Habían dado la vuelta?

Las nubes se movían sobre mi cabeza, ocultando el sol. La lluvia comenzó a salpicar la cubierta, y la niebla se extendía por la superficie junto con el frente frío. En cuestión de minutos, una masa turbia nos envolvió, limitando la visibilidad a veinte metros. Al menos, ahora el otro barco no podía vernos. ¿Nos detectarían en su radar?

¡El SAI estaba apagado!

Brad había desactivado la señal de nuestro radar. Seríamos invisibles, o al menos imposibles de identificar para otros barcos. Peor aún, no sería capaz de escuchar ninguna alarma audible si otro barco estuviera en rumbo de colisión. Esperaba que nuestro camino estuviera despejado, o que si había otra embarcación cerca, que la tripulación vigilara su radar. La lluvia continuó durante cinco minutos y después cesó, pero la niebla permaneció allí. Unas gruesas nubes blancas flotaban cerca del agua. Me recordó un libro de Sherlock Holmes sobre un pantano de brezos, pero no recordaba el título[1].

Una sirena de niebla sonó dos veces a lo lejos, a estribor. El sonido resonó en el aire pesado como un monstruo gimiendo en la naturaleza salvaje. Me heló hasta los huesos.

¿Y ahora qué?

Trasteé con el panel de instrumentos y activé la sirena. Un silbido agudo cortó el aire. Un momento después, la sirena de niebla aulló a modo de respuesta. El sonido procedía de delante de nosotros, hacia babor. Cualquiera que fuera el tipo de barco comercial que había ahí nos había visto u oído, y sabía que estábamos allí.

—¿Qué coño está pasando? —gritó Brad desde abajo.

—Estamos rodeados de niebla.

—No jodas. ¿Dónde está el barco?

Subió las escaleras y se sentó frente al timón, a mi lado.

—Viajó de estribor a babor. He tocado la sirena y ha respondido. Creo que nos ha dejado atrás.

---

1   Alude a *El perro de los Baskerville*, novela de sir Arthur Conan Doyle en la que un pantano juega un papel crucial en la trama, ya que es parte del paisaje de los páramos de Dartmoor, donde tiene lugar la investigación (N. del E.)

Brad giró a estribor y seleccionó la pantalla del radar.

—Está fuera de nuestro camino y se dirige hacia el sur. Lo más probable es que sea un petrolero o un buque carguero. Espera, ¿por qué vamos en dirección oeste?

—Vi un barco detrás de nosotros y quise alejarme —dije.

—¿Qué barco?

—Había velas detrás.

Miré hacia la popa. El cielo, al este y el sur, se había despejado, y no veía señales del barco.

—Yo no veo ninguna vela.

—Tal vez lo dejé atrás o lo perdí en la niebla.

—¿Estás segura de que no te lo estabas imaginando? Creo que te asusté antes.

—Sí, Brad, estoy segura de que lo vi. No he tenido alucinaciones.

Escudriñó el horizonte.

—Si estaba allí, ya no está.

—¿«Si estaba»?

—Ahora no hay nada allí. Voy a volver a la cama.

Se fue abajo. Yo no dije nada. ¿Por qué había sido condescendiente conmigo? Tenía claro que había visto el barco. No había sido mi imaginación. Probablemente fuera un barco pesquero o tal vez una familia en un crucero de vacaciones, no piratas. Eso sería absurdo.

Aparté ese pensamiento de mi cabeza, pero no podía deshacerme de la sensación de temor. Mi miedo al agua me había puesto nerviosa desde Bali, pero había algo más. Me sentía inquieta, como si hubiera dejado la estufa encendida en casa. Había pasado algo por alto, algo de vital importancia, pero no era capaz de identificarlo. Me rodeé el pecho con los brazos y observé el horizonte. Fuera lo que fuera, lo descubriría pronto.

CAPÍTULO TRECE

A las nueve en punto, la amenaza pirata no se había materializado. No había visto ningún otro barco y, con el viento a favor, no había tenido que tensar las velas ni cambiar de rumbo. Estaba detrás del timón, pero mi mente viajó hacia el pasado seis meses y a miles de kilómetros de distancia. Pensé en Emma; en su sonrisa, en su risa. Había sido feliz, lo que significaba que yo debía de haber sido una madre decente. Se reía y arrugaba la cara cuando le hacía cosquillas. Me aferré a la imagen de ella sonriendo, antes de dejar la mente en blanco y concentrarme en las sensaciones del sol y la brisa salada contra mi piel.

Cada día me sentía más y más como yo misma, pero la culpa corroía los límites de mi conciencia. Durante los últimos seis meses no había sido una buena esposa ni una buena amiga. Estaba perdida en mi dolor, consumida por mi tragedia, y no había mostrado preocupación por las personas que me rodeaban. Echaba de menos a Jessica. Y también echaba de menos a Eric. Los dos se merecían disculpas.

Bajé, saqué el teléfono por vía satélite de su soporte y marqué el número de Jessica. Quería escuchar su voz y anhelaba un pedacito de hogar. En Boston era trece horas más tarde, así que tenía que pillarla antes de que se fuera a la cama. Jessica respondió al segundo tono.

—¡Dagny! Madre mía. ¿Cómo estás? ¿Te encuentras bien?

Su voz sonaba metálica y resonaba a través de la línea.

—Estoy bien. Me siento mejor de lo que he estado en mucho tiempo y quería hablar contigo. ¿Te pillo en buen momento?

—Jimmy echaba de menos Jersey, así que estamos sentados aquí comiendo bocadillos y patatas fritas con queso.

—Estoy en un barco en mitad del mar y esa comida todavía suena mal.

—He estado pensando en ti… y Brad.

—No sabía que alguna vez pensaras en Brad —dije.

—No sé si debería decirte esto, cariño, pero he oído algo sobre él.

Un viento helado me atravesó el pecho.

—¿Sobre Brad?

—Anoche oí a la doctora Emery hablando después de mi turno. Te acuerdas de ella, ¿verdad?

—Sí.

—Estaba charlando con el doctor Manson en la sala de emergencias, y la oí decir que un paciente había presentado una demanda contra Brad por negligencia.

En cuanto pronunció la palabra «negligencia», me di cuenta de que esperaba que me dijera que Brad estaba teniendo una aventura. De forma inconsciente, había estado esperando pillar a Brad acostándose con alguien. No tenía pruebas de ninguna infidelidad, pero lo sabía en lo más profundo de mi ser. Brad me había engañado. Decidí no mencionárselo a Jessica.

—¿Negligencia? ¿Con qué?

—No lo sé —dijo Jessica—. Solo oí una parte de la conversación y no quería que pensaran que estaba escuchando a escondidas.

—¿Dijeron cuándo…?

La puerta de nuestro camarote se abrió y Brad entró en el salón. Me miró a los ojos y yo me di la vuelta.

—¿Qué has dicho, cariño? —preguntó Jessica.

—Tengo que irme —dije—. Te llamaré en uno o dos días.

—¿Estás bien? ¿He hecho mal en decírtelo?

—Para nada. Me alegra que lo hayas mencionado. Brad está despierto. Te llamaré pronto.

Colgué el teléfono. Brad se detuvo frente a mí.

—Sabes que son como cuatro dólares por minuto, ¿verdad?

—El dinero no era un problema cuando te gastabas veinticuatro mil dólares para alquilar el yate. Otros veinte pavos no nos dejarán en la bancarrota.

Brad inclinó la cabeza a un lado.

—¿Pasa algo?

—¿Nos han demandado por negligencia?

Brad abrió mucho los ojos.

—¿Con quién hablabas?

—Respóndeme.

—Vale. —Brad expulsó una larga bocanada de aire—. Sí, me han demandado.

—*Nos* han demandado —le corrijo—. Estamos casados, ¿recuerdas? ¿Por qué es la demanda?

—Operé a un paciente para eliminar una infección y supongo que no la saqué del todo. No lo sé, pasó algo. Murió.

—No me lo habías contado. ¿Cuándo fue?

—Hace unos dos meses.

—¿Y te culpan a ti?

—Creen que fue culpa mía.

—Podemos pelearlo.

—El personal de enfermería también se quejó.

—¿Qué dijeron? —pregunté.

Brad respiró hondo.

—Que fue mi técnica, mi falta de minuciosidad. Han alegado negligencia.

—Las alegaciones deben fundamentarse —dije.

—No ha sido la primera vez.

—¿Y cuál fue la primera vez?

—Otro paciente murió unos meses antes.

Me quedé en silencio. Brad tampoco me había hablado de ese paciente. El Hospital General de Nueva Inglaterra había contratado a Brad antes de que yo me fuera con mi beca al Centro de Cirugía Pediátrica de Boston, pero solo habíamos trabajado en el mismo hospital durante un tiempo breve y no tenía experiencia de primera mano para evaluar su habilidad quirúrgica. Había escuchado rumores después de que empezáramos a salir, comentarios sobre su incompetencia, pero los había ignorado como ataques *ad hominem* basados en los celos; intentos maliciosos de conseguir algún ascenso. La gente podía ser competitiva y cruel, y conocía a médicos y enfermeras que pensaban que degradar el trabajo de un colega los hacía parecer más competentes. Brad había hecho lo mismo muchas veces. Pero tal vez los rumores fueran ciertos.

Se me revolvió el estómago.

—¿También nos han demandado por eso?

—Todavía no —dijo Brad.

—¿La administración cree que hubo negligencia? ¿Eres culpable?

—Tan solo es una simple demanda presentada por la familia del paciente. No es nada.

—Pero las quejas del personal de enfermería… ¿Ellos han…?

—Se presentan demandas todo el tiempo. Ya lo sabes. Tengo seguro.

—¿Hubo negligencia?

—Todo el mundo está exagerando, tratando de sentirse superior. No le caigo bien a los otros doctores. Son todo sandeces.

—Eso puede ser cierto, ¿pero hay alguna base para esto? ¿Cometiste algún error?

Contuve la respiración. Brad negó con la cabeza y sus ojos se dirigieron hacia el suelo. Bajó los hombros y agachó la cabeza.

—Puede ser… No lo sé.

Lo miré fijamente y mi enfado dio paso a la empatía.

—¿Qué vamos a hacer?

—No lo sé, joder.

—Brad, yo...

—He dicho que no lo sé.

—Tranquilo.

—¡Estoy tranquilo! —gritó.

Los ojos de Brad resplandecieron, dejándome helada. Quería hablar, pero me quedé en silencio. Ya había visto ese estado de ánimo antes.

—Estaré en cubierta —dije—, por si quieres hablar.

Brad me siguió con la mirada.

CAPÍTULO CATORCE

Me paseé por la cubierta con un ojo en las velas y el otro en la escalera, sin saber qué me preocupaba más, si la navegación o el estado de ánimo de Brad.

Siempre tenía algo afilado dentro de él, cierta imprevisibilidad, como si viviera al borde del precipicio de la furia, a punto de estallar. A veces se quedaba callado, entrecerraba los ojos y los músculos de la mandíbula se le hinchaban. En esos momentos me recordaba a un león, a un depredador entre los arbustos. Se había controlado mientras salíamos, pero yo había sentido una tormenta que se avecinaba.

Entonces, en un día invernal del último mes de enero, la bestia quedó en libertad.

Brad llegó a casa oliendo a perfume y whisky y se paseó furioso por la casa, enfadado por algún problema en el trabajo. Había estado bebiendo más desde el embarazo, y su embriaguez no hacía más que empeorar su estado de ánimo. Cuando le pregunté de quién era el perfume que olía, sus ojos relucieron de rabia y me agarró por los hombros con tanta fuerza que sus dedos me dejaron moratones. Estaba embarazada de ocho meses, y eso me asustó. Se disculpó profusamente después del incidente, diciendo que estaba borracho y que no pretendía hacerlo. Le hice dormir en el sofá durante una semana y él atendió mis necesidades, complaciéndome como un sirviente.

Su comportamiento ejemplar duró un mes.

Dos semanas después del nacimiento de Emma, me quejé de que Brad no ayudaba lo suficiente en la casa y él lanzó un vaso de whisky contra la pared. Eso también me asustó. Volvió a pedirme perdón y me prometió que dejaría de beber y que iría a un especialista. Mi juicio me decía que lo dejara, pero le debía a mi hija recién nacida un hogar estable y Brad no me había tocado, al menos esa vez, así que cedí. También atribuía esa decisión a mi desequilibrio hormonal. Dejó de beber y fue a ver a un terapeuta. Las cosas mejoraron, pero todavía me estaba planteando si debería irme.

Entonces, la muerte de Emma me atrapó en una neblina de desesperación.

Ahora, la falta de honestidad de Brad, mis sospechas de infidelidad y su furia hirviente me inquietaban. ¿Siempre había sido así? ¿La muerte de Emma había abierto un portal para que su verdadero yo escapara? Brad había estado casado una vez antes, no mucho antes de los treinta años, con una mujer llamada Helen Swift. Antes de que Brad y yo nos casáramos, la busqué por internet. Trabajaba como artista gráfica, era un año más joven que yo y todavía era guapísima.

Puede que Helen tuviera las respuestas que buscaba.

Caminé de puntillas por la escalera y escuché los ronquidos de Brad resonando dentro de nuestro camarote. Regresé a la mesa de navegación, abrí mi portátil y busqué a Helen Swift en Google. Apareció mi antigua investigación y localicé su número de teléfono. Levanté el teléfono por vía satélite y marqué.

¿Estoy haciendo una locura?

—¿Hola?

Mis ojos se dirigieron a la puerta de nuestro camarote.

—¿Helen Swift?

—Sí.

—Mi nombre es Dagny Steele. Siento molestarte a esta hora, pero quería hablar contigo sobre Brad Coolidge. —La línea quedó en silencio y miré el panel de instrumentos para asegurarme de que la llamada no se había cortado—. ¿Hola?

—Sí, estoy aquí. Hace años que no pienso en Brad. ¿Ha pasado algo?

—Él está bien. Yo, eh… Brad y yo estamos casados.

—Vale —dijo, con la voz impenetrable y monótona.

—Tuvimos un bebé, una niña.

—Felicidades.

—La perdimos.

Más silencio.

—Lo siento mucho.

—Gracias. No estoy llamando por eso. Estoy preocupada por Brad, y quería…

—¿Qué quieres saber? —preguntó ella.

Hice acopio de valor.

—Espero que no te resulte demasiado extraño, pero no hace tanto tiempo desde que conozco a Brad. Últimamente ha estado enfadado, estresado y saltando por todo.

—¿Te ha pegado ya? —preguntó.

—… ¿Ya?

—Brad era perfecto cuando salíamos. Era guapo, encantador y rico. Sus padres me aceptaban. El verdadero Brad no apareció hasta después de casarnos.

—¿El verdadero Brad? —pregunté. Quería saber qué había hecho para que los padres de Brad la aceptaran, pero lo dejé pasar. Tenía que ocuparme de los problemas de uno en uno.

—Dos meses después de nuestra boda, llegó borracho a casa y nos peleamos. Me dijo que había estado tomando un cóctel con unos compañeros, pero cuando le insistí me admitió que había estado solo con una de sus enfermeras. Me puse celosa y reaccioné de forma exagerada, y cuando le acusé de haberme engañado, me dio un bofetón. Brad…

—Madre mía —dije.

—Sí, fue horrible. Vi las estrellas. Al día siguiente se me hinchó la mejilla y tenía un moratón oscuro debajo del ojo.

No sabía qué decir.

—¿Qué hizo él?

—Ah, me pidió perdón y le echó la culpa al alcohol, al estrés en el trabajo y esas cosas.

—Eso es horrible.

—Me volvió a pegar dos meses después.

Me llevé las manos al estómago. Brad tenía un historial de abuso. Me daba miedo seguir preguntando, y no creía que a Helen le hiciera ninguna gracia volver a abrir viejas heridas. La estática siseaba a través de la línea que había entre nosotras, dos mujeres abusadas por el mismo hombre.

Finalmente, ella rompió el silencio.

—Le dejé después de eso. Supongo que te has tomado la molestia de buscarme porque habrá tenido un comportamiento similar.

—Brad me agarró fuerte cuando estaba embarazada. No lo ha vuelto a hacer, pero su temperamento está empeorando.

No se lo había dicho a nadie, ni siquiera a Jessica, pero esa mujer sabía por lo que estaba pasando yo. Ella era la única que podía entenderme.

—Mi consejo es que te vayas mientras puedas. El temperamento de los Coolidge es infame. Puede ponerse violento.

Le di las gracias y colgué el teléfono.

Me recliné hacia atrás en la silla y escuché a Brad roncar. Tenía un temperamento incontrolable, un lado oscuro, y siempre había estado ahí, bajo una superficie reluciente.

¿Le había hecho algo a Emma? Saqué ese pensamiento de mi mente, odiándome a mí misma por tenerlo.

Los ronquidos de Brad cesaron.

Contuve el aliento.

Él se atragantó, chasqueó los labios y siguió roncando con respiraciones entrecortadas llenas de mucosidad.

Solté aire y traté de relajarme, pero mantuve mis ojos fijos en la puerta del camarote.

CAPÍTULO QUINCE

A mitad de camino hacia el mar de Andamán, giré sobre la silla de navegación y tracé nuestra posición en el estrecho entre Sumatra y Malasia. En dos días viraríamos hacia el oeste rumbo al golfo de Bengala y comenzaríamos nuestra larga travesía hacia las Maldivas. Estaríamos navegando en océano abierto, sin tierra en cientos de millas a la redonda. Estaríamos solos.

Incapaz de relajarme, me levanté y subí las escaleras hasta la cabina.

Brad manejaba el timón con unos pantalones cortos y un polo, ambos de color blanco. Tenía treinta y siete años y hacía poco que le habían aparecido las primeras canas en las sienes, cosa que me molestaba, porque en lugar de hacerle parecer más viejo, le hacía parecer más sexy. ¿Por qué los hombres envejecen mejor que las mujeres? Lo tenían demasiado fácil. Con su pelo de un rubio oscuro, los pómulos anchos y unos ojos azul ártico, tenía un parecido sorprendente con Brad Pitt. Era larguirucho y fuerte, con los músculos definidos y los abdominales marcados.

—¿Ves algún barco? —pregunté.

—Desde ayer no.

Examiné el mar. No había nada más que un horizonte azul y curvado en todas direcciones.

Brad cerró los ojos e inclinó el rostro hacia el sol. El viento le revolvió el pelo.

Tenía que admitir que la apariencia agradable y fuerte de Brad había jugado un papel importante en mi decisión de salir con él. Y también su tenaz perseverancia. Había coqueteado sin descanso conmigo después de llegar al Hospital General de Nueva Inglaterra, y cuando me fui, las flores y las llamadas no cesaron. Su comportamiento había rozado el acoso, pero yo había estado concentrada en mi carrera y no tenía vida social, así que su atención me había halagado.

Los hombres me encontraban atractiva, pero no había estado buscando ninguna relación y tampoco tenía opciones inmediatas. Solo había salido con cuatro hombres durante mis cinco años de residencia en el Hospital General de Nueva Inglaterra, y ninguna de esas relaciones había durado más de unos pocos meses. Los hombres tenían problemas para ser la segunda prioridad en la vida de una mujer. Me gustaban los hombres, disfrutaba del sexo y quería casarme, pero tenía una misión. Había trabajado durante años para convertirme en cirujana pediátrica y estaba cerca de lograr mi sueño.

Con el tiempo, mis hormonas tomaron el control y acabé cediendo. Brad me recibió en el hospital con dos docenas de rosas de tallo largo y la sonrisa más blanca que jamás había visto. Como colega cirujano, pensaba que él me entendería mejor que los demás. Dudaba que la relación fuera a llegar a alguna parte, pero necesitaba el contacto íntimo de un hombre, la liberación física después de mis largas horas de trabajo y las intensas cirugías. Brad me había dado eso. No éramos almas gemelas, pero él había satisfecho mi apetito carnal.

Me senté en el banco y observé a Brad frente al timón. Su apariencia era su mejor característica, su cualidad definitoria, pero lo que había debajo de ella me preocupaba. Lo había visto por detrás de la fachada.

—¿Por qué no podemos ver la tierra? —le pregunté—. En el mapa, el estrecho de Malaca parece… En fin, estrecho.

—En algunos puntos tiene más de ciento cincuenta millas de ancho y nosotros solo estamos a menos de cuatro metros sobre la superficie del mar, lo que significa que podemos ver a menos de cuatro millas de distancia en condiciones perfectas.

Observé las olas que pasaban a nuestro lado. Millas y millas de agua de mar.

—¿Qué vida marina hay por aquí?

—Hay otro mundo debajo de nosotros. El océano Índico tiene más de tres mil quinientos metros de profundidad y esconde un paisaje montañoso como el del Himalaya. Descubren nuevas especies todo el tiempo.

—¿Hay algo que sea peligroso? —pregunté.

—Hay muchos animales peligrosos; tiburones tigre, tiburones toro, tiburones de punta blanca... Pero el animal más peligroso es el hombre. Tenemos que evitar los barcos grandes que haya por aquí.

—Y no te olvides de los piratas.

—Son una amenaza, especialmente frente a la costa de África, pero no deberíamos tener ningún problema entre aquí y las Maldivas.

—¿Por qué no?

—Estaremos en el océano abierto. Los piratas atacan las rutas marítimas cercanas a los puntos de estrangulamiento, como el canal de Suez. Nuestro mayor peligro será nuestro aislamiento. Estaremos solos.

—¿Desde cuándo eres un experto en el océano Índico? —pregunté.

—He navegado toda mi vida, sobre todo en el Atlántico, pero siempre quise navegar en aguas asiáticas. Llevo años leyendo sobre esto. Si no odias demasiado este viaje, tal vez podríamos probar con el mar de la China Meridional el año que viene.

—Has conseguido que esté aquí... No sé muy bien cómo, pero no tientes a la suerte.

Puse la mesa para la cena, alguna especie de pescado blanco y ensalada, y Brad abrió una botella de Louis Jadot Pouilly-Fuisse.

Nunca he bebido mucho alcohol, probablemente debido al alcoholismo furioso de mi madre. No recordaba ninguna noche en la que se bebiera menos de tres o cuatro copas de vino. Después del incidente con mi padre, cuando yo tenía diez años, cualquier autocontrol que hubiera podido tener desapareció por completo. No pasó mucho tiempo antes de que cayera en una espiral sin fin. Bebía todas las noches, y después todas las tardes, y después todas las mañanas. Cuando lo imaginaba, todavía podía oler el whisky en su aliento y el olor rancio del sudor y la desesperación. Su hígado falló a mitad de mi primer año en la Universidad de Boston.

Me recliné en el banco y bebí un sorbo del vino fuerte, saboreando las notas de pomelo y avellana. Me tranquilizó y me adormeció. Me embotaba la mente, nublaba mis recuerdos y aliviaba mi dolor.

—¿Cómo te encuentras? —le pregunté.

—Sigo teniendo náuseas, pero el paracetamol ha disminuido el dolor de cabeza y en las articulaciones.

—¿No sientes ninguna mejora?

—Estaré bien. Puede que sea por algo que comí en Bali.

—No es una intoxicación alimentaria. Espero que no sea nada grave, pero has estado empeorando, no mejorando, y necesito que estés lo suficientemente sano como para navegar.

Brad asintió con la cabeza y miró al mar.

—Necesitaba esto, Dags.

—¿El qué?

—Esto. Alejarme de todo.

Puede que fuera por el movimiento del barco o por el vino, pero me sentía mareada y un poco borracha después de solo dos copas.

Brad se inclinó sobre el sofá y abrió los labios para besarme. Me tomó por sorpresa y giré la cabeza sin pensar. Sus labios cayeron sobre mi mejilla. Él tenía un aspecto sexy, ¿pero qué sentía yo por él como persona? Su falta de empatía, su narcisismo, ocultarme la demanda… Su violencia. Mis sentimientos eran imprecisos, pero no lo deseaba. Ahora no.

Hizo una pausa y me miró, sin parecer darse cuenta de mi falta de interés. Rodeó mi pecho con la mano. Habían pasado seis meses desde la última vez que tuvimos relaciones sexuales, seis meses desde la última vez que tuve un orgasmo, seis meses desde la última vez que me toqué. Mi pezón se endureció bajo su caricia. Pasó su brazo musculoso sobre mi pierna y deslizó la mano entre mis muslos.

—No, ahora no —dije—. Todavía no me siento bien.

Brad se apartó y me fulminó con la mirada, y la fiereza volvió a sus ojos.

Me puse tensa.

—Joder, Dagny. ¿Cuándo?

—No lo sé. Pronto.

—No puedo esperar para siempre. Necesito sexo.

—Lo haré. Te lo prometo, pero no ahora.

—¿Cuándo?

—No lo sé.

Brad se levantó del banco y se puso en pie, chocando contra la mesa y tirando su copa de vino. El líquido se derramó sobre la mesa.

—Estás destrozándonos la vida a los dos.

—Brad, yo...

—A la mierda. Todo esto es una mierda.

Su rostro enrojeció y las venas de su cuello se hincharon.

—De verdad que lo siento.

—El bebé, el hospital… Tú. Es demasiado, joder.

—¿Por qué no intentamos…?

—¿Cuánto más voy a tener que aguantar?

Cerró las manos en puños.

Una ráfaga de adrenalina me inundó. Me senté y puse las manos en el borde de la mesa, lista para moverme.

—En serio… Es una mierda —dijo Brad.

Atravesó la cabina y se fue a la parte de abajo.

No lo culpaba por estar frustrado, no con la presión de la demanda que pesaba sobre él, pero su ira había salido a la superficie sin previo aviso. Había ocurrido deprisa, como una tormenta repentina. Tenía una profunda furia dentro de él, y eso me asustaba. ¿Y si se volvía más violento? Estábamos solos en el mar, y ahí no podía llamar al servicio de Emergencias.

¿Qué iba a hacer si Brad perdía el control?

CAPÍTULO DIECISÉIS

El viento se intensificó, cambió y comenzó a venir del norte en el momento en que llegamos al final de Sumatra. Hice virar el yate a babor, y las velas se hincharon y estiraron. Mis dedos se tensaron contra el timón y miré mi arnés de seguridad. El sol de primera hora de la mañana se encontraba bajo sobre el nivel del mar. Brad estaba durmiendo y me había dejado a cargo. La capitana Dagny. Me mordí el labio mientras mis ojos transitaban entre las velas y el horizonte.

Brad salió por la escalera un minuto más tarde. Inspeccionó las velas, comprobó el radar y sonrió.

—Bienvenida al mar de Andamán —dijo.

—¿Nos estamos escorando demasiado?

—Déjame tomar el timón.

Me desabroché la correa y Brad se puso detrás del timón. Él no llevaba arnés, pero si eso le preocupaba, no lo demostró. Toda una vida navegando en Nueva Inglaterra le había dotado de una confianza en el agua que yo desearía poseer. Me senté detrás de él y me sujeté a una cuerda de salvamento.

Brad inspeccionó las pantallas de control, examinó el gráfico y después apagó el piloto automático. Emprendió un nuevo rumbo hacia el oeste.

—Me alegra que el viento me haya despertado. Desde aquí nos dirigiremos hacia el oeste, a través del mar de Andamán, el golfo de Bengala y el océano Índico. La próxima parada serán las Maldivas.

—¿Cómo te sientes hoy? —le pregunté.

—Dolorido, nervioso, molestias en el estómago. No sé.

—Me estoy preocupando. Deberíamos ir a Sumatra y ver a un médico.

—No.

—Pero estás empeorando —le dije.

—Solo es una gripe estomacal.

—No parece una gripe estomacal. Yo no puedo navegar este yate sin ti, y esta es nuestra última oportunidad de ir a puerto hasta que lleguemos a las Maldivas.

—Girando a babor —dijo Brad.

—¿La discusión ha terminado?

Brad hizo girar el timón y el yate respondió. El viento soplaba sobre el espejo de popa; las velas se tensaron y escoramos con fuerza a babor. Me aferré al banco mientras la proa oscilaba entre grandes olas y nuestra velocidad aumentaba de cinco a doce nudos. Sentía un hormigueo en piernas y brazos.

—¿No vamos demasiado rápido? ¿Es seguro?

Brad sonrió con suficiencia. Soltó la vela mayor y el yate redujo la velocidad.

—Así está perfecto. Las corrientes cambian de este a oeste en invierno. Estamos en una fase de transición y para cuando lleguemos al final de nuestro viaje se estarán moviendo en sentido contrario a las agujas del reloj a través del norte del océano Índico.

—¿Podemos usar el piloto automático por la noche?

—Por el momento sí, pero los vientos, las corrientes y el clima cambian con rapidez por aquí, y más rápido todavía cuanto más cerca estemos del ecuador. El golfo de Bengala es famoso por los monzones.

Miré hacia el horizonte.

—Estupendo.

—No te preocupes.

—El mar está mucho más agitado.

—Esto no es nada —dijo Brad—. Tú espera a que nos encontremos con algo de mal tiempo.

La proa botaba arriba y abajo, llenando mi estómago de mariposas y provocándome unas ligeras náuseas.

—Me estoy mareando —dije.

—Ya te acostumbrarás. Esto es solo el principio. Nos dirigimos hacia lo desconocido, así que prepárate para afrontar todo lo que la naturaleza pueda lanzarnos.

Fui abajo para buscar la Biodramina.

CAPÍTULO DIECISIETE

Una ola chocó contra la proa y me despertó al amanecer. Me aferré al colchón mientras el yate se inclinaba como una montaña rusa. La luz del sol se reflejaba en las olas, entraba a raudales por las ventanas del camarote y bailaba alrededor de la habitación como si la naturaleza estuviera montando un espectáculo de luces. El mar y el aire relucían llenos de vida.

Brad había hecho el último turno y debería estar frente al timón. Al menos, eso esperaba. El SAI hacía que nuestros turnos rotativos fueran innecesarios, pero me sentía más segura con uno de nosotros despierto y en cubierta en todo momento, y hacer turnos me proporcionaba el beneficio añadido de no tener que dormir en la cama con Brad. No me había obligado a defenderme de ninguna de sus insinuaciones sexuales desde hacía días ya, pero sabía que mi respiro no duraría. No había cumplido con mis obligaciones físicas como esposa, y se me encogía el pecho al pensar en ello.

Nuestro camarote se había vuelto caluroso y el aire estaba viciado, así que me puse en pie sobre el colchón y abrí las escotillas. El aire cálido sopló contra mi cara, una señal de que iba a ser otro día abrasador. Me quité la ropa interior y caminé desnuda por el camarote hasta el baño, o «el jardín», como Brad me recordaba a diario. Brad, el nazi de la jerga náutica.

La luz natural entraba a raudales a través de una gran ventana sobre el lavabo, así que mantuve las luces apagadas y me empapé de ella. Estar en el mar, lejos del humo tóxico, la gente y el tráfico, me llenaba de energía. Me hacía sentir humana, parte de la naturaleza. *Fuerte.* El cuarto de baño era moderno y elegante, con el suelo de teca, un lavabo de cerámica y otros detalles de lujo. Me metí en la ducha, detrás de una puerta de plexiglás transparente, y abrí el grifo para que el agua cayera sobre mi cabeza. Dejé que fluyera por mi pelo y por mi cuerpo. Cerré el grifo, me enjaboné y lo volví a abrir para enjuagarme. Brad había insistido en que nos diéramos «duchas marinas» para ahorrar el agua potable. Íbamos a tener un problema si la terminábamos.

Después de ducharme, me puse un diminuto bikini negro que tenía desde hacía años pero que rara vez había usado. Nunca me había importado presumir de mi cuerpo tonificado, pero trabajar ochenta horas a la semana había limitado mi tiempo para tomar el sol. Me examiné en el espejo. El peso que había ganado con el embarazo había desaparecido, y mi figura familiar se reflejaba ante mí.

Tomé una taza de café de la cocina, subí a cubierta y le sonreí a Brad. Hacía mucho tiempo que no sonreía sin pensar en ello. *Una señal excelente.*

—Buenos días, preciosa —dijo, frotándose las sienes.

—¿Te sientes mejor?

—Peor. La verdad es que estoy hecho una mierda.

—¿Puedo hacer algo por ti?

Brad negó con la cabeza.

Discutir con él sobre volver a puerto le haría mantenerse firme y afianzar su posición. Nunca le había gustado que cuidara de él, no cuando se trataba de su salud. Me senté a su lado.

Sostenía el timón con ambas manos; los músculos de sus antebrazos estaban tensos y una ligera capa de sudor le perlaba la frente. El sol había bronceado su piel y, a pesar de estar enfermo, parecía fuerte. Me incliné sobre él para dejar mi café en el portavasos y mi pecho rozó su brazo.

Brad sonrió.

—Brad, escucha... Siento lo de anoche. Ojalá me sintiera como si volviera a ser yo. Los dos estamos bajo mucha presión, y...

—Trataré de ser más paciente.

—Los últimos seis meses han sido horribles para los dos. Me siento culpable por eso.

—Vamos a intentar hacer borrón y cuenta nueva y disfrutar del viaje.

—Al menos tenemos un día agradable —dije.

—No durará mucho. El mal tiempo se dirige hacia nosotros.

Me empapé del cielo azul y de las finas nubes estratocúmulos.

—Pero si hace un día estupendo...

—Estás mirando en la dirección equivocada —dijo Brad, señalando con el pulgar por encima del hombro.

Me di la vuelta y miré por encima del espejo de popa. Unas nubes gigantes cubrían el horizonte y unas torres oscuras se elevaban hacia el cielo como hongos esponjosos.

—Eso me da muy mala espina.

—Son cumulonimbos, unas nubes que se forman con vapor de agua transportado por fuertes corrientes de aire. Si miras más hacia el norte, esas nubes altas y esponjosas son cirrostratos. Con frecuencia se asocian con los monzones.

—¿Ahora eres meteorólogo? —pregunté.

—Investigué la amenaza de los monzones antes de que nos marcháramos.

—¿Podremos dejarlo atrás?

—Imposible, se está moviendo mucho más rápido que nosotros. La previsión es que cruzará el golfo de Bengala esta tarde.

Mis hombros se tensaron y mi respiración se volvió entrecortada.

—¿Es muy grave?

—Es una tormenta fuerte. Vientos de ochenta kilómetros por hora, según la previsión del tiempo. Será un reto, pero podremos con ella.

—¿Cómo vamos a poder navegar con vientos de ochenta kilómetros por hora? —pregunté.

—Arrizaré las velas enrollando el génova y arriando la vela

mayor hasta la mitad. Creo que será más seguro si simplemente nos conduzco a través del fuerte oleaje. Se llama huir.

La adrenalina recorrió mi cuerpo como un viento fresco.

—¿No serán las olas demasiado grandes?

—Funcionará. Si el viento se vuelve demasiado fuerte, podemos probar con otra cosa.

—¿Cuál?

—Bajo las velas y cierro las escotillas, y después nos escondemos bajo cubierta. Soltaré el ancla para evitar que nos escoremos hacia un lado, pero iremos a la deriva y, si giramos de costado hacia las olas, corremos el riesgo de zozobrar.

El estómago me dio un vuelco y sentí un tic en la mejilla.

—¿Zozobrar?

—No es tan peligroso como parece. Si una ola rebelde nos golpeara, volcaríamos y el yate se enderezaría solo, porque la quilla pesa mucho. Está diseñado para hacer eso, y esa es la razón por la que los monocascos son más seguros que los catamaranes. Cuando los barcos de doble casco vuelcan, se quedan volcados.

Se me heló la piel a pesar del aire cálido.

—¿La cabina no se inundará y nos hundirá? —pregunté, y mi voz sonaba ronca.

—Es hermética. Si la dejamos bien cerrada, puede que entre un poco de agua del mar, pero tenemos bombas de achique y estaremos bien. Ese no es el peligro.

—Sí, eso no suena peligroso en absoluto —dije.

—El verdadero peligro de volcar es que se dañe el mástil. Arrastrar un mástil de casi treinta metros de largo a través de corrientes arremolinadas provoca una presión tremenda. No sería difícil que se rompiera.

—Estás volviendo a asustarme. ¿Cuántas formas hay de morir aquí?

—No te preocupes, estamos en un yate enorme. Solo intentaríamos esa maniobra si hubiera vientos huracanados. Yo me quedaré en cubierta y nos guiaré a través de los momentos más intensos. También puedo girar hacia el viento y empujar hacia atrás, lo que significa que hago retroceder el génova para contrarrestar la vela mayor y mantenernos casi inmóviles. Ya lo he hecho antes.

—¿Has navegado a través de un monzón?

—He estado en el Atlántico durante algunas tormentas intensas. Ninguna de ellas fue tan intensa como esta, pero he estado en tormentas lo bastante fuertes como para saber lo que estoy haciendo.

—Piratas y monzones. Has planeado un viaje interesante.

—Gracias.

Brad se frotó las sienes e hizo una mueca.

—¿Qué pasa? —le pregunté.

—Nunca antes había tenido migrañas. Me he tomado cuatro aspirinas, pero sigue siendo muy fuerte.

Miré hacia las nubes, a lo lejos. Parecían amenazadoras, como si albergaran malas intenciones. Me mordí la uña y me estremecí.

CAPÍTULO DIECIOCHO

El aire del mar, húmedo, salado y tangible, lo impregnaba todo, como si el océano nos envolviera entre sus brazos. Unas nubes tenues se acumulaban en el cielo. Las masas de cúmulos cargadas de humedad se acercaban a nuestra popa, y unos monstruosos cumulonimbos llenaban el horizonte oriental. El viento, cada vez más intenso, impulsaba las olas a nuestro alrededor y la tormenta que se avecinaba impulsaba el yate por la superficie a trece nudos.

—La tormenta tiene mala pinta. He decidido virar el yate —dijo Brad.

—¿Qué vamos a hacer?

—Arriaré las velas hasta la mitad, enrollaré el génova y usaré el ancla para frenarnos y evitar que volquemos. Yo me quedaré en cubierta y gobernaré.

—¿Eso no es peligroso?

—Usaré un chaleco salvavidas y me pondré el arnés de seguridad. Podríamos refugiarnos abajo, pero sé que tienes miedo. No te preocupes. Nos sacaré de esta.

—El tamaño de esta tormenta es increíble. Abarca todo el horizonte.

—Los monzones dominan la vida en esta parte del mundo.

Brad y yo nos pusimos impermeables amarillos, pantalones para el mal tiempo, botas de goma y arneses de seguridad. Me sentía ridícula, como si fuera una niña jugando a disfrazarse, y me habría reído de no ser por mi temblor. Brad quería que me quedara abajo cuando llegara la tormenta, cosa que me parecía bien, pero también quería estar preparada por si acaso me necesitaba. Esperaba que no lo hiciera.

Antes la tormenta parecía muy lejana, pero se había acercado con rapidez y en dos horas ya estaba encima de nosotros. El cielo se oscureció y las nubes se fundieron en un espeso manto gris. El firmamento descendió como si quisiera fusionarse con las profundidades saladas. Los cielos se abrieron y la lluvia me azotó la cara y las manos. Los relámpagos destellaron a lo lejos, luego más cerca, y después a nuestro alrededor. Unos gruesos rayos de electricidad explotaban dentro del paisaje de nubes negras, apuñalando el océano. Un trueno retumbó en la superficie, poderoso y aterrador. ¿Cómo era posible que los rayos no alcanzaran nuestro mástil, el punto más alto en cientos de millas?

—¿Qué pasa si nos cae un rayo?

—La probabilidad de que nos caiga uno encima es de menos de una décima parte del uno por ciento.

—Esas son las probabilidades de perder un bebé a causa del síndrome de muerte súbita del lactante, así que entenderás que eso no me tranquilice.

Brad asintió con la cabeza.

—Las probabilidades aumentan cuando somos el único barco a la vista.

—¿Qué pasa si nos cae un rayo?

—Los rayos caen en el punto más alto. Tenemos un pararrayos encima del mástil que debería dirigir la energía hacia el agua, pero podría llegar a ser peligroso.

—¿Cuál es el peor de los casos?

—Podría saltar del mástil y caer sobre nosotros, parándonos el corazón o creando otros traumas graves. Podría quemar todos nuestros dispositivos electrónicos. En el peor de los casos, podría hacer un agujero en el casco del barco.

Miré a Brad. ¿Estaba de coña o qué? El clima no era culpa suya, pero no me había explicado los peligros a los que nos íbamos a enfrentar. Había propuesto ese viaje como una escapada de nuestros problemas, pero parecía más peligroso con cada día que pasaba.

—¿Hay algo que podamos hacer? —pregunté.

—Vete abajo y aléjate de las superficies metálicas. Desenchufa todos los aparatos electrónicos, pero deja encendido el sistema de alerta SAI. La tormenta reducirá la visibilidad a unos pocos metros, y si hay algún barco petrolero cerca, quiero que vea nuestra señal de radar.

—¿Qué pasa si un rayo destruye nuestro radar?

—No nos va a caer un rayo.

Bajé las escaleras a toda prisa y desconecté lo que pude, pero habían construido la mayoría de los aparatos electrónicos dentro de los mamparos y no pude desconectarlos. El mar estaba embravecido y nuestro yate saltaba, inclinándose de un lado a otro como si fuera un metrónomo. Me balanceé de un asidero a otro, impulsándome a través de la cabina para comprobarlo todo. La bilis subió por mi garganta y me obligué a tragármela.

Subí a cubierta y conecté mi correa de seguridad a la cuerda salvavidas, con mis dedos temblorosos manipulando el cierre con torpeza. Brad forcejeaba con el timón, haciéndonos girar a babor y luego a estribor, manteniendo siempre la proa perpendicular a las olas. La parte superior de las olas estaba llena de espuma, y las cabalgamos hacia abajo hasta llegar a valles profundos antes de escalar las siguientes olas. Nuestro yate se había convertido en una atracción de feria, y mi estómago daba un vuelco con cada descenso. Las olas crecieron, colinas gigantes rodando por la superficie, y la lluvia se volvió más fuerte, golpeando mis oídos como un tren que se aproxima.

—Agárrate a algo. Estoy a punto de enfrentarme a la tormenta.

—Tengo miedo.

Brad asintió con la cabeza y esperó a que el yate pasara por la siguiente cresta. La proa descendió, y aumentamos la velocidad a medida que nos deslizábamos por el otro lado de la ola. Cuando llegamos a la parte más baja, Brad giró el timón hacia babor e hizo virar el barco. Por un momento, el oleaje que acabábamos de cruzar nos pilló de costado, pero nuestro impulso nos hizo girar y subimos a la cresta mientras las toneladas de agua salada pasaban por debajo de nuestro casco. Bajamos por el otro lado, de cara al viento.

Brad giró hasta que nos quedamos en un ángulo de cuarenta y cinco grados con respecto al viento y las olas. Enrolló la vela mayor hasta que estuvo bien arrizada y el yate redujo la velocidad. También izó el génova, la movió hacia atrás e inclinó el timón hacia babor para permitir que las fuerzas contrarias se cancelaran entre sí. El génova se hinchó, deteniendo nuestro impulso hacia delante, y nos quedamos casi inmóviles. Las olas chapoteaban sobre la proa.

Brad fijó el timón y sacó un ancla de una bolsa. Era como un paracaídas submarino, y mantendría nuestra proa orientada al viento. Se arrodilló y se frotó la frente, como si le doliera.

—Toma el timón, pero no gires el volante a menos que nos desviemos. Déjanos en dirección a las olas.

—Hoy estás mucho peor —dije, pero el viento se llevó mis palabras.

Brad se detuvo como si fuera a decir algo más, pero entonces se encogió de hombros y arrastró los pies por la borda de estribor. Llevaba el ancla en la mano izquierda y estaba usando la derecha para enganchar su correa de seguridad a las cuerdas de salvamento. Tenía que soltarla cada metro y medio, cuando el cierre tocaba un montante, y después asegurarlo a la siguiente sección de la cuerda. La cubierta se inclinaba y balanceaba mientras la proa se abría paso entre las olas que se acercaban. El agua salpicó por encima de los costados del barco y empapó a Brad. Cayó de rodillas, pero se puso de pie, tambaleándose, y siguió adelante.

No podía quitarle los ojos de encima.

Le llevó casi cinco minutos llegar a la proa, donde se enganchó a una cuerda de salvamento cerca del propulsor y separó los pies para mantener el equilibrio. Apenas podía verlo a través de las cortinas de lluvia torrencial. La proa atravesó la cresta de una ola y el yate flotó por un momento, antes de inclinarse hacia adelante y de deslizarse como una avalancha espumosa hacia la parte más baja. Se me revolvió el estómago, como si estuviera haciendo paracaidismo. La proa chocó contra la siguiente ola y Brad desapareció detrás de una nube de mar espumoso. Se me aceleró el corazón.

La niebla se disipó mientras subíamos la siguiente montaña líquida. Brad se quedó allí, frente a la tormenta furiosa.

En la cima de la ola, Brad giró el cuerpo como un deportista olímpico en el lanzamiento de martillo y lanzó el ancla por encima de la proa. Esta golpeó la superficie y se expandió. El yate tembló cuando el ancla se arrastró contra la fuerza del mar y redujimos la velocidad. Brad me mostró los pulgares y emprendió el camino hacia mí.

—El ancla mantendrá nuestra proa apuntando en la dirección correcta. Tú baja, cierra las escotillas y asegura los compartimentos. Quiero quedarme en cubierta por si pasa algo. Yo me encargaré del timón.

Brad sonaba autoritario y fuerte. Se había hecho cargo y sabía lo que tenía que hacer. Nunca lo había visto con esa clase de confianza en casa, ni siquiera en el hospital, pero en ese barco estaba en su elemento. ¿Había nacido dos siglos tarde? Me preocupaba dejarlo en cubierta, porque si a él le pasaba algo, estaría perdida. Jamás podría sobrevivir yo sola en el océano. Apreté su brazo, me retiré a la parte de abajo y cerré la escotilla detrás de mí.

El agua de lluvia se derramaba de mi chubasquero sobre la cubierta, pero la ignoré. Caminé alrededor de la mesa de mapas, el salón y la cocina, asegurándome de haber desconectado todos los dispositivos. Confirmé que el SAI estaba transmitiendo nuestra identificación y posición, y encendí la pantalla del radar. Estábamos solos.

La cubierta de la cabina seguía cabeceando, pero con nuestra velocidad reducida, el movimiento era menos violento y utilicé los asideros para arrastrarme hasta el camarote de estribor. Me senté en la cama y miré a través del ojo de buey a Brad detrás del timón, y después me recosté y me agarré a los lados del colchón para evitar deslizarme. Intenté no llorar.

Si su intención era que este viaje me relajara, navegar a través de un entorno letal parecía una elección extraña, pero tenía que admitir que enfrentarme a un peligro mortal me había distraído de Emma. El esfuerzo primordial por sobrevivir acalló mi crítica interior, silenció mi preocupación sin sentido y me hizo concentrarme en mis facultades. Navegar me había devuelto el control sobre mi vida, de forma literal y figurada. Me había hecho consciente de mis elecciones, me había obligado a actuar en lugar de vagar aturdida de un lado a otro.

Me agarré al armazón de la cama, entrelacé mis dedos alrededor de él como si mis manos fueran enredaderas y flexioné los músculos de mis brazos para estabilizarme. Mi corazón latía con fuerza en mis oídos a causa del esfuerzo y el miedo. Nuestra precaria situación me recordaba que la vida era frágil, que estaba viva y que quería seguir estándolo.

Al enfrentarme a la muerte, supe que quería vivir.

CAPÍTULO DIECINUEVE

Me encontraba frente al timón, con los dedos alrededor de la rueda. El cielo se había despejado después de que pasara la tormenta, pero un poderoso viento del noreste seguía soplando y el yate se escoraba bruscamente a babor. *¿Y si nos golpea una ola rebelde?* Me estremecí. Estar en el océano era como escalar rocas sin cuerda. Si algo salía mal, teníamos opciones limitadas y nadie que nos salvara. Enfrentarme a un peligro real hacía que las molestias cotidianas en casa me parecieran triviales.

Brad había estado al timón toda la noche, guiándonos valientemente a través de olas crecientes y vientos huracanados. Su enfermedad lo había debilitado, pero de alguna manera había perseverado. El monzón nos había empujado más de setenta y cinco millas más al sur de lo que habíamos planeado, pero él trazó un nuevo rumbo hacia las Maldivas y activó el piloto automático antes de retirarse. Su salud había empeorado desde Bali. Tan solo llevaba una hora dormido en el camarote, así que sería cruel despertarle.

Cuanto más fuerte soplaba el viento, más nerviosa me ponía. Si nos escorábamos demasiado, Brad me había dicho que soltara las velas o que nos alejara del viento. Sabía que debía hacer algún tipo de corrección, pero me preocupaba trastear con las velas. Si cometía un error, podría hacer que zozobráramos. Decidí girar hacia el suroeste. Pasé al piloto automático en la pantalla de control, lo apagué y giré el volante unos cuantos grados. El yate respondió y la brújula giró cuando viramos a babor.

El viento soplaba sobre el espejo de popa y nuestra cubierta se niveló, pero la velocidad se redujo demasiado. La baluma de la vela se orzó y la lona se agitó como las sábanas en un tendedero, y me preocupaba poner el barco en facha sin querer. Solté la botavara y las velas volvieron a hincharse. Nuestra velocidad aumentó a medida que huíamos del viento. Sonreí, orgullosa de mis ajustes, y me imaginé a mi padre mirándome manejar el timón entre las boyas en el puerto de Boston.

Me encargué del timón yo sola durante horas, y mi confianza iba en aumento. Brad se pasó toda la mañana durmiendo, y después del almuerzo fui a ver cómo estaba. Parecía inconsciente, babeando sobre la almohada y roncando. Necesitaba descansar, así que salí de puntillas del camarote.

Alrededor de las cuatro, subió de la parte de abajo con el pelo revuelto y la forma de la almohada grabada en la mejilla.

—¿Cuánto tiempo he dormido? —preguntó, con la voz ronca y atontada.

—Nueve horas.

—Madre mía. Debía de estar agotado. Parece que no puedo librarme de esta gripe… Me duele todo el cuerpo.

—Estoy preocupado por ti.

—¿Has tenido algún problema para navegar?

—Ninguno. El viento se intensificó y estábamos demasiado escorados, así que nos aparté de él y estabilicé el barco.

—¿Has cambiado de rumbo? —preguntó.

—Un poco, para evitar que volcásemos.

Brad se inclinó sobre los instrumentos y me golpeó con su cuerpo. Lo fulminé con la mirada mientras leía el mapa.

—Estamos cuarenta grados desviados del rumbo —dijo, con la voz afilada y llena de crítica.

—Me dijiste que me alejara del viento para reducir la escora.

—¿Cuándo has cambiado de rumbo?

—Esta mañana.

—¿A qué hora?

—No lo sé… A eso de las siete.

—Por Dios, Dagny —dijo Brad, examinando el horizonte con la mirada—. Has estado navegando cuarenta grados fuera de rumbo durante ocho horas.

—No me grites.

—Estamos navegando a doce nudos, lo que significa que has navegado alrededor de cien millas en la dirección equivocada.

—Tenía miedo de que zozobráramos.

—No íbamos a zozobrar.

—Se supone que estamos de vacaciones y me dijiste que no teníamos prisa, ¿así que cuál es el problema?

—El problema es que estamos demasiado cerca del ecuador.

Me puse las manos sobre las caderas. Estaba criticando mi decisión, cuestionando las decisiones que había tomado mientras él dormía. Mi confianza flaqueó.

—¿Y?

—Las corrientes y los vientos se invierten en el ecuador. Las cosas se vuelven impredecibles —dijo.

—No lo sabía. Tenía miedo.

Brad frunció el ceño y las venas de su frente se hincharon. Giró el yate a estribor, ajustó las velas y puso el piloto automático.

Me había equivocado y no tenía motivos para estar enfadada, pero me molestaba que me dejara a cargo y después criticara mis decisiones.

—Lo siento, pero ya sabes que hace décadas que no navego. Al menos nos he mantenido a flote y no he chocado con nada, y eso es todo lo que se me debería exigir que hiciera.

—Simplemente no cambies de rumbo sin consultarlo conmigo.

—Si estás despierto.

Brad miró fijamente hacia delante, listo para explotar.

Me estremecí, pero su ira permaneció oculta detrás de su máscara. Bajé al salón y sentí su mirada ardiendo sobre mi espalda. Me dejé caer en el sofá y cerré los ojos. Todavía faltaban dos semanas más para llegar a las Maldivas.

Mierda.

CAPÍTULO VEINTE

Los músculos de Brad se tensaban bajo su camiseta mientras sujetaba el timón.

La tormenta nos había empujado hacia el sur, y mi error nos había desviado aún más del rumbo. Ahora estábamos flotando en el ecuador, donde el viento había desaparecido. El océano se había aplanado como un aparcamiento y nos mecíamos sobre la superficie mientras la corriente nos alejaba de Malé. Sin brisa, el sol implacable nos golpeaba y transformaba la cubierta en una plancha.

Me tomé un café y me comí el último plátano que nos quedaba, el final de nuestra fruta fresca. Saboreé el bocado final, marrón y blando. Tiré la cáscara desde la popa y mis ojos la siguieron mientras volaba por el aire y aterrizaba sobre nuestra estela espumosa.

Una gran aleta dorsal gris salió a la superficie a nueve o diez metros por detrás de nosotros, y di un respingo cuando mi cerebro analizó lo que mis ojos habían visto.

—¿Qué coño es eso? —grité.

Brad se encogió y se le derramó el café. Giró la cabeza.

—Es un tiburón.

—No me digas. ¿Por qué cojones nos sigue? —pregunté.

Mi uña encontró el camino hasta mi boca.

—Tal vez esté esperando que algo caiga por la borda, o tal vez solo sienta curiosidad. Los sonidos de las hélices y los campos eléctricos atraen a los tiburones.

—¿Campos eléctricos?

—Todos los componentes electrónicos a bordo emiten algo de energía. Hasta el cuerpo humano emite campos bioeléctricos. He oído historias sobre tiburones que atacan pequeños motores eléctricos.

—¿Es peligroso?

—Solo si estás en el agua. Tranquila, estás a salvo. Un tiburón no puede hacerte daño aquí.

—¿No se comió el barco un tiburón blanco en la película *Tiburón*?

—Eso ha ocurrido de verdad. A veces los tiburones atacan a los barcos, normalmente después de engancharse al sedal de una caña de pescar o cuando la gente los hostiga, pero estamos en un yate. Ni siquiera el tiburón de la película podría hundirnos.

La aleta dorsal giró hacia babor y se sumergió bajo la superficie. Me puse de pie de un salto, corrí hacia un lado y me incliné sobre la borda. Una sombra negra, de al menos seis metros de largo, nadaba a nuestro lado. Permaneció a cosa de un metro y medio por debajo de la superficie, y su imagen se volvió borrosa bajo la luz refractada. La cola se movía con movimientos perezosos, superándonos en velocidad.

Brad me puso la mano sobre el hombro y yo di un respingo.

—No te acerques a la borda. Los tiburones pueden saltar fuera del agua.

Lo miré boquiabierta, como si estuviera loco.

—¿De qué especie es?

—Creo que es un gran tiburón blanco.

—Como el de *Tiburón*. Ves, es peligroso.

—Eso es una película. Los tiburones no se alimentan de personas... Bueno, no con frecuencia.

—No sabía que hubiera grandes tiburones blancos en el océano Índico.

—Los devoradores de hombres más comunes en el océano Índico son los tiburones de punta blanca, pero los tigre, toro y los tiburones blancos también cazan en estas aguas. Australia

Occidental tiene la mayor concentración de tiburones blancos del mundo y no está muy lejos de aquí.

—¿Crees que ha venido desde Australia?

—Los tiburones blancos son depredadores. Se mueven con las estaciones y siguen a sus presas. Sus patrones migratorios generalmente los mantienen cerca de la costa, pero las hembras a veces se alejan más.

—¿Por qué?

—No lo sé, pero leí en alguna parte que las hembras son diferentes. Durante la última década ha habido un gran problema con los tiburones blancos frente a Cabo Cod. Las leyes de conservación hicieron que la población de focas aumentara y eso atrajo a los tiburones. Un gran tiburón blanco mató a un nadador hace unos años.

Un banco de peces saltó en el aire a menos de veinte metros de distancia. Los peces alargados y finos emergieron a la superficie como si intentaran volar.

—¿Qué están haciendo esos peces? —pregunté.

—Están huyendo de un depredador. El tiburón está en algún lugar por detrás de ellos, y va en su dirección. Están saltando del agua para evitar que se los coman.

La aleta gris salió a la superficie a menos de diez metros de nuestro lado de babor. Redujo la velocidad y volvió a igualar la nuestra.

—¿Qué leches está haciendo?

—Ni idea.

—Me pone nerviosa.

—Tú quédate dentro del barco.

CAPÍTULO VEINTIUNO

Me encargué de manejar el timón mientras Brad picoteaba su comida en la cabina. Su apetito había disminuido, y había perdido peso desde Bali.

—Por el momento hemos tenido un susto con los piratas, un monzón y un gran tiburón blanco —dije—. Has elegido una forma muy particular de sacarme de mi depresión.

Brad se frotó la frente y cerró los ojos. Parecía cada día más débil y agitado, pero no me dejaba examinarlo.

—Dudo que fueran piratas, y lo hiciste bien en la tormenta —dijo Brad—. El tiburón tampoco es un peligro para nosotros. Esperaba que este viaje te ayudara. Y...

—Me está ayudando. Sé que has hecho esto para sacarme de mi depresión y devolverme a la vida. Alejarme de Boston, alejarme de todo, me ha dado cierta perspectiva. Te lo agradezco.

—Bien. Siento no haberte dado todo el apoyo que debería. Esto ha sido agobiante para los dos. A mí también me destrozó perder a Emma.

Abrí mucho los ojos, sorprendida. Brad nunca se disculpaba por nada. Había estado tratando de ser más agradable conmigo en este viaje. Tenía defectos graves, pero al menos se estaba esforzando. Y yo también tenía que esforzarme más... por él.

—Estoy segura de que este año también ha sido un infierno

para ti. Este viaje ha sido una idea inteligente, y sé que lo has hecho para ayudarme a recuperarme.

Brad trató de sonreír, pero solo le salió una mueca.

—Hay, eh, una cosa…

Rompió el contacto visual y miró hacia el horizonte.

—¿Qué pasa? Pensaba que te alegraría que hubiera cambiado de opinión sobre tu plan.

Brad me miró.

—Tengo que contarte una cosa.

Eso no sonaba bien.

—¿Qué pasa?

—No planeé este viaje solo para ayudarte. Quería irme de Boston porque el hospital me ha suspendido.

—¿Qué?

—Ya te conté lo de la demanda por negligencia, pero hay algo peor. Estoy suspendido, pendiente de una investigación interna.

—Solo me contaste lo de la demanda por negligencia después de que me enterase por otra persona. ¿Me lo habrías dicho si no lo hubiera descubierto por mi cuenta?

—Por supuesto, yo…

—¿Por qué no mencionaste entonces la suspensión? —pregunté.

—No lo sé. Me daba vergüenza.

—Debería darte más vergüenza habérmelo ocultado.

—Lo sé. Pero…

—¿Pero qué, Brad?

—Es complicado… Esto no pinta bien. Creo que están pensando en despedirme.

—Siento que estés pasando por esto, pero podría haberte apoyado si lo hubiera sabido.

—¿Por qué estás enfadada?

Me puse las manos sobre las caderas, con la indignación creciendo en mi interior como el vapor dentro de una tetera.

—Me mentiste.

—No te mentí, simplemente no te lo dije. No es…

—Es una mentira por omisión. Se supone que deberíamos estar juntos en esto. ¿Qué más estás omitiendo? —pregunté.

—¿Qué quieres decir con eso?

—Ya sabes lo que quiero decir. ¿Qué más no me estás diciendo?

—Nada. No hay nada más —respondió.

—¿Nada más? ¿Nadie más?

—¿A qué viene eso de «nadie más»? ¿De qué estás hablando?

Me pellizqué los labios. No podía acusarle de estar teniendo una aventura sin tener la más mínima evidencia, pero lo sentía. Lo sabía.

—Ahora es el momento de decir la verdad. Quiero saberlo todo.

Brad se sentó en el sofá.

—Está bien, hay más. —Contuve la respiración—. No estoy teniendo una aventura, si eso es lo que estás insinuando, pero hay otra cosa que no te he contado. —Cerró los ojos por un momento y después miró hacia otro lado—. Un paciente me demandó por negligencia en mi puesto anterior, en el Hospital del Condado de Suffolk. Esa es la razón por la que lo dejé y fui al Hospital General de Nueva Inglaterra. Me pidieron, eh… Me pidieron que renunciara.

—¿Cuándo?

—Justo antes de que el Hospital General me contratara.

Un nudo se tensó en mi estómago. La práctica de la medicina se había convertido en algo litigioso, y ser demandado por negligencia se había vuelto más común, pero si el Hospital del Condado de Suffolk le había pedido a Brad que renunciara era porque debían de haberle encontrado culpable en la demanda anterior. Obligarle a irse era casi un reconocimiento de que había actuado mal.

—¿El condado de Suffolk perdió la demanda?

—Se conformaron con hacer que desapareciera el asunto.

Me di cuenta de que me estaba mordiendo las uñas y me saqué el dedo de la boca.

—Me sorprende que el Hospital General te haya contratado con una demanda reciente por negligencia en tu expediente.

—Para mí es difícil hablar de esto —dijo Brad.

Crucé los brazos sobre el pecho.

—Obviamente.

—El Hospital General me contrató por mis padres.

Brad no me había contado que su familia formaba parte de la junta directiva del Hospital General de Nueva Inglaterra hasta después de casarnos. Sabía que eran ricos y que formaban parte de muchas juntas directivas, pero sus intereses estaban centrados en las finanzas, no en la medicina. Nunca relacioné la llegada de Brad al Hospital General de Nueva Inglaterra con la influencia de sus padres, pero entonces no sabía nada de su historial manchado.

—¿Le pidieron al administrador del hospital que te contratara?

Brad miró hacia la escalera y evitó mis ojos.

—Sí.

No sentía nada más que desdén hacia él. Cometer negligencia ya era lo bastante grave, pero lo peor era que había utilizado la influencia de sus padres para conseguir un nuevo puesto. Su inseguridad, su competitividad conmigo, su necesidad de demostrar que era mejor... Ahora todo tenía sentido. Tal vez fuera capaz de perdonarlo por su debilidad, pero no podía tolerar sus mentiras.

—Este viaje, esta escapada de última hora, ha sido para que tú pudieras huir de una situación desagradable. No ha sido por mí en absoluto, ¿verdad? Querías escapar...

—Eso no es cierto. Pensé que este viaje te ayudaría.

—Tendrías que haberme contado lo de tu suspensión.

—¡Te lo estoy diciendo ahora! —gritó Brad—. No me siento bien y no necesito esta mierda. Ponte al timón.

Bajó la escalera pisando fuerte y cerró de golpe la puerta del camarote.

Me quedé en el puesto de mando, sin estar muy segura de lo que estaba haciendo detrás del timón o en nuestro matrimonio. Algo me llamó la atención y me di la vuelta. La aleta dorsal del tiburón atravesó la estela del yate.

El gran tiburón blanco nos acechaba.

CAPÍTULO VEINTIDÓS

Brad se quedó abajo, quejándose del aumento de las náuseas y la debilidad, y dejándome gobernar el yate yo sola. Podría engañarme pensando que era una señal de que confiaba en mí, pero lo más probable era que estuviera revisando los instrumentos en el salón para asegurarse de que mantuviéramos el rumbo. Pero, incluso si lo hiciera, estaba navegando el barco yo sola. Estaba pilotando un yate en el mar, algo que nunca me había imaginado hacer. Puede que la terapia conductual de inmersión funcionara.

Mi furia hacia Brad se disipó, no porque lo hubiera perdonado, sino porque no me sorprendía que me hubiera mentido sobre su suspensión. Era su naturaleza. ¿Me enfadaría con un perro por comerse un trozo de comida del suelo? Brad estaba asustado, era débil y tenía defectos de todo tipo, y sus esfuerzos por ocultarme su verdadero carácter habían fracasado en menos de un año. No me había dejado engañar, había visto su incompetencia, había visto su violencia.

Brad, el médico rico y guapísimo, el cirujano que todos creían perfecto, era un hombre profundamente inseguro. Tal vez su falta de confianza se debía a que sus padres siempre le han dado todo lo que quería, desde juguetes cuando era pequeño hasta la admisión en la universidad y un trabajo en el Hospital General de Nueva Inglaterra. Brad nunca había tenido la necesidad de valerse por sí mismo, de aprender a manejarse por el mundo y sobrevivir por sus propios méritos. Él lo sabía en el fondo, y ese conocimiento había devorado su confianza. Lo había convertido en alguien competitivo, mezquino y asustado. Brad fingía ser un cirujano de éxito y un hombre poderoso, pero sabía que no lo era. Y ahora yo también lo sabía. No, no estaba enfadada con Brad. Su comportamiento reflejaba quién era, y no iba a cambiar. Jamás.

Me había negado que tuviera una aventura, pero yo todavía sentía la infección tóxica de la sospecha. No tenía ninguna evidencia, ¿pero necesitaba demostrarlo? Mis sospechas significaban que no confiaba en él, y esa había sido la sentencia de muerte para nuestra relación. Tal vez fuera injusto castigarlo por mi inseguridad, pero mis sentimientos eran genuinos y sus defectos reales. ¿Tenía que seguir siéndole leal a él? ¿A nuestro matrimonio?

Una leve brisa, densa y salada, soplaba desde el noreste y me despeinaba el pelo, pero no me lo recogí en una coleta. Disfruté de cómo me tocaba y me acariciaba la naturaleza. Estar en el mar, lejos de todo y de todos, me hacía sentir natural, me obligaba a buscar dentro de mí, me permitía volver a sentirme humana.

El yate se mecía casi inmóvil. Las velas se orzaron y quedaron colgando del mástil, y tiré de la botavara para tensarlas, pero no funcionó y se quedaron revoloteando impotentes. Me convertí en una niña tratando de hacer volar una cometa en un día sin viento. Puse el piloto automático y deambulé por la cubierta.

El sol estaba bajando, una bola naranja y resplandeciente que flotaba sobre el horizonte. Los rayos de luz se reflejaban en las olas. La superficie brillaba, el aire se enfriaba y el mar olía más fuerte, a pescado. Me detuve en la proa que cabalgaba las olas sobre las montañas sumergidas de una naturaleza acuática, como lo habían hecho millones de marineros antes que yo. Las noches revelaban una cualidad mágica, insinuaban el mundo desconocido que había debajo y ofrecían la promesa de aventuras.

Me mecí con la corriente, como si cabalgara sobre el torrente sanguíneo de la tierra misma, y experimenté algo inesperado y transformador. Por primera vez comprendí la inmensidad del universo y la pequeñez del ser humano, pero todavía apreciaba el significado de una sola vida. El ser humano no era nada... y lo era todo. Mis acciones tenían escaso efecto sobre el universo, pero yo formaba parte de él y estaba conectada a todos los seres, una pequeña parte de algo más grande. Nunca había sido religiosa, pero me abrí a la existencia de algo más grande que yo, una presencia espiritual. No creía en Dios en el sentido mitológico, pero el universo, la galaxia y el mar ante mí habían sido todos creados. Y yo también había sido creada. Yo misma formaba parte de aquello, y lo sentía en lo más profundo de mis células. En mi corazón. En mi alma.

Exhalé y el estrés abandonó mi cuerpo, una nube roja de ira, traición y frustración que salió de mí. Dirigí la mirada hacia el cielo y vi las primeras estrellas brillando en el crepúsculo náutico. Sentía a Emma conmigo. La visualicé y, en lugar de sufrir el dolor desgarrador del duelo, me calenté con su amor.

Me sentía conectada.

¿Alejarme del estrés diario de mi vida en Boston me había permitido relajarme? ¿Salir de la casa donde ocurrió la tragedia me procuraba distancia? Puede que escapar de la simpatía y la lástima constantes me brindara el espacio para verme a mí misma como un todo. Navegar en el yate me daba de nuevo la sensación de sentirme realizada, me hacía olvidar cómo se había derrumbado mi vida.

Puede que el peligro visceral de navegar en el océano abierto hubiera puesto las cosas en perspectiva. Aquí fuera era más difícil generar ansiedad por conceptos esotéricos o ahogarme en las emociones negativas. Estar en el mar y en constante peligro hacía que me centrara en el presente, en el mundo tal y como existía. Navegar mientras me preocupaba por cosas que no podía cambiar era como estar huyendo de un oso y agobiarme por los impuestos. El mar podía traer vida y muerte, y mi capacidad de razonar, no mis emociones, era mi herramienta para sobrevivir.

Me tumbé sobre la cubierta y contemplé cómo las estrellas se volvían más brillantes.

CAPÍTULO VEINTITRÉS

Miré a Brad al otro lado de la mesa, los dos en silencio. No habíamos vuelto a hablar de su suspensión después de nuestra pelea. Me sentía un poco mejor por primera vez en mucho tiempo, así que... ¿para qué iba a arruinar mi estado de ánimo con una confrontación? La satisfacción psicológica que experimenté había acariciado mi alma y me había brindado un momento de paz en mitad de la tormenta. No podía perderlo. Todavía no.

Me comí mi ensalada y le sonreí. Suavicé mi expresión, con cuidado de que mi cara no mostrara ningún juicio o crítica. Desvié la mirada, como un extraño educado al cruzarse por la acera. *Vengo en son de paz.*

Brad había dormido durante horas, pero sus síntomas estaban empeorando. Parecía mucho más débil que el día anterior, y la comida seguía intacta en su plato.

Se reclinó y miró mi cuerpo de reojo. Había hecho calor durante todo el día, así que me había quitado los pantalones cortos y la camiseta en favor de mi bikini brasileño, un regalo de Brad. Mi traje de baño más discreto estaba en la lavadora, así que me había puesto este por primera vez. Mis pechos sobresalían y el tanga dejaba poco a la imaginación.

Se quedó mirando mi pecho sin una pizca de vergüenza. Al parecer, se había olvidado de nuestra pelea y no le importaba lo que yo pensara de él. Los hombres eran simples. Tenía los ojos vidriosos a causa del vino. En la segunda botella ya no quedaba casi nada, y yo solo me había tomado una copa. Ya había visto esa mirada antes. Brad estaba borracho y excitado.

—Tienes un cuerpazo de muerte, Dags.

—Gracias —dije, y me cubrí el pecho con los brazos.

—Lo digo en serio. Me pones cachondo. —Miré hacia el agua—. Quiero follarte —dijo. Vulgar y descarado.

—¿Estás enfermo? ¿Cómo puedes pensar en sexo cuando apenas eres capaz de mantener la cabeza erguida?

—No puedo evitarlo. Soy un hombre.

—Escucha. Sé que ha pasado mucho tiempo, pero…

Brad se abalanzó hacia mí, me agarró por la cintura con una mano y me apretó el culo con la otra. Acercó la cabeza a la parte superior de mi bikini y cubrió la tela con los labios.

—Brad, no.

Traté de empujarlo, pero él presionó el cuerpo contra mí y sentí su excitación contra mi pierna. Era mucho más fuerte que yo, así que no podía detenerlo físicamente si estaba decidido. Metió la mano entre mis muslos y me frotó sobre la parte inferior del bikini. Le agarré la muñeca y traté de apartarle la mano. Él deslizó los dedos por debajo de la tela y me tocó.

—Te he dicho que no. Para ahora mismo.

Brad se detuvo, pero mantuvo la mano dentro de mi bikini. Frunció el ceño con la expresión amarga de un niño regañado.

—Han pasado seis meses —dijo, arrastrando las palabras—. Necesito sexo.

—No me siento con ganas de sexo, yo…

—Eres mi esposa. Tienes una obligación… Tenemos una obligación mutua, joder.

Quería arremeter contra él, dar pisotones en el suelo y gritar. Mi deseo sexual siempre había sido saludable y negarle el desahogo no era propio de mí, pero él sabía por qué había perdido el interés. Sabía lo que había ocurrido. Abrí la boca para protestar.

—Vale… Está bien —dije.

Sus ojos se abrieron de par en par.

—¿En serio?

Yo también estaba sorprendida. Las palabras se me habían escapado. Tal vez fuera por la culpa, o tal vez quería terminar con aquello de una vez, para que dejara de pedírmelo. O tal vez yo también lo quería.

—Sí, pero uno rapidito. Vamos a hacerlo antes de que cambie de opinión.

Brad sonrió como si le hubiera tocado la lotería. Mi titubeo y mi falta de entusiasmo no parecieron disminuir su libido. Me rodeó los muslos y me atrajo hacia él para dejarme tumbada boca arriba. Enganchó los pulgares por debajo de la parte inferior de mi bikini y tiró de él hasta más allá de las rodillas, exponiéndome. La brisa me hacía cosquillas en la piel y realzaba mi desnudez.

—¿Aquí?

—No hay nadie en cientos de millas a la redonda. Quiero darme prisa mientras todavía tenga tu permiso.

Terminó de quitarme la parte inferior del bikini y la dejó caer sobre la cubierta. Se acercó más a mí y tiró del cordón de la parte superior. Se cayó y me la quité. Puede que fuera por la brisa del mar o por los seis meses de abstinencia, pero mi cuerpo parecía preparado, incluso aunque mi mente no lo estuviera. Brad se quitó el bañador, erecto, y sus ojos brillaron con un deseo lujurioso. Se subió encima de mí sin quitarse la camiseta.

Tenía poco apetito por el sexo, y mis sentimientos hacia Brad eran confusos. Me había comprometido con la abstinencia después de que Emma muriera, no como una decisión consciente, sino por falta de interés. ¿Cómo podía sentir placer mientras estaba llorando su pérdida? ¿Cómo podía permitirme divertirme, buscar una gratificación egoísta? Mi negación había durado tanto tiempo que parecía normal.

Brad se introdujo dentro de mí y, aunque estaba húmeda y lista, me dolió igualmente cuando entró. No me había tocado desde hacía seis meses, y esta intrusión me recordaba a la noche que perdí la virginidad en el suelo del salón de mis padres. Una pizca de dolor seguida de placer.

Brad gimió mientras entraba y salía de mí, con los ojos fijos en mis pezones, como si mi cuerpo existiera para su placer. Ni siquiera me había besado. Miré hacia las estrellas y despejé mi mente de pensamientos oscuros. Me concentré en las sensaciones físicas, y mi cuerpo se calentó y tensó. Mi ansiedad se desvaneció detrás del cosquilleo familiar, el flujo de la sangre, la presión creciente. Arqueé la espalda y me froté contra él, meciéndome hacia adelante y hacia atrás con sus movimientos; más rápidos, deseosos, lujuriosos. Mi cuerpo palpitaba y la mente se me emborronó.

Entonces, Brad me embistió profundamente y se detuvo. Arrugó la cara y gimió, hinchándose dentro de mí y llenándome de calidez. Se apoyó en sus brazos y su cuerpo tembló una, dos, tres veces, y después se desplomó sobre mi pecho. Quería decirle que yo también estaba cerca, pero no sabía si tener un orgasmo era algo que debería permitirme hacer. Todavía no.

Brad apoyó las manos contra el cojín y me quitó su peso de encima. Me miró a los ojos con una cualidad confusa y soñadora. El olor ácido del vino flotaba en su aliento.

—Gracias, Dags. Lo necesitaba.

Sonreí, insegura de mis sentimientos.

Él se arrodilló y salió de mi interior. Se levantó y se puso los pantalones cortos, tambaleándose sobre sus piernas inestables.

—Tengo que irme a la cama. Estoy agotado —dijo—. ¿Quieres tomar el timón para la primera guardia?

Asentí con la cabeza. En silencio.

Brad bajó las escaleras y me dejó sola contemplando las estrellas. Había sido agresivo antes de que le diera mi consentimiento, otra ventana a sus tendencias violentas, un vistazo a la bestia que había en su interior. ¿Se volvería más contundente?

Me senté. Si no hubiera aceptado mantener relaciones sexuales, ¿se habría detenido o me habría violado? Ahora que le había dado mi consentimiento, ¿esperaría que nuestra vida sexual se reanudara con normalidad y querría tener sexo otra vez mañana? ¿Qué haría si yo lo rechazaba?

Negué con la cabeza. ¿Cómo podría pensar en eso siquiera? Brad no era capaz de cometer una violación conyugal. Tenía sus defectos, problemas graves, pero jamás violaría mi cuerpo. Respetaría mi decisión, mi derecho a negarme. Descarté ese pensamiento.

Pero en mi corazón, seguía insegura.

CAPÍTULO VEINTICUATRO

El mar se quedó en calma y la superficie se volvió opaca mientras el horizonte pasaba del cobalto al carbón. La tierra se oscureció y el cielo se transformó en un lienzo brillante de luz resplandeciente. El agua golpeaba el casco, las escotas crujían y los grilletes de la driza chocaban contra el mástil. El yate se convirtió en una caja de música que se deslizaba por la superficie de la Tierra.

Después de tener sexo con Brad, me quedé desnuda en cubierta, como parte de la naturaleza. Humana. La pequeñez de la humanidad, mi propia existencia, expuestas bajo el espacio infinito del universo. Me conecté con la tierra, con Emma, con Dios. La emoción burbujeaba dentro de mí como la lava dentro de un volcán. Mi cuerpo se convulsionó con sollozos mientras mi dolor se derramaba. Lloré durante mucho tiempo, y entonces sucedió algo.

Me sentí mejor.

Allí, deslizándome por la superficie del océano Índico, bajo las estrellas, siendo una con la Madre Tierra y bajo los ojos de Dios, encontré la paz. Perder a Emma casi me había destruido, pero estaba viva y, mientras siguiera respirando, lucharía por sobrevivir. Quería vivir de nuevo, ser feliz, abrazar el regalo de la vida.

Las velas se orzaron y la lona negra aleteó al viento. Caminé hacia el timón y encendí el panel de instrumentos. Apreté las escotas hasta que la botavara se acercó a la borda. Las velas se alisaron y el barco se escoró de forma casi imperceptible, pero me di cuenta. Me había convertido en una con el yate, sintiendo cada uno de sus movimientos. Estaba navegando. Yo. La chica de ciudad de Boston, la mujer con acuafobia. Estaba pilotando un velero a través del vasto océano Índico, a medio mundo de distancia de mi hogar.

¿Me había entregado a Brad por la culpa de haberle rechazado durante tanto tiempo? Había sido un acto primario y físico, no emocional. Ni siquiera nos habíamos besado. Puede que fuera una obligación, pero también me había traído un placer carnal. Rápido, pero estimulante. Le había negado a mi cuerpo cualquier desahogo desde antes de Emma, una especie de autoflagelación, pero ahora lo necesitaba. Echaba de menos el placer físico, pero no a Brad. Se había vuelto algo secundario frente a mis necesidades.

¿Lo había amado alguna vez?

Había reconocido la lujuria y la envidia en los ojos de las enfermeras de la planta de cirugía cuando visitaba a Brad en el Hospital General de Nueva Inglaterra. Recordaba a una joven enfermera de cabello castaño rojizo, toda ojos azules, labios rojos y grandes tetas, mirando a Brad mientras pasaba. Le había susurrado algo a otra enfermera y se habían reído. Brad siempre había tenido mujeres comiendo de su mano. Sus impresionantes rasgos, su cuerpo de infarto y su riqueza eran todos afrodisíacos. ¿Cuántas veces había actuado en consecuencia? ¿Me había engañado cuando estábamos saliendo? ¿Lo había hecho después de casarnos?

Qué fácil era para los hombres tener relaciones sexuales. Parecían dispuestos a irse a la cama casi con cualquiera, simplemente por el desahogo físico. Lo más probable es que el sexo fuera mejor para los hombres cuando había amor de por medio, pero la emoción no era un requisito previo. Los hombres y las mujeres se diferenciaban en muchos aspectos, y Brad era el hombre que toda mujer deseaba. En teoría.

Había salido con Brad por diversión, pero me casé con él por Emma. No creía en el aborto, y casarme con el padre de mi bebé me había parecido natural y lo correcto. Quería que mi hija tuviera un padre en casa, y Brad me había tratado con respeto. Y quería ser padre. ¿Cómo podría haberme resistido?

Tuve que hacer sacrificios. Brad compró la casa en Newton y me alejó del único hogar que había conocido. Siempre me había imaginado sentada frente a un fuego crepitante con un *golden retriever*, pero Brad odiaba a los perros y yo había abandonado mi sueño. El matrimonio implicaba un compromiso.

Había visto señales de problemas de inmediato. Brad había hecho un comentario de pasada, diciendo que los mejores cirujanos del Hospital General de Nueva Inglaterra estaban todos casados y que ahora que estaba comprometido esperaba que lo aceptaran. Había tratado de ignorarlo, pero eso sembró la semilla de la duda. ¿Quería casarse conmigo para acrecentar su posición social y complacer a sus padres sentando la cabeza? Si ese era su objetivo, tendría que haber elegido a una persona rica de la alta sociedad, porque sus padres nunca habían llegado a cogerme cariño.

Mis dudas habían arraigado el día que Brad quedó conmigo para comer en Beacon Street. Había estado disfrutando de nuestra cita hasta que sacó un documento de su maletín y lo puso de golpe sobre la mesa. Mi recuerdo de ese momento seguía claro como el cristal.

—¿Qué es eso? —pregunté.

—Es un acuerdo prematrimonial.

—¿Lo dices en serio? ¿Crees que voy detrás de tu dinero?

—Por supuesto que no, pero mis padres piensan que…

—¿Qué? ¿Que me quedé embarazada a propósito?

Parecía que Brad se había comido un limón.

—Nadie está diciendo eso. Tan solo están siendo protectores.

—¿Contigo?

—Con su empresa. Nuestra familia ha dirigido Servicios Financieros Coolidge desde hace generaciones. Jacob Coolidge lo fundó en 1898, y fue uno de los bancos más grandes de Boston a principios del siglo XX. Es…

—Lo entiendo. Tu familia tiene dinero antiguo y quiere protegerlo, ¿pero qué tiene eso que ver con nosotros?

—Soy hijo único y algún día lo heredaré todo. Están preocupados, eso es todo.

—Me importa una mierda tu dinero.

La riqueza de Brad estaba bien, pero yo jamás me casaría por dinero. Las mujeres que lo hacían actuaban para explotar a los demás, como putas. Yo disfrutaba del dinero, del coche de lujo, los restaurantes caros y las joyas en mi cumpleaños. Tener libertad financiera no era lo más importante, pero superaba a la alternativa. Había sido pobre después de la muerte de mi madre, y me había gastado el dinero del seguro en mis estudios universitarios y la facultad de Medicina. Ya había invertido lo que tenía cuando comencé mi residencia en Cirugía General, un trabajo que no estaba muy bien pagado pero que me ofrecía una experiencia valiosa. Durante ese período de cinco años, lo máximo que gané fueron cincuenta mil dólares, cifra que en Boston no era mucho, pero me las arreglé y viví con frugalidad.

—Sé que no buscas mi dinero, pero deben tener cuidado.

—¿Qué ha hecho tu familia? ¿Me han investigado? —Brad miró hacia otro lado—. Venga ya, Brad. ¿Lo han hecho?

—Tal vez —dijo.

—Soy médico, no una vagabunda, y mi potencial de ingresos es alto. Sé que mi salario como becaria es exiguo y tengo casi trescientos mil dólares de deuda en préstamos escolares, pero...

—Son protectores con su dinero.

—¿Su dinero o el tuyo?

—Es lo mismo. Están preocupados.

—En el Centro de Cirugía Pediátrica de Boston no gano ni para pipas, pero cuando esté certificada por la junta ganaré más de doscientos mil dólares como cirujana pediátrica. He desarrollado un poderoso capital humano y mi futuro financiero es brillante.

—Sé todo eso y se lo he dicho a mis padres, pero...

Miró a lo lejos.

—Pero no puedes desafiarles —dije.

—Ellos controlan el dinero. Dagny, por favor, yo...

—Dámelo —le dije.

Cogí el papel de la mesa y lo firmé. No necesitaba el dinero de Brad.

—Lo siento. No sé qué decir.

—Lo que me molesta es que tú quieras que lo firme. Eso muestra una falta de compromiso con nuestro matrimonio, como si estuvieras planeando su disolución antes de que comience siquiera.

—Me obligan ellos.

—Si eso es cierto, entonces no posees la independencia que debería tener un hombre de treinta y siete años. —Le entregué el documento firmado y me dirigí hacia la salida—. Me voy a mi casa esta noche. Sola.

Todavía recordaba la expresión de su rostro. Otro recuerdo horrible.

Caminé por la cubierta hasta la proa, donde el ascenso y la caída del barco se agudizaban, y el estómago me dio un vuelco.

Me agarré a la driza y me incliné sobre la borda. El océano se convertía en tinta por la noche, una cortina corrida sobre el mundo de abajo. No vi al gran tiburón blanco, pero había leído en alguna parte que los tiburones se alimentaban de noche, y podía sentir su presencia. En algún lugar cercano.

Miré fijamente hacia la oscuridad, repasando mi historia con Brad. El dinero no había sido el único problema; la familia de Brad había causado otras complicaciones. Habían estado en Boston durante cientos de años y eran figuras destacadas de la comunidad. Brad nunca perdía la oportunidad de comentar su ascendencia de sangre azul. Lucía la historia de su familia como una corona.

Brad sabía que mi madre me había descuidado, y actuaba como si yo hubiera sido una huérfana que se hubiera encontrado por la calle. Me presionó para que me hiciera una prueba genética e investigara la ascendencia de mi familia. Lo hice y descubrí que mi familia llegó a Massachusetts en 1606, más de cien años antes que los antepasados de Brad. Me interesaba conocer la historia de la familia Steele, pero me juzgaba a mí misma en función de mis propios logros, a diferencia de aquellos que creían que podían heredar el éxito igual que el dinero de la familia. Brad no mencionó tanto su propio linaje después de mi descubrimiento.

Fue entonces cuando noté por primera vez la competitividad de Brad conmigo. Era una competitividad unilateral, porque yo creía que las parejas debían apoyarse mutuamente para tener éxito, no esperar que sus cónyuges fracasaran para poder sentirse superiores. Brad parecía tener envidia de mi intelecto y de mi capacidad para arreglármelas sola sin una fortuna familiar. Con sus recientes revelaciones sobre sus cirugías fallidas, entendí por qué también estaba celoso de mis habilidades quirúrgicas. Yo era una estrella en ascenso en el Centro de Cirugía Pediátrica de Boston, o al menos lo era hasta que pedí mi permiso, mientras que Brad podría perder su trabajo.

Cuando examinaba nuestra relación a través de la lente de sus celos y su competitividad, todo parecía diferente. ¿Me había hecho mudarme a una casa a las afueras porque sabía que yo prosperaba en la ciudad? ¿Había sido una manera de hacer alarde de su riqueza? ¿Había escogido escapar en un barco a causa de mi acuafobia? ¿Estaba todo diseñado para hacerle sentir mejor consigo mismo?

Tuve una epifanía.

Me había convertido en doctora debido a la tragedia de mi infancia. Me había especializado en cirugía pediátrica a causa de la negligencia de mi madre. Me había casado con Brad porque quería un hogar seguro para mi hija todavía por nacer. Siempre había sabido estas cosas, pero pensar en ellas juntas, aquí en el mar, sin nada que se interpusiera entre mis recuerdos y mi razón, me condujo a un hecho ineludible.

Había vivido mi vida para los demás.

Ser médica me hacía feliz, pero tenía que hacerme cargo de mi vida y seguir mi propio camino. Trazar mi destino y encontrar mi felicidad. Y tenía que hacerlo sin Brad.

Brad era guapo, rico y tenía momentos de bondad, pero también era narcisista, infantil y mimado. Había tardado diez meses en aceptar salir con él por una razón. No era lo bastante inteligente. No era lo bastante compasivo. No era mi alma gemela y no lo amaba. Nunca lo había amado. Tal vez habían sido las hormonas o mi necesidad genética de proteger a Emma, pero fuera lo que fuera, aquello ya había desaparecido. Seguir con Brad sería tan injusto para él como lo era para mí. Se lo diría cuando se despertara.

Quería el divorcio.

CAPÍTULO VEINTICINCO

Me sentía renacida.

El sol se elevaba por detrás de nosotros, llenando el mundo de color y luz. Me había quedado en cubierta toda la noche, asustada y emocionada, llena de temor y esperanza. Ese día le iba a pedir el divorcio a Brad. Decírselo mientras estábamos atrapados en un barco no era el momento más apropiado, pero ahora que lo había decidido, ocultarlo sería deshonesto. Tenía que contárselo todo.

Aquel sería el primer día del resto de mi vida.

Me detuve frente al timón y me moví con inquietud, demasiado llena de energía como para sentarme. Tomé un sorbo de café, más por costumbre que por necesidad. Por primera vez en muchos meses, se me despejó la mente y supe lo que tenía que hacer. Iba a regresar al Centro de Cirugía Pediátrica de Boston para terminar mi beca. Después, me mudaría de nuevo a mi casa en Boston y, poco a poco, mi vida personal (y mi vida amorosa) se arreglaría por sí sola. Continuaría yendo a ver al psiquiatra del hospital y encontraría una manera de afrontar mi dolor.

La violencia de Brad no haría más que empeorar cuanto más cómodo se sintiera conmigo. Era solo cuestión de tiempo que acabara pegándome. Me había casado con él por nuestro bebé, y ahora nuestro bebé ya no estaba. Era un cliché divorciarse después de perder un hijo, como tantas parejas que no pueden recuperarse del trauma, pero mis razones para divorciarme no tenían nada que ver con Emma. El matrimonio había sido por el bien de Emma. El divorcio era por el mío.

Bajé, caminé de puntillas por el salón y me asomé al camarote principal. Brad estaba despatarrado sobre la cama, con las sábanas revueltas alrededor de él. Brillaba por el sudor, y su pelo se había apelmazado en mechones. Estaba pálido y ojeroso, y roncaba como un oso pardo. Retrocedí y cerré la puerta detrás de mí.

Necesitaba hablar con alguien, y mis pensamientos se dirigieron hacia Jessica. Cogí el teléfono por vía satélite y marqué su número. La conexión emitió una serie de siseos y clics.

Jessica respondió y oí el clamor de la sala de Urgencias: los monitores pitando, el murmullo de voces, alguien gritando. El sonido me hacía sentir como en casa.

—¿Dagny?

—¿Puedes hablar?

—Para ti siempre tengo tiempo. Dame un segundo para que salga al pasillo.

—Claro.

El ruido ambiental desapareció.

—Mucho mejor así. ¿Estás bien, cariño?

—Estoy bien. Muy bien, la verdad.

—¿Oh? —dijo, alzando la voz—. Venga, desembucha.

—He tomado una decisión y necesito que me digas si estoy loca.

—Te escucho —respondió, sedienta de cotilleos.

—Voy a pedirle el divorcio a Brad. —La estática estalló y crepitó por encima de la línea—. ¿Jessica? ¿Estás ahí? ¿Me has oído?

—Ah, estoy aquí. He estado esperando que dejes a ese gilipollas desde el día que lo conocí.

—¿No estoy cometiendo un error?

—¿Te he mentido alguna vez? —preguntó Jessica.

—Probablemente sí.

—Me refiero a cosas importantes —dijo.

—No, siempre eres brutalmente honesta.

—Créeme cuando te digo que divorciarte de Brad será lo mejor que hayas hecho jamás.

—No crees que lo estoy haciendo por lo que Brad y yo hemos tenido que pasar, ¿verdad? No es trastorno de estrés postraumático, ¿no?

—Brad es un capullo narcisista al que solo le importa lo guapa que estás de su brazo. No lo vas a dejar porque hayas experimentado una tragedia. Solo te casaste con él porque estabas embarazada.

Nunca le había dicho eso a Jessica. Siempre había elogiado a Brad delante de ella; cualquier otra cosa habría sido desleal.

—¿Era tan evidente?

—Todo el mundo sabía por qué te casaste con él. Puede que esté bueno de cojones, pero no te merece. O sea, tú también eres guapísima, pero él ni se te acerca a nivel intelectual.

—Casarme con él parecía lo más apropiado. Brad...

—Ups, me necesitan. Me están llamando, tengo que irme. Estás haciendo lo correcto.

—Gracias, necesitaba un baño de realidad —dije, pero ella ya había colgado.

Caminé de puntillas hasta el camarote y escuché los ronquidos de Brad, densos y espasmódicos. Esperaría. Subí de nuevo a la cubierta.

Divorciarme de Brad era la decisión correcta. Nunca nos habíamos unido de verdad, y yo no había llegado a convertirme en parte de su familia. Brad y yo habíamos visitado a sus padres en su casa frente al mar en Rockport, en la costa norte de Massachusetts. Había tomado un té sobre una rígida silla victoriana en su sala de estar, mientras miraba el océano Atlántico a través de los ventanales que iban desde el suelo hasta el techo. Habían puesto el termostato a veintiún grados, pero parecía que hacía mucho más frío. Todavía podía visualizar las expresiones de sus caras.

—Creo que estáis cometiendo un error —dijo la señora Coolidge—. Apenas os conocéis.

—Dagny es perfecta para mí —respondió Brad—. La quiero.

—Ella no es de los nuestros... No te ofendas, querida, pero venimos de mundos diferentes —dijo la señora Coolidge.

Ahí estaba: el elitismo. Quería recordarle que mi familia había llegado primero a Boston. En vez de eso, dejé mi té sobre la mesa y traté de ser amable.

—Señor y señora Coolidge, no les falta razón. Estoy de acuerdo con que Brad y yo hemos actuado rápido, pero estamos pensando en el bebé.

La señora Coolidge me lanzó una mirada gélida.

—Hay procedimientos para eliminar ese problema.

Abrí la boca, pero no salió nada. Me volví hacia Brad.

—No quiero seguir aquí. Llévame a casa.

Esa fue la última vez que vi a sus padres. No asistieron a nuestra boda.

Brad había sido criado como protestante y yo había crecido como católica, pero ninguno de los dos éramos religiosos, de modo que acepté una ceremonia civil. Brad pagó cincuenta dólares por una licencia de matrimonio y un mes después fuimos a la sala 601 del Ayuntamiento de Boston; una oficina antiséptica dentro de una monstruosidad de hormigón. El día de mi boda.

—¿Estás segura de que esto te parece bien? —me preguntó Brad—. Podemos reservar el club y hacerlo el mes que viene. Tengo a cien personas que vendrían, y a ninguna de ellas le importaría que estés embarazada.

Brad tenía docenas de conocidos, personas a las que llamaba amigos, pero no tenía una relación cercana con ninguno de ellos. La idea de reunir a un grupo de personas prácticamente desconocidas a nuestro alrededor para celebrar algo tan íntimo parecía inapropiada.

—No me queda ningún familiar, y solo tengo una amiga cercana —dije—. Si tus padres y tu familia no van a asistir, me resulta extraño hacer una boda grande. Eres todo lo que necesito.

Puse cara de valiente.

A las tres de la tarde de un viernes, Brad y yo esperábamos nuestro turno para casarnos. Llevaba un elegante vestido blanco, no un vestido de novia, porque tenía el vientre abultado y la idea de usar un vestido en mi estado de embarazo me parecía desesperada y triste. Nuestra boda práctica no se parecía en nada a lo que había imaginado cuando era niña. El vestido, la ceremonia... El hombre. Todo parecía equivocado, triste. ¿Qué habría pensado mi padre de una ceremonia como esa? ¿Qué habría pensado de Brad? Nadie podría igualar al hombre que había sido mi padre. Sabía que lo idolatraba y solo recordaba las cosas buenas, y estaba segura de que había cosas de él que no me habían gustado, pero no era capaz de recordar ninguna. Simplemente no podía.

Jessica y su marido se encontraban a nuestro lado. A Jimmy parecía caerle bien Brad, o al menos actuaba como si fuera así. Jessica me tomó la mano y sonrió, con la clase de mirada que le dirigirías a tu hija antes de que le pusieran una vacuna. Decía: «sé valiente y esto terminará pronto». Cuando llegó nuestro turno, le entregué mi ramo a Jessica y me detuve entre dos macetas con plantas frente a un juez de paz.

Jessica se inclinó y me susurró al oído:

—¿Estás segura de que no quieres salir corriendo? Todavía estás a tiempo.

Jessica nunca se había guardado sus pensamientos para sí misma, una de las cosas que más me gustaban de ella.

—Estoy segura —mentí.

El juez hizo algunos comentarios superficiales, lo mínimo imprescindible para que la ceremonia fuera vinculante, y Brad y yo dijimos nuestros votos. Eso fue todo. Ya estábamos casados, nuestra boda se había celebrado en un edificio gubernamental ante una sala llena de burócratas. Me sentía como si el juez me hubiera sentenciado.

Aparté el recuerdo y tomé un sorbo de café mientras el océano pasaba junto al barco.

Metí la mano en el bolsillo de mi sudadera y cogí el frasco de plástico que contenía el alprazolam. Lo saqué y lo agité. Había suficientes pastillas para mantenerme medicada hasta que llegara a casa. Las había usado como salvavidas, pero ahora no parecían tener el mismo poder. Quería volver a sentirme yo misma, así que levanté la botella que tenía en la mano y la arrojé por encima de la popa. Cayó sobre la superficie del mar y se alejó flotando.

Iba a hacer aquello yo sola.

Tenía que decirle a Brad que quería el divorcio, y tenía que hacerlo ya.

CAPÍTULO VEINTISÉIS

La duda y el miedo se extendieron dentro de mí como un hongo. Si esperaba un minuto más, iba a perder el valor. Bajé y llamé a la puerta del camarote.

No hubo respuesta.

Llamé más fuerte y Brad se movió. Abrí la puerta y me incliné hacia adentro.

—¿Estás despierto? —pregunté.

—¿Qué hora es?

—Casi la una. ¿Estás bien?

Brad se apoyó sobre los codos y gimió.

—Me siento como una mierda.

—Te has bebido casi dos botellas de vino.

—Esto no es resaca. Estoy enfermo.

Escuchar eso activó mis mejores impulsos como médica, así que crucé la habitación y me senté en la cama a su lado. A pesar de mi decisión de dejar a Brad, me importaba y quería que estuviera sano y feliz. Presioné el dorso de mi mano contra su frente. Tenía la piel hirviendo a fuego lento.

—Tienes fiebre. ¿Hay termómetro en el botiquín?

—Necesito una aspirina.

—¿Qué síntomas tienes?

—No me trates como si fuera un crío.

—Venga ya. ¿Qué te duele?

—Dolor de cabeza horrible, fatiga, dolor general. Tengo calor y siento la mente confusa. Me encuentro fatal.

—Quédate en la cama y descansa. Yo cuidaré de ti.

—Puedo cuidar de mí mismo, pero necesitaré que navegues hasta que me sienta mejor. Uno de los dos tiene que quedarse vigilando.

Titubeé. Manejar el timón durante una noche sin viento era una cosa, pero ¿y si el viento arreciaba? ¿Qué podía hacer yo en una tormenta? Tragué saliva y traté de sonar rotunda:

—Me quedaré despierta hasta que estés lo bastante sano como para ayudar. Puedo poner la alarma de mi reloj y echarme siestas de veinte minutos en cubierta.

—Joder. Es demasiado peligroso dormir. Si no te despiertas, podríamos chocarnos con algo y morir.

—No hay muchas posibilidades de que nos choquemos con nada ahora. El viento ha amainado y solo estamos yendo a un nudo.

—Los petroleros no usan el viento para avanzar, Dagny. Hay barcos cargueros y otros transportes comerciales por toda esta parte del océano. Creo que estamos al sur de las rutas marítimas, pero aún tenemos que estar alerta. Te lo he explicado por lo menos diez veces.

—Te he dicho que yo me encargaré de vigilar —dije.

—Recoge las velas cuando las veas orzar y aprovecha al máximo el viento que tengamos.

—Voy a por el botiquín.

Cogí el kit de medicinas y lo abrí junto a la cama. Saqué un termómetro del primer módulo y le tomé la temperatura. Brad me miró con el ceño fruncido mientras esperábamos. No le gustaba que lo trataran como a un paciente, por su competitividad o alguna cosa masculinas, pero yo no podía evitarlo. Cada instinto que tenía me hacía querer cuidar de él.

Tenía la cara enrojecida y sudorosa. Estaba inquieto y parecía ansioso. Saqué el termómetro y lo leí.

—Treinta y ocho con tres. No es muy grave. Voy a traerte un paño frío y una botella de agua para que te tomes el paracetamol.

—No me siento bien.

Regresé y le di la medicina, y después le calenté una lata de sopa. Sostuve el cuenco frente a él, pero me apartó la mano.

—Tengo náuseas.

—Vale, pero tienes que comer. Avísame cuando creas que tu estómago puede soportarlo.

—Tienes que subir a cubierta. ¿Qué te he dicho? Podría embestirnos algo y hundirnos.

—Yo me encargaré de ello. Tú grita si necesitas algo.

Brad se reclinó y cerró los ojos. Parecía enfermo. Muy enfermo.

Salí y cerré la puerta sin hacer ruido. Ocupé mi lugar frente al timón y escaneé 360 grados de océano azul. El viento había desaparecido y las velas estaban caídas de los aparejos. Si no volvía a soplar, iba a tener que encender el motor y utilizar nuestro limitado combustible.

Sería cruel hablar del divorcio con Brad mientras estuviera sufriendo. A pesar de sus defectos, podía ser una persona decente. Se había casado conmigo y había cuidado de Emma. Me había arrastrado pataleando y gritando hasta el océano Índico y me había permitido liberarme de mi dolor, no del todo, pero sí lo suficiente como para aclarar mi mente, y por fin era capaz de ver una salida a mi dolor. Siempre le estaría agradecida por eso.

Podía esperar un día más para hablar con él sobre nuestro futuro.

CAPÍTULO VEINTISIETE

Me desperté de golpe después de haberme quedado dormida frente al timón. El sol caía a plomo sobre mi cara, lo que significaba que había dormido más de una hora. Me puse en pie y busqué barcos, pero el horizonte seguía despejado. Estábamos solos.

Tendría que tener más cuidado. Brad tenía razón: no tener a alguien de guardia era peligroso, y no podía confiar en la alarma SAI. Había estado despierta toda la noche pensando en mi futuro y había cuidado de Brad todo el día, así que no me sorprendía que me hubiera quedado dormida. Si Brad no mejorara ese mismo día, pondría la alarma y me echaría siestas breves.

En nuestro segundo día sin viento, el mar se había quedado aplanado como un lago y las velas colgaban como toallas de un gancho. Comprobé el GPS y vi que nuestra posición no había cambiado. Me estiré y fui abajo para ver cómo estaba Brad.

Llamé a la puerta del camarote, pero no hubo respuesta. Abrí la puerta y entré. La cama estaba vacía. Un destello de pánico me atravesó.

Oí el sonido de las arcadas dentro del jardín y el vómito cayó a salpicones dentro del retrete.

Eso no es buena señal.

—¿Brad?

Llamé a la puerta.

—Déjame en paz.

—¿Puedo traerte algo?

—Estoy enfermo, joder. Déjame en paz.

Me quedé mirando la puerta cerrada. No debía de haber dormido bien.

—Bueno. Avísame si necesitas algo.

—Lárgate.

Me retiré a la cocina, preparé café y subí a cubierta. El día despejado hizo que la temperatura subiera. Nuestro yate se mecía en una corriente que nos empujaba hacia el oeste, alejándonos de las Maldivas. Caminé por la cubierta y estiré las piernas. Algo salpicó por el lado de estribor y me di la vuelta con el corazón acelerado. Una enorme aleta atravesó el agua.

El gran tiburón blanco había regresado.

Me alejé de la borda por acto reflejo y tropecé con la brazola de la cabina. Perdí el equilibrio y levanté las manos para sujetarme, pero golpeé la cubierta con fuerza y caí contra las cuerdas salvavidas. Sentí un hormigueo en la nuca y miré por el lateral. La forma negra nadaba justo por debajo de la superficie, y después se sumergió bajo el yate.

Caminé hacia babor, esta vez con más cuidado, y peiné la superficie del mar con la mirada. No vi al tiburón. ¿Por qué me daba miedo? La bestia era enorme, pero estábamos dentro de un yate muy grande y no tenía ninguna intención de ir a nadar.

Se me había derramado el café en los pantalones cortos, así que bajé para cambiarme y servirme otra taza. Brad estaba dando vueltas y vueltas en la cama. Me senté a su lado y le puse la mano en la frente, que sentía húmeda y cálida. Ante mi roce, sus ojos se giraron hacia mí, inyectados en sangre y amarillentos.

—¿Cómo te sientes?

Parpadeó como si estuviera tratando de concentrarse.

—Mal.

—Estás más caliente. ¿Cuándo te has tomado el paracetamol?

—¿Qué?

—¿Cuánto tiempo hace que no tomas nada? —le pregunté.

—Eh… No lo sé.

—Ayer te di 650 miligramos a las once de la noche. ¿Has tomado algo esta mañana?

—Me duele la cabeza.

—Necesitamos que te baje la fiebre —dije.

Cogí el kit de medicina y saqué dos comprimidos de paracetamol del frasco. Se los llevé a la boca, pero él se alejó de mí. Me incliné para ponerle el termómetro y él me lo arrebató de la mano.

—Venga ya, Brad. Necesito saber lo alta que tienes la temperatura. Sabes que es así.

Me fulminó con la mirada y se metió el termómetro en la boca. Se lo saqué cuando pitó.

—Mierda. Ahora estás a treinta y ocho con nueve.

Brad se arrastró hasta sentarse y sacudió la sábana, agitado e inquieto. Le llevé otro paño frío y una bebida del frigorífico. Él cogió ambas cosas y se reclinó en la cama.

—Acuéstate y descansa —le dije.

—Ya sé lo que tengo que hacer. Joder, yo también soy cirujano, ¿o es que lo has olvidado?

Me puse en pie. Los médicos eran los peores pacientes.

—¿Qué puedo traerte?

—Déjame en paz para que pueda dormir.

Brad se rascó la cabeza con furia, se envolvió en la sábana y se dio la vuelta. Parecía furioso y confuso.

La fiebre podía provocar eso.

CAPÍTULO VEINTIOCHO

El sudor cubría mi piel bajo el calor sofocante. El viento había amainado y el yate yacía inmóvil sobre la superficie plana. Me quité la camiseta y usé la tela suave para secarme el sudor de la frente. Dejé caer la camisa húmeda sobre el cojín a mi lado. Incluso en bikini, el aire inerte me arañaba la piel.

Hacía días que no teníamos viento y, con una cantidad limitada de diésel, estábamos a su merced. La brisa se acabaría incrementando, pero no quería pensar en tener que navegar sin Brad. Iba cada hora a ver cómo se encontraba, esperando que mejorase. Lo necesitaba para llevarnos a las Maldivas.

El océano resplandecía con un azul intenso, fresco y acogedor, pero la idea de meterme en el agua todavía me aterrorizaba. No había nadado desde que tenía diez años, y ahora había cientos de metros de agua salada por debajo de nosotros. Mi miedo era auténtico, y eso había sido antes de ver al tiburón. La imagen de un monstruo con dientes serrados acechando en las profundidades, invisible y hambriento, me provocó una sacudida fría en el estómago.

Echarme agua sobre la cara y el cuerpo me resultaría refrescante, pero meterme en la ducha molestaría a Brad. Abrí el panel de instrumentos y pasé a la pantalla que controlaba la plataforma de natación. Parecía bastante simple, con unos botones para subirla y bajarla. Una gota de sudor cayó de mi frente hacia la pantalla. Apreté el botón y la popa se abrió con un zumbido eléctrico.

La plataforma se desplegó hacia afuera y descendió por su sistema hidráulico hasta quedar paralela a la superficie. La cubierta de teca flotaba a unos centímetros del agua.

Busqué al tiburón antes de bajar los escalones de madera. Mis ojos recorrieron la superficie por última vez y subí a la resistente cubierta. El océano permanecía plano, sin viento ni corrientes perceptibles, y la plataforma parecía estable. Me relajé y me arrodillé en el borde del muelle. Miré fijamente a las profundidades, pero mi rostro se reflejaba en la superficie vidriosa.

Me incliné, hundí las manos en el agua y me salpiqué la cara. No estaba tan fría como esperaba, pero seguía siendo más fresca que el aire.

El océano no me daba miedo mientras mis pies permanecieran en tierra firme, y pasar semanas en el yate había atenuado mi temor. Tendría que haberlo hecho años antes. Me mojé las manos de nuevo y me eché un puñado de agua salada en el pecho. Goteó por mi torso y sobre mis piernas, enfriándome.

El tiburón salió a la superficie a tres metros por delante de mí, con el morro gris sobresaliendo del agua.

Eché mi cuerpo hacia atrás desde el borde y caí al centro de la plataforma.

El tiburón giró la cabeza y me miró con un ojo negro: el rostro de un demonio.

Me puse de pie de un salto y subí las escaleras. El corazón se me aceleró y la cabeza me daba vueltas. Respiraba de forma rápida y superficial, pero seguía temblando.

Me arrastré hasta la popa mientras la bestia levantaba la cabeza de nuevo, mostrando hileras de dientes blancos. Sus mandíbulas se abrieron y cerraron de golpe, y su cabeza se sumergió. Después, el tiburón movió la gigantesca aleta caudal y se deslizó más allá del muelle, sin prisa aparente. El sol brillaba sobre sus aletas dorsales mientras nadaba por el lado de babor del yate y desaparecía bajo la superficie.

Apreté el botón de elevación y el muelle se replegó contra la popa. Puede que las corrientes eléctricas hubieran atraído al tiburón. Fuera lo que fuera, no volvería a hacer eso jamás.

CAPÍTULO VEINTINUEVE

Me pasé la tarde examinando el océano y no volví a ver al tiburón, pero lo sentía acechando cerca, sin alejarse demasiado, esperando algo. Se me erizó el fino vello de los brazos.

Al anochecer, bajé y escuché desde la puerta del camarote. Nada. Brad necesitaba dormir por encima de cualquier cosa, así que entré sigilosamente, sin llamar.

Roncaba y chasqueaba los labios como si tuviera sed. Daba vueltas y vueltas en un sueño hiperactivo. Se rascó la parte superior de la cabeza, se dio la vuelta y se rascó de nuevo con la otra mano, obviamente incómodo.

Le serví un vaso de agua y lo dejé a su lado. Le toqué la frente con la muñeca, con cuidado de no despertarlo. Tenía la piel ardiendo.

Apartó mi mano de un manotazo mientras dormía y volvió a rascarse. Cuando apartó los dedos, vi que había sangre goteando de sus uñas.

Me incliné hacia él y lo examiné. Tenía el pelo de la coronilla apelmazado con sangre seca. ¿Se había rascado lo bastante fuerte como para atravesar la piel?

Los ojos nublados de Brad se abrieron y se agrandaron, llenándose de furia. Levantó la cabeza de la almohada y me agarró por los hombros.

—Quítate de ahí, joder —gritó.

Abrí la boca en un grito silencioso.

Sus dedos se clavaron en mi carne, provocándome un dolor punzante en los brazos. Me empujó, me caí de la plataforma y choqué contra la pared. La sorpresa se extendió por su rostro y se miró las manos boquiabierto, como si estuvieran controladas por otra persona y hubieran actuado sin su permiso.

—¿Qué cojones? —pregunté—. Me has hecho daño.

—Lo siento. Me has asustado. Creo, eh… Creo que estaba soñando.

Parecía arrepentido, pero me dolían los hombros y me temblaban las manos. Me rodeé el cuerpo con los brazos, más nerviosa que herida.

—Me has hecho daño.

—¿Qué cojones me estabas haciendo? —preguntó, y su tono se volvió más afilado.

Di medio paso hacia atrás.

—Te vi rascarte. Estás sangrando.

Los ojos de Brad se suavizaron de nuevo y se frotó el cuero cabelludo. Apartó la mano y se miró las yemas de los dedos, que estaban manchadas de rojo.

Mis pies estaban clavados en la cubierta.

—¿Qué es? ¿Por qué estás sangrando?

—Algo debe haberme mordido. No lo sé. El murciélago, tal vez.

Se me heló la sangre en las venas.

—¿El murciélago? Me dijiste que no te mordió.

—Pensaba que no.

—¿Lo hizo?

Mi garganta se había contraído y hacía que mi voz se elevara, llena de pánico.

—Se chocó contra mí, pero no sentí ningún mordisco.

—Los murciélagos tienen toda clase de enfermedades. Deberías haberme dejado que te examinara. Podría haberte llevado a un médico en Bali.

—Te he dicho que no sabía que me había mordido. No es culpa mía. Yo también soy médico, ¿sabes? No me digas lo que tengo que hacer.

—Déjame que lo vea.

—Estoy bien. Déjame en paz.

—No estás bien. Todavía tienes fiebre.

—Aléjate de mí... Por favor.

Lo miré con ojos furiosos. No me permitía examinar su cabeza, e insistir solo serviría para irritarle más.

¿Debería preocuparme por Brad o temerle?

CAPÍTULO TREINTA

Brad atacó a Emma en su tumba. Sus manos le apretaron la garganta, aplastándole la tráquea, y ella se ahogó y se retorció, luchando por respirar. Su rostro se volvió azul y sus ojos se pusieron en blanco. Traté de alcanzarla, pero no era capaz de mover los brazos. Traté de gritar, pero no salió nada.

Me desperté sobresaltada por el pitido de la alarma de mi reloj. Me dolían los músculos y me palpitaba la cabeza. Me incliné hacia adelante en la tumbona y mis ojos recorrieron todo el lugar. Las estrellas llenaban el cielo, y el océano vacío nos rodeaba. Hacía días que no nos movíamos ni veíamos otro barco. El estado de Brad, la falta de viento, el tiburón; todo me infundía una sensación de fatalidad inminente.

No podía volver a dormirme después de esos horribles sueños, de modo que abrí mi MacBook Air para investigar un poco, lo que siempre me tranquilizaba. Había funcionado cuando mi madre andaba borracha por la casa dando traspiés y cuando la facultad de Medicina parecía imposible. E iba a funcionar en esta ocasión. La herida infectada en la cabeza de Brad debía de haber venido del murciélago en la cueva del templo. ¿Qué otra cosa podría haberlo hecho?

Abrí el navegador y consulté sobre los murciélagos autóctonos de Indonesia. Aparecieron más de once millones de páginas y revisé los resultados. Indonesia era el hogar de cientos de especies de murciélagos, un hecho que no recordaba haber leído en sus anuncios de turismo. Busqué el templo Pura Goa Lawah, abrí Wikipedia y leí el artículo. Los murciélagos del néctar infestaban la cueva que había en la zona del templo, así que a continuación escribí «murciélago del néctar Bali» y encontré varios sitios web de ecología.

El murciélago del néctar de la cueva parecía ser el culpable más probable. Eran marrones o negros, con cabezas con forma de perro, cuerpos peludos y orejas puntiagudas. No eran carnívoros y se alimentaban del néctar de las plantas. Una imagen mostraba a un murciélago de la cueva metiendo su larga lengua rosada en una flor.

¿Tendría dientes siquiera? Me llené de optimismo.

Busqué más y encontré una página web sobre animales que afirmaba que todos los murciélagos tenían caninos. Mi esperanza se desinfló. Ese murciélago del néctar de la cueva tenía colmillos y podría haber mordido a Brad. Los murciélagos carnívoros rara vez mordían a los humanos, y por lo general se alimentaban de insectos u otras presas pequeñas. Los pequeños colmillos no siempre causaban dolor, lo que significaba que Brad podría haber sentido el golpe del murciélago, pero no su mordisco.

Pero si los murciélagos del néctar eran herbívoros, ¿por qué le había mordido? Seguí leyendo.

A veces, los murciélagos atacaban a los humanos porque eran portadores de la rabia, una enfermedad neurológica que los enloquecía. Menos del uno por ciento de todos los murciélagos portaban el virus de la rabia, según una página sobre animales, pero otra página afirmaba que el seis por ciento de los murciélagos lo tenían. ¿Cómo podían ser precisos esos números? Había miles de murciélagos en esa cueva de Bali, y si el uno por ciento tuviera la rabia y comenzara a morder a los demás, el porcentaje de portadores aumentaría.

Investigué los síntomas de la rabia, y la mayoría de las páginas instaban a la prevención mediante la vacuna contra la rabia. Según el Centro para el Control de Enfermedades, más de cincuenta y nueve mil personas mueren cada año a causa de la rabia, principalmente en África y Asia. La enfermedad casi había sido erradicada en los Estados Unidos y solo una o dos personas sucumbían a ella cada año. Las vacunas contra la rabia habían demostrado ser eficaces, e incluso si un murciélago mordiera a un paciente no vacunado, un médico podría administrarle la profilaxis post-exposición. El período de incubación del virus podía oscilar entre los cinco días y los diez años, con un promedio de unas tres semanas.

Por desgracia, una vez que un paciente presentaba síntomas, ya era demasiado tarde para recibir tratamiento. Aquello sucedía rara vez en Estados Unidos, a menos que los pacientes se despertaran en una habitación con un murciélago pero no supieran que los había mordido. Debido a esa posibilidad, el protocolo médico requería administrar tratamiento si un paciente había estado dormido cerca de un murciélago.

Tendríamos que haber ido a un médico.

Seguí leyendo más y ahogué un grito. La tasa de mortalidad de los pacientes que presentaban síntomas era casi del cien por cien. Solo se habían registrado siete casos de pacientes que sobrevivieron después de que los síntomas se hicieran visibles. Cerré de golpe mi portátil.

Brad no tiene la rabia.

Pero si la tuviera y lo que le estaba pasando eran los primeros síntomas, se iba a morir. No iba a ser capaz de soportar su muerte. Ahora no. No después de Emma. No tenía la rabia, y punto.

Subí a cubierta y miré el agua. Revisé los instrumentos. Inspeccioné las velas. Caminé a lo largo del yate. Me froté el cuello y me pasé los dedos por el pelo.

—Joder.

Yo era médica. Puede que enterrar la cabeza en la arena fuera más fácil que enfrentarme a la posibilidad de que Brad hubiera contraído la rabia, pero no era una respuesta racional. Era comprensible, pero no racional. Necesitaba tener en cuenta cuál podría ser el peor de los casos y darme tiempo para planificar en consecuencia. Lo más probable era que Brad tuviera la gripe, pero si fuera algo más grave, si fuera la rabia, tendría que usar mi mente para resolver el problema. La razón siempre había sido mi refugio, así que superaría aquello pensando.

Abrí el portátil y volví a revisar los síntomas. Después del período de incubación, los pacientes infectados mostraban síntomas similares a los de la gripe durante un tiempo de entre dos y diez días. Los pacientes presentaban dolores de cabeza, debilidad, náuseas, ansiedad e hiperactividad. La rabia atacaba el sistema neurológico y provocaba confusión y disfunción cerebral. Brad había mostrado todos esos síntomas, pero la gripe también podría explicarlos.

Salvo por la maldita herida de la cabeza.

En la fase aguda, el comportamiento característico de los pacientes infectados con la rabia incluía salivación excesiva (babear como un perro), dificultad para tragar e hidrofobia. Los pacientes habían mostrado un miedo extremo al agua desde que existían registros de infecciones por rabia.

La gente contraía la enfermedad a causa de animales salvajes. Las mordeduras de perro provocaron una epidemia de rabia en Bali en 2008, pero ahora la enfermedad estaba bajo control. La mayoría de la gente en Estados Unidos contraía el virus a causa de los murciélagos, pero cualquier animal podría portarlo. Después de que una rabia furiosa atravesara el cerebro, los pacientes experimentaban parálisis, coma y la muerte. Era un virus salvaje y una forma horrible de morir.

Hice clic en un vídeo de un hombre africano atado a una cama de hospital, con una máscara de oxígeno cubriéndole la boca. Se sacudía en la cama, gruñía y ladraba mientras un médico documentaba sus síntomas, dos semanas después de la mordedura de un perro. Los ojos del paciente brillaban como una bestia salvaje.

¿De verdad esto es cierto?

Mis ojos se dirigieron rápidamente a la escalera.

Abrí otro vídeo en blanco y negro que mostraba a unos aldeanos persas llevados al Instituto Pasteur después de haber sido mordidos por un lobo. Un hombre tenía lesiones en la cara. Según el narrador, un paciente desarrolló hidrofobia al tercer día con síntomas. Un hombre agitado daba vueltas en la cama. En otro fragmento, escupía agua después de intentar beber, tosiendo y jadeando. Al quinto día lo habían atado a una cama, donde yacía empapado de sudor y echando espuma por la boca. Se le pusieron los ojos en blanco. Quedó paralizado, entró en coma y murió.

Miré de nuevo hacia la escalera. ¿Había oído algo?

Cerré el vídeo y abrí otro, de Bhopal, en la India. Un grupo de personas estaba en la calle mirando a un hombre arrodillado, comiendo comida directamente de un plato como si fuera un animal. Una mujer intentó darle un sorbo de una jarra y el hombre se abalanzó sobre ella, lanzando dentelladas como un perro rabioso.

Se me llenaron los ojos de lágrimas.

—Madre mía.

Si Brad tenía la rabia, no había nada que pudiera hacer. Podría estar muerto en tan solo ocho días. Comencé a hervir de furia. El ego de Brad me había impedido examinarle la cabeza en Bali. Si hubiera visto sangre en su cuero cabelludo, habría sabido que el murciélago lo había mordido y podríamos haber ido a un médico antes de partir. Pero ahora ya era demasiado tarde. Lo único que teníamos era un botiquín médico. Y a mí.

¿Qué voy a hacer si se muere?

CAPÍTULO TREINTA Y UNO

Brad llevaba horas dormido, y me paseé por la cubierta para tranquilizarme. Había sugerido llamar para pedir ayuda, pero él se había negado y no creía que tuviera sentido discutir. Si tenía la rabia, no había ninguna cura a estas alturas, pero al menos podía buscarle cuidados paliativos para que sus últimos días fueran menos dolorosos. Teníamos que encontrar un puerto.

Me senté en la cabina con el portátil y comprobé los pronósticos del viento y el tiempo. No encontré nada específico para nuestra ubicación, pero no se pronosticaba ninguna tormenta para el norte del océano Índico. Busqué en Google «océano Índico sin viento» y apareció una docena de artículos sobre la zona de calmas ecuatoriales.

—Mierda.

La zona de calmas ecuatoriales era un vacío sin viento que se producía a cinco grados del ecuador, especialmente al norte de él, donde ahora estábamos flotando. El fenómeno se producía entre los vientos alisios del este y del oeste, a ambos lados del ecuador, donde la radiación del sol calentaba el aire y lo empujaba hacia arriba. Las condiciones sin viento podían llegar a durar varias semanas, y era posible que se produjeran tormentas repentinas.

Tenemos que salir de aquí.

Subí a la cabina, coloqué un mapa del océano Índico sobre la mesa de navegación y lo comparé con la pantalla del ordenador que mostraba nuestra ubicación en el GPS. Había mil quinientas millas desde Banda Aceh, en el extremo de Indonesia, hasta las Maldivas. Habíamos estado navegando a una media de ocho nudos antes de que la tormenta nos acercara al ecuador. Cruzar el océano Índico debería habernos llevado siete u ocho días y estábamos casi a la mitad del camino, por lo que si tuviéramos un viento constante podríamos llegar en unos cuatro días. Por desgracia, el viento había amainado hacía tres días y la corriente nos había llevado en la dirección equivocada.

Calculé que nos quedaban ochocientas cincuenta millas por recorrer. Si volviera algo de viento y pudiéramos aumentar la velocidad a tres nudos, todavía tardaríamos once días en llegar a las Maldivas. Y si el murciélago había infectado a Brad, no le quedaba mucho tiempo. Podía quemar nuestro limitado combustible, pero no teníamos suficiente para llegar. Encender el motor podría acercarnos, pero también podría atraer al tiburón.

Un escalofrío me recorrió el cuerpo, y decidí no preocuparme por miedos irracionales ante una crisis genuina.

Revisé el indicador de combustible, que mostraba que nos quedaban 984 litros de combustible diésel de los mil que habíamos cargado en Bali. Abrí el manual del Beneteau y confirmé que consumiríamos algo más de once litros de combustible por hora, a 2.000 revoluciones por minuto, lo que debería darnos una velocidad de 8,5 nudos. A esa velocidad podríamos utilizar el motor durante 86 horas, pero tendría que ahorrar algo de combustible (al menos once o doce litros) para navegar a través de un canal y atracar. Podríamos navegar a 8 nudos durante 85 horas y quedarnos a siete horas y media de las Maldivas.

También podría utilizar el motor para ir hacia el norte e intentar aprovechar los vientos alisios del oeste, pero eso me llevaría en la dirección equivocada y era posible que no los encontrara, lo que supondría desperdiciar combustible en vano. Conducir contra la corriente nos ralentizaría, y si el viento aumentaba, también podría utilizar las velas, pero esas eran variables desconocidas.

Era posible que Brad no tuviera la rabia, pero tenía que suponer lo peor y llevarlo a un hospital. Si utilizaba el motor y no tenía la rabia, solo habría desperdiciado nuestro combustible.

Leí las instrucciones, subí las escaleras y puse en marcha el motor. La vibración retumbó a través de las plantas descalzas de mis pies mientras aceleraba el motor. Las velas ondearon violentamente y las plegué. Confirmé que el piloto automático nos tenía en rumbo oeste, directo hacia las Maldivas, y bajé para ver cómo se encontraba Brad.

Estaba sentado en la cama con la cabeza ladeada, escuchando el motor.

—¿Qué es eso? —preguntó—. ¿Qué es ese ruido?

Dudé un momento. ¿No reconocía el sonido de nuestro motor?

—Estoy utilizando el motor para escapar de la zona de calmas ecuatoriales.

—¿Qué? No tenemos suficiente combustible. Estás desperdiciando el diésel. —Movió la cabeza de un lado a otro en una rabieta febril—. No lo hagas.

—Brad, escúchame. Estás enfermo y necesito llevarte a puerto. He puesto rumbo a las Maldivas. Podemos ir a un hospital allí.

—¿Hospital? No necesito un médico. Tengo la gripe.

¿Debería decirle que sospechaba que era la rabia? Probablemente sabría que era incurable en esta etapa. Parecía cruel preocuparlo, pero como médica creía que un paciente siempre tenía derecho a escuchar la verdad. No era yo quien debía tomar la decisión de proteger a un paciente de los hechos relacionados con su salud, incluso cuando el paciente era mi esposo. Me senté en la cama junto a él.

—Cariño, no quiero asustarte, pero hay una posibilidad de que hayas contraído la rabia de ese murciélago.

—¿La rabia? Imposible.

—Podría estar equivocada y no quiero que te agobies. Es solo una posibilidad, pero la herida de tu cabeza no cicatriza, lo que indica una mordedura rabiosa.

—Me la he rascado. Estoy sangrando porque me rasqué mientras dormía. Tengo la gripe.

—Puede que tengas razón.

Mi pecho se llenó de esperanza. Puede que tuviera la gripe y se hubiera quitado una costra. E incluso aunque el murciélago lo hubiera mordido, tal vez no fuera portador del virus.

—Si tengo síntomas de rabia, estoy muerto —dijo con la voz rota.

—No pienses en ello. Intenta mantenerte hidratado y descansar un poco. Si es una gripe, te recuperarás en unos días. Déjame planificar las cosas por si fuera lo peor.

—¿Quién está de guardia? —dijo, con el pánico brillando en sus ojos.

—¿Qué quieres decir? Estoy aquí contigo. No hay nadie más.

—¿Quién está de guardia? —gritó Brad.

—Brad, intenta concentrarte. No hay nadie más a bordo.

—Tenemos que estar atentos por si hay barcos petroleros. Voy a subir a cubierta —dijo, y sacó la pierna de la cama.

Le puse la mano sobre la rodilla para detenerlo.

—Iré yo. Yo me encargaré de la guardia. Descansa un poco.

—Tengo insomnio. He intentado dormir, pero no puedo. Me duele la garganta.

Más síntomas de la rabia.

CAPÍTULO TREINTA Y DOS

Habían pasado casi dos semanas desde que Brad mostró por primera vez síntomas parecidos a los de la gripe y había experimentado dos días de síntomas agudos. Si mi diagnóstico era correcto, podría estar muerto en una semana. No me lo podía creer. Sí, quería divorciarme de él, pero no quería que se muriera. Aquel viaje había sido duro, y lo que debería haber sido una experiencia transformadora se había convertido en una pesadilla.

Pobre, pobre Brad.

Bajé para ver cómo se encontraba y me detuve frente a la puerta del camarote para escuchar sus ronquidos. Sonaba como si estuviera hablando con alguien. Abrí la puerta y me asomé al camarote. Estaba durmiendo de espaldas a mí.

—Lo siento, Emma —dijo.

Me quedé helada cuando lo oí pronunciar el nombre de nuestra hija. Estaba soñando. Yo también había experimentado una buena cantidad de esas pesadillas y pensé en despertarle, pero dudé porque necesitaba dormir.

—Lo sé, estás muerta —añadió.

Unos dedos helados acariciaron mi espalda. Me detuve junto a la puerta con un pie en el pasillo. No quería despertarle, pero odiaba verle sufrir y no podía escuchar su sueño sobre Emma.

—Yo no te asesiné —dijo—. No, yo no quería matarte.

¿Qué había dicho? ¿Creía que había matado a Emma? Se me secó la boca y me dio vueltas la habitación.

—Un accidente... Sí —continuó—. ¿Qué? No digas eso. Eres mala.

Ya no podía soportarlo más. Tenía que despertarlo. Rodeé la cama y me detuve en seco: los ojos de Brad estaban muy abiertos.

—Mira, Emma, Dagny también está aquí —dijo Brad, mirándome directamente—. Saluda a Emma, Dags.

Me tapé la boca con las manos y di un paso atrás. Estaba delirando, alucinando.

—Despierta, Brad, estás soñando.

—No puedo dormir. Estoy hablando con Emma.

—Emma no está aquí.

—Está justo a tu lado.

Se me constriñó el pecho y se me llenaron los ojos de lágrimas.

—Me estás asustando. Para.

—Tengo un secretito —dijo Brad, sonriendo como un loco—. ¿Quieres oírlo?

—No, Brad. No quiero oír nada. Vete a dormir.

—Es una cerda.

—¿Quién es una cerda?

—Emma. Es una cerda mentirosa.

—Basta, Brad. Para. No hables así de nuestra hija muerta. ¡Cómo te atreves!

—Le dije que no te lo dijera, pero esa cerda quiere echarme la culpa. —La saliva salió volando de su boca—. No lo siento. No lo siento.

Abrí la boca y un sollozo se escapó de entre mis labios. No era capaz de recobrar el aliento. ¿Qué estaba diciendo? ¿Le había hecho algo a Emma? Mi pulso latía en los oídos.

—Estás alucinando —le dije—. Emma no está aquí. No has hecho nada.

—Pobre Dags. Siempre tan buena. Siempre tan triste. No sabes lo que significa estar triste.

Brad se sentó erguido, con los ojos rojos y llenos de odio. La bestia había regresado.

Obligué a mi cuerpo a moverse y salí del camarote, cerrando la puerta detrás de mí. Me temblaban las manos y las lágrimas corrían por mis mejillas. Brad jamás habría podido hacerle daño a Emma. Estaba alucinando. Era la fiebre la que hablaba. Eso era todo.

Solo era la gripe.

CAPÍTULO TREINTA Y TRES

Teníamos un problema. Y muy serio.

La situación de Brad había empeorado, y si había contraído la rabia a causa de ese murciélago, eso suponía una sentencia de muerte. Examiné el horizonte vacío. Con diésel íbamos a ocho nudos, pero tardaríamos tres o cuatro días en llegar a puerto, tal vez más.

La noche anterior había dormido en cubierta durante horas, incapaz de soportar el delirio de Brad. Me daba miedo. El sueño me había ayudado, pero el agotamiento físico y mental me consumía. Su alucinación me había aterrorizado y no me atrevía a plantearme si había matado a Emma, una posibilidad demasiado horrible como para contemplarla. No podía contemplarla. No mientras estuviera en el barco.

Necesitaba consejo, una confirmación de que estaba haciendo todo lo posible. Bajé con cuidado por la escalera hasta el salón y escuché. Unos débiles ronquidos salían del camarote. Me dejé caer en la silla del capitán y encendí mi portátil.

¿A quién debía llamar? Podía comunicarme con el Centro de Cirugía Pediátrica de Boston, pero si Brad no tenía la rabia, sonaría alarmista y el personal ya parecía preocupado por mi bienestar mental. Pero no podía ignorar el diagnóstico más obvio porque fuera demasiado espantoso como para aceptarlo. ¿Quién podría ayudarme?

Eric.

Cuando Jessica y yo vimos al doctor Eric Franklin fuera del hospital, me había dicho que le llamara si necesitaba algo, y parecía sincero. Eric tenía la experiencia que necesitaba, y podía contar con su discreción. Escuchar una voz amiga también me ayudaría.

Miré mi reloj. Estábamos navegando frente a la costa de la India, a diez horas y media por delante de Boston, lo que significaba que allí eran las ocho de la noche. Encontré el número de Eric en mis contactos del correo electrónico y lo escribí en Skype. La llamada fue directa al buzón de voz. Pero también tenía un iPhone, así que probé a llamarle por FaceTime.

La pantalla cambió y apareció el rostro de Eric. Al verle, casi rompí a llorar. Pareció confundido por un momento, pero entonces su rostro se iluminó al reconocerme.

—Dagny, me alegra saber de ti. ¿Cómo estás?

Ver a Eric, alguien en quien confiaba y que me importaba, me resultaba abrumador. Sonreí, pero una lágrima corrió por mi mejilla.

—Hola, Eric. Me alegra que hayas respondido.

Se le arrugó la frente.

—¿Estás bien? ¿Qué ocurre?

—Tengo un problema y necesito tu consejo. ¿Puedes hablar?

—Siempre. ¿Se trata de ti o de un paciente?

—Es mi marido, Brad.

Eric asintió con la cabeza, aunque parecía menos contento que un instante antes.

—¿Qué puedo hacer por ti?

—Es probable que suene un poco paranoica, pero necesito una segunda opinión.

—Dime.

—Cuando Brad y yo visitamos Bali, un murciélago salió volando de una cueva y lo golpeó en la cabeza. Es posible que le haya mordido, pero está...

—¿Comenzó el tratamiento?

—Él no notó ningún mordisco, pero hace dos días le encontré una pequeña herida en la cabeza y todavía sigue sangrando. ¿Crees que...?

—¿Tiene algún síntoma?

—Parecidos a la gripe. Está diaforético, fiebre baja, dolores de cabeza, náuseas, debilidad...

—¿Ha manifestado alguna anomalía neurológica? —preguntó Eric.

—Delirio. No lo sé. Podría ser a causa de la fiebre. La gripe puede provocar eso.

—¿Cuánto tiempo ha pasado desde los primeros síntomas?

—Está más enfermo desde hace un par de días, pero sus síntomas parecidos a los de la gripe comenzaron hace más de una semana.

—¿Y cuánto tiempo ha pasado desde que el murciélago le mordió, o sea, si es que le mordió?

—Nueve días. Tengo que preguntártelo, si fue un mordisco y el murciélago estaba rabioso, ¿podría presentar síntomas tan rápido?

—El período de incubación es de unos treinta días de media, pero he conocido casos en los que los síntomas aparecen en tan solo cinco días. Los resultados dependen de la fuerza de la cepa del virus, la salud del paciente y muchas otras variables confusas. Predecir el comportamiento de la enfermedad puede ser difícil, y por eso es por lo que el tratamiento debe comenzar inmediatamente después de la exposición.

—¿Podría presentar ya los síntomas? —pregunté.

—Sí. No sabemos qué toxina o virus ha contraído, pero la rabia ataca el sistema nervioso y los síntomas comienzan cuando el virus llega al cerebro. Si el murciélago le mordió en la cabeza, el comienzo de los síntomas habrá sido rápido.

Me di cuenta de que me había estado mordiendo una uña y me la saqué de la boca.

—He investigado sobre la rabia en internet y he visto los resultados. Si la tiene, ¿qué puedo hacer?

—¿Estás sola ahora? ¿Está ahí contigo?

—Ahora está durmiendo.

Eric se aclaró la garganta.

—La rabia se puede tratar antes de que el paciente tenga síntomas, pero una vez que el paciente presenta daño neurológico, no hay ninguna cura. Dagny, te lo voy a decir directamente. Si el virus ha llegado a su cerebro y le está provocando síntomas visibles, la enfermedad tiene una tasa de mortalidad de casi el cien por cien. Lo siento mucho.

Tomé aire otra vez.

—¿Cuánto tiempo?

—Es imposible decirlo, pero si el comportamiento que estás describiendo es a causa de la rabia, entonces la enfermedad se está desarrollando con rapidez. Supongo que duraría menos de diez días después del primer síntoma agudo.

—¿Hay algo que pueda hacer?

—Solo cuidados paliativos para que se sienta más cómodo y aliviar su dolor. Lo siento. Sé que es difícil escuchar esto después de todo lo que has pasado este año.

—Sí.

Oí un golpe en el camarote principal y miré hacia la puerta. Los ronquidos de Brad continuaron.

—Basándome en tu descripción, mi diagnóstico es que Brad contrajo la rabia, pero no lo he examinado y es posible que estés viendo síntomas de otra enfermedad. Si no hay hidrofobia, es posible que tu marido haya contraído otra cosa. Mi consejo es que lo lleves a un hospital lo antes posible.

—Eso es lo que estoy haciendo, pero es más fácil decirlo que hacerlo.

—¿Cómo te puedo ayudar?

—Dime lo que puedo esperar —le pedí.

—Síntomas parecidos a los de la gripe durante aproximadamente una semana y síntomas agudos durante más o menos diez más. A esto le siguen la parálisis, el coma y la muerte. Algunos pacientes experimentan períodos de lucidez a medida que se acerca su muerte inminente.

Se me empañaron los ojos y estuve a punto de perder el control. Este no era un paciente más, era mi marido, y la única persona a bordo que sabía navegar.

—¿Por qué no vimos sangrar la herida antes de esto? —le pregunté.

—Probablemente fuera un pequeño pinchazo. Cuando la rabia se vuelve sintomática, las viejas heridas vuelven a sangrar. Tal vez le picaba y se la rascó.

—Qué enfermedad tan horrible —dije.

—Tengo que preguntarte una cosa, pero quiero ser delicado. La rabia es un virus altamente contagioso. El principal factor que limita el número de epidemias es la rápida progresión del virus y la alta tasa de mortalidad. ¿Has estado expuesta?

Visualicé a Brad encima de mí, llenándome de semen el día antes de que sus síntomas empeoraran. Había estado preocupada por él y no había tenido en cuenta mi vulnerabilidad. Se me formó un nudo en el estómago.

—Brad y yo hemos tenido relaciones una vez. Se transmite a través de los fluidos corporales, ¿verdad?

Contuve la respiración.

—La rabia se transmite a través de la saliva o por contacto directo con la sangre o el líquido cefalorraquídeo. No se puede contraer únicamente a través del contacto sexual, pero un beso con la boca abierta sería una vía de exposición.

Mi mente se aceleró para tratar de recordar esa noche en cubierta.

—Yo, eh… Creo que no corro peligro. No he besado a Brad en absoluto. Tuvimos relaciones sexuales, pero no nos besamos.

Me sonrojé, preguntándome qué pensaría Eric sobre el sexo sin besar.

Soltó un suspiro, y sonaba aliviado.

—Lo más probable es que estés bien, pero te recomiendo que te hagas la prueba y recibas tratamiento, solo para estar segura. Si has estado expuesta, el tiempo también corre para ti.

—Lo haré cuando lleguemos a tierra.

—Bien. Me preocupo por ti.

¿Cómo debería responder a eso?

—Para ser claros, ¿la vida de Brad depende de si estos síntomas son por la rabia?

—Sí. Presta atención por si hay comportamientos anormales, alucinaciones y agresión.

—¿Agresión?

—La rabia afecta a las personas de dos formas. El virus puede causar parálisis, coma y la muerte, lo que se conoce como rabia paralítica, o los pacientes pueden desarrollar rabia furiosa.

Se me hizo un nudo en la garganta y tragué saliva.

—Eso no suena agradable.

—No lo es. Con la rabia furiosa, los pacientes se vuelven hiperactivos, agitados y confusos. No pueden dormir y a menudo tienen alucinaciones. Los síntomas clásicos son una salivación excesiva, dificultad para tragar e hidrofobia. La aversión patológica al agua es un signo único. Algunos pacientes experimentan priapismo, erecciones involuntarias y orgasmos, a menudo decenas de veces al día. Ciertas cepas de la rabia hacen que algunas personas sean más violentas que otras.

Dejé de morderme la uña.

—Eso no es una buena noticia.

—¿Dónde estás ahora? —preguntó Brad.

—Estamos en mitad del océano Índico.

—¿Puedes llegar al puerto?

—Lo estoy intentando, pero el viento…

—No quiero asustarte, Dagny, pero esto es grave. En el período neurológico agudo, los pacientes se vuelven hiperagresivos. Echan espuma por la boca y emiten gemidos agudos que suenan como ladridos. Hay pacientes que han atacado a la gente… Incluso la han mordido. Hay una razón por la que esta enfermedad está rodeada de mitología.

Me mecí hacia delante y atrás en el banco, con un sabor amargo en la boca.

—¿Estás diciendo que, si tiene la rabia, podría volverse peligroso?

—Extremadamente.

Le di las gracias a Eric y terminé la llamada. Me quedé mirando el mamparo que conducía al camarote. Brad tenía la rabia e iba a morir. Había estado enfermo y se había pasado más de una semana con los síntomas iniciales. Su violencia y las alucinaciones durante los dos últimos días eran síntomas agudos, lo que significaba que le quedaban ocho días, tal vez menos. Era peligroso, y yo no tenía a nadie que me ayudara.

Me enfrentaba a esta encrucijada sola.

CAPÍTULO TREINTA Y CUATRO

Me senté detrás del timón, parpadeando para tratar de mantener los ojos abiertos. No había dormido más de cuatro horas en los últimos tres días y sentía los brazos y piernas pesados, inútiles. Cerré los ojos para descansar un segundo.

Me desperté con un estruendo, felizmente inconsciente por un momento, antes de recordar mis circunstancias y que la adrenalina corriera por mis venas. ¿Cuánto tiempo había estado dormida? Me levanté y un dolor me atravesó el cuello y los hombros por haber estado durmiendo en el banco.

Tenía la sensación de que algo iba mal.

Soplaba una brisa desde el sur, y el cielo se oscurecía bajo unas espesas nubes negras. Cogí los prismáticos y miré el océano a babor. Un destello iluminó las nubes.

Rayos.

A pesar de que estábamos atrapados en la zona de calmas ecuatoriales, una tormenta había aparecido de la nada y se dirigía directamente hacia nosotros. Inspiré profundamente para controlar mi pánico creciente. No poseía las habilidades para ayudarnos a superar una tormenta. Brad había izado las velas y usado el ancla para mantener nuestra proa contra el viento, pero a mí me resultaría difícil hacerlo. También me había explicado algo sobre arriar las velas para capear una tormenta desde abajo, pero me había advertido de que podríamos zozobrar. Me temblaban las manos.

Tenía unos veinte minutos para prepararme. Me conecté a internet, busqué técnicas de navegación y encontré una página web que enumeraba mis opciones. Las ráfagas soplaban con más fuerza y la tormenta se acercaba con rapidez. Tenía que actuar.

Como ya había arriado las velas, decidí capear la tormenta desde abajo, donde podría cuidar de Brad. Apagué el motor, saqué el ancla y la arrojé por la proa para mantenernos apuntando al viento y al mar agitado. Me requirió menos esfuerzo del que Brad había necesitado durante la última tormenta, porque la tormenta todavía no estaba encima de nosotros.

Cerré la entrada a la escalera detrás de mí y corrí a través del yate cerrando las escotillas y guardando todo lo que estaba suelto en la cabina. Llevé dos botellas de plástico de Evian a nuestro camarote y vigilé a Brad.

Murmuraba mientras dormía y tenía la piel perlada de sudor. Abrió los ojos y gritó como si estuviera delirando o teniendo una pesadilla.

El yate cabeceaba a medida que crecían las olas. El repiqueteo de la lluvia golpeando la cubierta aumentó en frecuencia y volumen. Había visto la tormenta por primera vez hacía treinta minutos y ya había llegado. Tal vez su velocidad significaba que pasaría rápido. Las zonas de calmas ecuatoriales eran famosas por las condiciones climáticas extremas.

Rodeé a Brad con los brazos mientras el barco nos zarandeaba. Abrió los ojos y miró hacia arriba, pero no pareció reconocerme. La baba goteaba de su boca y caía sobre su camiseta. Un gemido bajo salió de su garganta, casi un gruñido. Lo abracé fuerte, evitando su saliva, y cerré los ojos.

Se me erizó el vello del cuerpo, como si me hubiera vuelto ingrávida. Sentía energía irradiando a mi alrededor y me hormigueaba la piel, y entonces un estallido ensordecedor llenó mis tímpanos. Me puse de pie.

Nos había caído un rayo.

El olor carbonizado de un fuego eléctrico me hizo cosquillas en la nariz. Un humo gris claro flotaba en el aire sobre nosotros.

Salté de la cama y fui corriendo al salón. Del panel de instrumentos situado encima de la mesa de mapas salía humo negro. Unas llamas parpadeaban en su interior.

Saqué el extintor de debajo del fregadero y quité el seguro mientras me arrastraba hacia la mesa de mapas. La pared se prendió y el calor me calentó la cara.

Apunté al centro del panel de control y lo rocié con espuma química seca. Las llamas resistieron unos segundos, pero la espuma las sofocó y el fuego remitió. Vacié el extintor y el fuego se apagó. El panel siguió humeando y, después, dejó de hacerlo.

Estaba jadeando por el esfuerzo, y el sudor brillaba en mi piel.

La tormenta rugía con furia en el exterior y la cabina se mecía como un caballo salvaje. Sentía que se me iba a salir el corazón del pecho. Revisé el resto de la cabina, pero no se había quemado nada más y no parecía que estuviese entrando agua. El rayo debía de haber impactado en el pararrayos, que había dirigido la mayor parte de la carga hacia el océano. Utilicé los asideros para llegar a la mesa de mapas y me desplomé sobre la silla del capitán. La cabina apestaba a cables quemados y sentí arcadas.

El fuego había carbonizado los instrumentos como si fueran malvaviscos tostados. Presioné el botón de encendido. Nada. Pulsé varios de los botones. No funcionaba nada. La tormenta había quemado los componentes electrónicos, lo que significaba que no había internet, ni radar, ni mapas, ni sistema de alerta SAI. Ni Skype.

Si no podía navegar o pedir ayuda, estábamos muertos. Cogí el teléfono por vía satélite y escuché un pitido familiar. El teléfono todavía funcionaba.

Menos mal.

Me apoyé sobre la mesa de mapas, me llevé la cara al antebrazo y lloré.

El barco comenzó a balancearse menos mientras los truenos pasaban de largo y la tormenta amainaba. Subí las escaleras y abrí la escotilla. Los aguaceros se habían reducido a lloviznas y las nubes oscuras se movían detrás de nosotros, derramando cortinas de lluvia en la distancia. El cielo se aclaraba hacia el sur, y al verlo exhalé.

Me puse el arnés y me dirigí hacia la proa para recuperar el ancla. Tiré del cable y arrastré el ancla hacia mí. Pesaba demasiado, y la cuerda tensa me cortaba las manos. Me dolían los músculos y me ardía la piel, pero el ancla se estaba acercando. La levanté hasta que se quedó flotando bajo la proa, pero no podía levantarla del todo.

Me incliné sobre la cuerda de salvamento y tensé las piernas y la espalda mientras tiraba con fuerza. El ancla rompió la superficie y el agua del mar se derramó, descargando su peso, y voló hacia mí.

Perdí el equilibrio y tropecé, agitando los brazos en el aire. La cuerda de salvamento me golpeó la parte posterior de las rodillas y caí al vacío. Traté de alcanzar el borde del barco, pero fallé y caí en picado por el aire.

Mis pies chapotearon en el agua mientras mi arnés de seguridad se tensaba y se me clavaba en los hombros y la cintura. La cuerda de salvamento se tensó y me balanceé como un péndulo hacia el casco.

Levanté las manos y las planté contra el costado del barco para proteger mi cabeza y que no golpeara el casco. Entré en pánico y busqué un asidero. Me dolía el cuerpo por el impacto.

—Oh, Dios, no —grité—. ¡Ayuda! ¡Brad, ayúdame!

Cerré los ojos con fuerza. Se me hizo un nudo en la garganta y me costaba recuperar el aliento. Empecé a hiperventilar.

Si no recupero la compostura, voy a morir.

Abrí los ojos. Las olas sacudían el barco, y coloqué las palmas abiertas contra la fibra de vidrio para estabilizarme.

Miré la borda de arriba. Agarré la cuerda con ambas manos y la correa de poliéster se clavó en mi piel mientras giraba en la cuerda. Comencé a subir.

Traté de alcanzar la borda, a más de dos metros por encima de la línea de flotación, pero seguía fuera de mi alcance. Se me fatigaron los músculos y volví a caer al océano.

Si se me rompía la cuerda, me perdería en el mar. Me quedaría uno o dos días flotando a la deriva y después me ahogaría. Mi peor pesadilla. Entonces, recordé algo todavía más aterrador.

El tiburón.

Pegué el cuerpo al casco del barco y miré la superficie del mar, pero no vi nada. Había visto vídeos en YouTube de ataques de grandes tiburones blancos, con sus hileras de dientes afilados desgarrando la carne de leones marinos. Atacaban desde abajo.

Metí la cara en el agua con los ojos bien abiertos y la sal hizo que me ardieran. La luz del sol se derramaba hacia las profundidades y desaparecía en la oscuridad.

¡Sal del agua!

Me puse de cara al yate, me recliné y planté los pies descalzos contra el casco. Comencé a subir, mano sobre mano, y entonces me detuve y moví los pies por debajo de mí. Mi respiración se volvió más trabajosa mientras subía de nuevo. La proa se balanceaba contra el mar y mis pies luchaban por aferrarse al resbaladizo casco. Abrí bien los dedos de los pies. Un paso en falso y me caería.

Faltaba menos de un metro.

Volví a tirar con los brazos. Mi fuerza se estaba disipando. Ya no me quedaba más.

Cuando mi cabeza estuvo paralela a la cubierta, deslicé el pie más alto, me impulsé y me lancé hacia la cubierta con ambas manos. Mi brazo se deslizó entre las cuerdas de salvamento y me enganché a la cuerda inferior con el codo. Me agarré a la borda con la otra mano y me impulsé. Levanté la rodilla sobre la cubierta y me abracé a las cuerdas de salvamento.

Me puse en pie sobre las piernas temblorosas, con todo mi cuerpo temblando. Me sujeté con ambas manos mientras pasaba por encima de las cuerdas y salía a cubierta. Caí de rodillas y rodé para quedarme boca arriba.

Estoy a salvo.

Me tapé la cara con las manos y lloré.

Cuando mi respiración volvió a la normalidad, me dirigí hacia la cabina, utilizando la cuerda de salvamento a pesar de que el mar estaba en calma.

Tomé el timón. El panel de control estaba negro, destruido por el rayo. Las Maldivas se encontraban justo al oeste, lo que significaba que podía seguir el sol y ya me preocuparía por una navegación más precisa más tarde. Con el tiempo, acabaría llegando a tierra. Necesitaba que nos pusiéramos en marcha. Cogí la llave de contacto y la giré.

El motor no arrancaba.

CAPÍTULO TREINTA Y CINCO

La tormenta desapareció tan rápido como había llegado y se llevó consigo el viento. Levanté las velas, pero se quedaron colgando de las jarcias como toallas de baño viejas. El estancamiento debido a la zona de calmas ecuatoriales persistía. El océano parecía indiferente, infinito.

Había dejado reposar el motor durante la noche, lo que había agotado todos mis conocimientos de mecánica de motores. Probé la llave de encendido de nuevo y una especie de chasquido emanó del compartimento que había por debajo de la cubierta. El motor resolló una vez, dos, y entonces volvió a la vida con un rugido.

Exhalé y sonreí.

Aceleré hacia delante y puse rumbo al oeste. Sin viento, el océano se había aplanado y la proa atravesaba unas olas alargadas y poco profundas. Había perdido el piloto automático cuando el rayo destruyó todos los componentes electrónicos, así que tuve que atar una cuerda a cada lado del timón para mantener nuestro rumbo. No era una solución perfecta, pero el movimiento hacia adelante, cualquier movimiento, me llenaba de entusiasmo. Tal vez no estábamos siguiendo el camino correcto, pero al menos ya no nos encontrábamos a la deriva.

Había sido difícil escuchar la opinión médica de Eric, pero confiaba en ella. Confiaba en él. Había reafirmado mis sospechas sobre la rabia y mi decisión de dirigirme al puerto más cercano para ingresar a Brad en un hospital.

La herida de la mordedura estaba cerca del cerebro de Brad, por lo que si el murciélago le había transmitido el virus de la rabia, su degeneración neurológica se aceleraría. Habían pasado tres días desde que comenzaron sus síntomas agudos, lo que significaba que pronto conocería su suerte. ¿Qué pasaría si se moría y me dejaba sola en ese barco? Había demasiadas cosas que podían salir mal, demasiadas formas de morir.

Tengo que enfrentarme a las crisis de una en una.

Fui bajo cubierta, crucé el espacio de puntillas y abrí la puerta del camarote principal. Miré desde la rendija y vi que la cama estaba vacía. Entré en la habitación y llamé a la puerta del jardín.

—Brad, ¿estás ahí? —No hubo respuesta—. ¿Cariño?

Nada. Probé el pomo y este giró. Abrí la puerta y me asomé dentro, pero el jardín estaba vacío. Un escalofrío me hizo cosquillas en la columna, y mi corazón se aceleró. Corrí al salón.

Nada.

—¿Brad? —grité, con el pánico subiendo a mi garganta.

Fui a toda prisa hacia la popa y abrí la puerta del camarote de estribor.

Vacío.

¿Se había caído por la borda en su delirio? Corrí hacia el camarote de babor, con el corazón latiéndome con fuerza en los oídos. Abrí la puerta de golpe y solté un grito.

Brad estaba allí de pie, mirándome fijamente.

—Madre mía, Brad. Me has asustado. ¿Qué haces fuera de la cama? ¿Por qué no me respondías?

—Grrr, aaah —murmuró él mientras la baba se le derramaba por encima del labio.

—Madre mía, cariño. ¿Qué te pasa? ¿Te duele algo?

—Me duele la cabeza —dijo, apretándose la frente con ambas manos.

—Claro que te duele. Vamos a llevarte a la cama —dije, y le tomé del brazo.

La baba le goteaba por la barbilla, y recordé lo que Eric había dicho sobre la transmisión de la rabia a través de la saliva. Me aparté a un lado y lo guié hasta el camarote principal. Lo ayudé a acostarse, saqué tres comprimidos de paracetamol de la bolsa y se los tendí. Tenía que evitar tocarle la boca.

—Toma, Brad. Esto te ayudará con el dolor y te bajará la fiebre. Trágatelos y ahora te traigo algo de beber.

Fui a la cocina y regresé con un vaso de Evian. Brad sostuvo el paracetamol en la palma de su mano abierta, parecía confundido.

—Tienes que tomarte las pastillas, cariño. Confía en mí.

Le llevé la mano a la boca y se la incliné hasta que dejó caer las pastillas sobre su lengua.

—Bien. Ahora toma un sorbo y trágatelas —dije. Levanté el vaso hasta sus labios—. Bébetelo.

—Nnngh…

El agua fluyó hacia su boca y trató de tragar, pero tuvo arcadas. Su cabeza se inclinaba hacia adelante, como la de un pollo. El agua goteó sobre sus labios y salió por las comisuras de su boca. Le goteaba sobre la barbilla. Aparté el vaso y di un paso atrás para evitar su baba.

Dejé el vaso en el suelo y busqué unos guantes de látex en el maletín médico. Había estado negándolo durante demasiado tiempo. Brad tenía la rabia, y yo necesitaba seguir el protocolo médico y protegerme. Me puse los guantes, levanté el vaso y lo intenté de nuevo.

—Tienes que hidratarte y tomarte estas pastillas. Sé que estás delirando, pero tienes que hacer esto si quieres sentirte mejor.

Soné más optimista de lo que me sentía. Presioné el vaso contra sus labios. Brad cerró la boca de golpe y negó con la cabeza, como un bebé que no quisiera comerse la comida.

—Venga, Brad. Bébete esto.

—Nooo…

—Vamos.

Incliné el vaso y se lo vacié en la boca. Parecía incapaz de tragarlo, no hacía más que atragantarse y escupir. Abrió mucho los ojos; estaba furioso y salvaje. Me hizo soltar el vaso de un manotazo y este se hizo añicos contra el mamparo.

Caí hacia atrás, con la mano dolorida por el golpe. Había sido muy rápido.

Brad golpeó la cama con las manos. Se limpió la boca con el brazo.

—¡No! —gritó, y pasó las piernas por el lateral de la cama.

Los músculos de sus muslos y pantorrillas se contrajeron a causa de los espasmos, y se los sujeté haciendo una mueca.

Di un paso atrás, asustada e insegura. Un dolor atravesó mi pie y subió por mi pierna.

Levanté el pie del suelo y doblé la rodilla para examinarlo. Un gran fragmento de cristal sobresalía de la planta de mi pie.

—¡Joder! —grité.

Brad me miró boquiabierto.

Me quité los guantes y los tiré a un rincón. Me arranqué el trozo de cristal del pie y la sangre goteó sobre la cubierta. Entré en el jardín, cogí un puñado de papel de su soporte y apliqué presión sobre la herida. Me volví hacia Brad.

Él se quedó mirando el charco de sangre en el suelo.

—No te muevas. Déjame que lo limpie. No quiero que te cortes.

Levantó la mirada, la cruzó con la mía y vi inteligencia tras sus ojos.

—Perdón. Lo siento —dijo, otra vez lúcido.

Exhalé y mi estrés se derramó.

—No pasa nada, cariño.

Fui a por el kit de medicina y me limpié la herida con alcohol. Parecía profunda y necesitaba puntos, pero estaba demasiado preocupada por quitar el cristal del suelo como para lidiar con eso ahora. Me puse un apósito esterilizado y me envolví el pie con una venda.

Lo probé contra la cubierta, pisando con la parte delantera del pie. La herida me ardía, pero podía caminar. Barrí el cristal bajo la atenta mirada de Brad.

—Intenta dormir —le dije.

Cerré la puerta detrás de mí y subí a cubierta.

La ira y la fuerza de Brad me daban miedo. Siempre había tenido un lado violento, pero aquello era diferente. Una ira primaria. Salvaje. No estaba actuando como él mismo. Presentaba un deterioro neurológico y algo más. Nunca lo había visto antes, pero no tenía ninguna duda.

Brad tenía hidrofobia.

CAPÍTULO TREINTA Y SEIS

Brad tenía la rabia. Estaba segura de ello. Reprimí mi pánico y traté de analizar la situación. Utilizaba esa habilidad a menudo como médica cuando tenía que mirar a los ojos inocentes de un niño moribundo y tomar decisiones acertadas sin llorar. Empatizar con los pacientes generaba respuestas emocionales, y estas interferían con mi capacidad para hacer lo que requería la situación.

Tenía que pensar clínicamente.

Necesitaba el Wi-Fi más que nunca. Era un milagro que el teléfono por vía satélite hubiera sobrevivido cuando el rayo destruyó la placa electrónica principal. Por suerte, el teléfono se encontraba en un panel separado y dependía de su propia cápsula de comunicaciones en el mástil. Necesitaba sacar a Brad del yate, ya fuera llegando a puerto o solicitando una evacuación médica.

Llamé a Eric y respondió con voz atontada. Ya era tarde en Boston y estaba dormido. Me disculpé y fui al grano.

—Brad tiene hidrofobia.

—Lo siento, Dagny.

—Su comportamiento es errático y se siente incómodo. Estoy preocupada por él, pero también por mi seguridad.

—Por supuesto.

—Necesito pedirle a un hospital de las Maldivas o de la India que me envíen un barco o un helicóptero. Buscaría la información yo misma, pero he perdido la conexión Wi-Fi cuando cayó un rayo sobre nuestro barco. Y...

—¿Un rayo? Madre mía. ¿Estás bien?

—Estoy al menos a tres días de navegación de estar bien. ¿Puedes encontrar el número de un hospital y comunicarme con él?

—Conocí a un médico indio en una conferencia sobre enfermedades infecciosas hace unos meses. Espera que busque su número. No cuelgues y te meteré en la llamada.

Me quedé en espera, escuchando ecos y chirridos. Después de una eternidad, la voz de Eric me llegó a través del altavoz.

—Dagny, tengo al doctor Arjun Singh al teléfono con nosotros. Es investigador superior del Ministerio de Salud y Bienestar Familiar de la India, en Nueva Delhi. Le he informado de vuestra situación y del diagnóstico de tu marido.

—Gracias, Eric. Doctor Singh, necesito llevar a mi marido a un hospital. Si mi diagnóstico es correcto y se trata de la rabia, necesita cuidados paliativos.

—¿Dónde están, doctora Steele?

—Ese es el problema. Perdimos nuestro sistema de navegación en una tormenta eléctrica, pero basándonos en nuestra última posición, calculo que nos encontramos a quinientas millas náuticas al sur de Sri Lanka, cerca del ecuador. Estoy usando el motor para dirigirme a las Maldivas.

—Doctora Steele, me temo que tiene dos problemas. En primer lugar, si no nos puede proporcionar una posición exacta, no hay forma de que un barco les intercepte. Eric me ha dicho que está usando un teléfono por vía satélite, que podría ser rastreado para determinar sus coordenadas, pero hay un segundo problema y además es superior. Incluso aunque supiéramos cuál es su posición exacta, me temo que el Gobierno de la India le negaría la entrada.

—¿Le he oído bien? ¿La India no le dará a mi marido un visado para entrar en el país?

—Me temo que no. Su marido es un probable portador de la

rabia, una enfermedad infecciosa. Para ser franco, usted también es sospechosa de ser portadora en este momento.

—¿Su gobierno negará atención médica a unos ciudadanos estadounidenses en el mar? ¿Cómo puede ser? ¿Qué pasa con el juramento hipocrático? ¿No...?

—Dagny, eso está fuera de la competencia del doctor Singh —dijo Eric—. No es decisión suya.

—Me temo que el doctor Franklin tiene razón —dijo el doctor Singh—. La rabia es una enfermedad infecciosa y la India tiene un largo historial de brotes. Sufrimos veinte mil muertes a causa de la rabia cada año, y nuestro Ministerio debe tener en cuenta en primer lugar la salud y el bienestar de nuestro propio pueblo.

Sabía que estaba siendo injusta. Eric tenía razón: no era decisión del doctor Singh. Brad gimió dentro del camarote.

—¿Qué puedo hacer, doctor Singh?

—Incluso si la India aceptara a su marido, no habría nada que hacer excepto hidratarlo por vía intravenosa, utilizar analgésicos para reducir su dolor y sedarlo para evitar que se haga daño a sí mismo o a los demás.

—Quiero hacer eso. Ayúdeme a detener su sufrimiento. ¿Dónde puedo llevarlo?

—Le sugiero que se comunique con una empresa privada de evacuación médica para que los lleve a usted y a su esposo a un país que esté dispuesto a permitirles la entrada —dijo el doctor Singh.

—¿Qué país nos dejará entrar? —pregunté.

—Me temo que no lo sé. Las Maldivas probablemente responderán de la misma manera que la India. La mayoría de los países de África y Asia luchan contra la rabia. La gente no vacuna a sus perros, lo que nos ha impedido erradicar la enfermedad.

—Dagny, perdona que os interrumpa —dijo Eric—. ¿Sabes a quién podrías llamar para solicitar una evacuación?

—El barco tiene un servicio contratado. No sé cómo funciona, pero los llamaré.

—Buena suerte, doctora Steele —dijo el doctor Singh.

—Gracias. La necesitaré.

CAPÍTULO TREINTA Y SIETE

Brad tenía mal aspecto. Estaba tumbado en la cama con el pelo empapado en sudor, y me miraba con los ojos desenfocados.

—Estás muy enfermo, Brad. Tengo que lanzar una señal de auxilio y evacuarte a un hospital.

—¿Qué? ¿Por qué?

Su voz sonaba tensa y aguda, probablemente porque tenía la garganta hinchada. Brad iba a morir, estaba casi segura, pero decírselo no ayudaría. Ya era lo bastante difícil tratar con él, y no necesitaba que entrara en pánico.

—Contrajiste algo de ese murciélago y necesitas hacerte una prueba en un hospital. No tengo analgésicos con receta ni nada para poder sedarte.

—Ten cuidado por si aparecen petroleros —dijo.

—Brad, presta atención. Voy a pedir ayuda. Tenemos que llegar a la costa ya.

—No.

La rabia se había agudizado y su capacidad cognitiva había disminuido. No podía salvarlo, pero sí llevarlo a un hospital donde pudieran aliviar su dolor. Llamaría al servicio médico contratado por el yate con la esperanza de que pudieran rastrear nuestro teléfono por vía satélite para determinar nuestra ubicación. Tal vez podrían enviar un barco o un hidroavión.

—Tú descansa y yo buscaré ayuda —le dije.

—No... Los petroleros.

Cerré la puerta del camarote y caminé hasta el centro de navegación. Encontré el número de teléfono de Medevac Worldwide Rescue en la primera página del libro de referencia del yate.

Marqué el número y un operador me dirigió a su intermediario para emergencias. Le expliqué que mi marido podría tener la rabia y que la India probablemente nos negaría la entrada. Le dije que estábamos usando el motor para ir a las Maldivas, pero que nuestro combustible no duraría. Y lo peor era que habíamos perdido todo el equipo de navegación.

—Tengo su información aquí —dijo el hombre—. Me pondré en contacto con su compañía de satélite y veré si pueden darnos su ubicación. Si conseguimos conectar su teléfono con tres o más satélites, podemos usar la trilateración para identificar su ubicación.

—¿Trilateración?

—Es un método más exacto que la triangulación.

—¿Cómo de preciso es? —pregunté.

—En teoría podemos calcular su posición dentro de un margen de quince metros.

Respiré un poco más tranquila.

—¿Después qué? ¿Cuál es el proceso?

—Una vez que sepamos dónde están, tendremos que averiguar qué país les aceptará y luego determinar cómo evacuarles a una instalación de recepción.

—Mi marido está sufriendo. ¿Cómo podemos acelerar este proceso?

—Permanezca en línea para que podamos rastrear su llamada. Tardaremos algún tiempo.

—Por favor, dése prisa.

Un vaso se hizo añicos detrás de mí y me di la vuelta.

Brad me estaba mirando fijamente desde la cocina. Sus ojos azul hielo estaban inyectados en sangre y sus párpados pesados colgaban sobre las dilatadas pupilas.

—Me has asustado —dije—. ¿Te duele algo?

Brad me miró fijamente y se apoyó contra la cocina, donde se le había caído un vaso al suelo. El sudor le perlaba la frente y le goteaba baba por la barbilla.

—No —dijo con la voz pastosa, como si tuviera la boca llena de miel.

—El rayo ha destruido nuestros dispositivos electrónicos. Tienen que rastrear nuestra llamada.

—No.

Tembló y se tambaleó.

Sabía que él no entendía nuestra situación, pero la furia ardía dentro de mí.

—Necesitas un hospital. Estoy pidiendo ayuda.

Brad gruñó y avanzó por la cubierta con los puños cerrados. Puse las manos frente a mi cara para defenderme y él me arrebató el teléfono.

—Brad, para. Están triangulando nuestra posición.

Brad miró fijamente el teléfono que tenía en la mano, y después levantó la vista y me miró a los ojos. Enseñó los dientes y arrancó el cable de la pared.

Me quedé boquiabierta ante el cable roto que colgaba de su mano y mis lágrimas brotaron. Me apoyé sobre la mesa de mapas.

—¿Cómo has podido hacer eso? Vas a morir y ahora ya no hay nada que pueda hacer al respecto. —Pasé junto a él y después me detuve junto al camarote de estribor y miré hacia atrás. Él estaba allí plantado, con el teléfono en la mano—. Ahora estamos solos —añadí—. Es posible que también me hayas matado a mí.

CAPÍTULO TREINTA Y OCHO

Me desperté en el camarote de estribor el cuarto día de los síntomas agudos de Brad. ¿Cuánto tiempo había estado allí? No había dormido más que unas pocas horas desde que Brad cayó enfermo, y cuando destruyó nuestra última conexión con el mundo exterior fue demasiado para mí. Mi preocupación por él, mi miedo al océano, la falta de viento, el tiburón... Había sido más de lo que podía soportar.

Miré por el ojo de buey. El sol se había puesto, lo que significaba que había dormido al menos cuatro horas.

Me levanté de la cama e hice una mueca al apoyar el peso de mi cuerpo sobre el pie herido, que ahora estaba hinchado y dolorido. Me equilibré sobre el talón y salí del camarote hacia el salón a oscuras. Subí las escaleras hasta la cubierta y contemplé los kilómetros de negro mar a mi alrededor. El motor zumbaba mientras avanzábamos hacia el oeste a través de la noche sin viento.

Brad se había comportado de forma violenta y me daba miedo, pero tenía que ver cómo estaba. Se lo debía como médica, y también como su esposa. Traté de no pensar en su muerte inminente.

Fui abajo y entré en el camarote principal, que estaba a oscuras. Brad yacía sobre las sábanas y respiraba a través de una mucosidad espesa. Le temblaba la pierna, como si fuera un perro dormido, probablemente debido a los espasmos musculares. Lo observé durante unos minutos y después inspeccioné mi cuerpo.

Hacía dos días que no me duchaba y me sentía cansada, sucia y sin ideas. Necesitaba darme una ducha, beberme una cafetera entera y elaborar algún plan para llegar a la costa.

Entré en el jardín y cerré la puerta despacio para no hacer ruido. Me detuve frente al espejo y me quité el bikini. Debajo, mi piel blanca contrastaba con mi oscuro bronceado. No me había dado cuenta de lo morena que me había puesto desde que nos hicimos a la mar. Unas líneas de sal se entrecruzaban sobre mi piel por donde el sudor se había secado.

Examiné mi reflejo en el espejo. Parecía diez años mayor que en tierra. Me quité la venda del pie, que estaba sangrando. Tendría que ponerme puntos y tomar un antibiótico, o correría el riesgo de sufrir una infección. Volví a ponerme la venda para evitar manchar la cubierta más de lo que ya lo había hecho.

Abrí la ducha, entré y cerré la puerta de plexiglás. Abrí el grifo y me metí debajo del gran cabezal de la ducha. El agua cálida cayó sobre mis pechos como mil dedos masajeándome para eliminar mi estrés.

Metí la cabeza bajo el chorro y dejé que me abrazara. Cogí el champú y me enjaboné el pelo mientras corría el agua. No tenía intención de darme una ducha con agua de mar. Necesitaba hacerlo.

Me enjuagué el champú del pelo, cogí una toallita del estante que había detrás de mí y la enjaboné con una pastilla de jabón. Me froté la cara, la parte superior del cuerpo y las piernas. El agua tibia parecía la fuente de la juventud. Separé los pies y me froté con la toallita entre los muslos. La tela suave me resultaba agradable. Me enjaboné de nuevo, me aparté del cabezal de la ducha y me limpié el trasero. Dejé que el jabón me bajara por las piernas. Podría haberme quedado ahí dentro todo el día.

Me di la vuelta y solté un grito.

Brad se encontraba a unos centímetros de la puerta de plexiglás. Me estaba mirando fijamente, con las pupilas dilatadas y la frente llena de gotas de sudor. Sus ojos se dirigieron hacia el espacio entre mis piernas.

Me cubrí con las manos.

No se movió. Su erección presionaba sus bóxers, y tenía los ojos fijos en mí con la misma mirada lasciva que había visto en los ojos de los hombres de mediana edad cuando hacía *jogging* en Commonwealth Avenue con mis *leggings* ceñidos. La expresión de Brad era lujuriosa, hambrienta y peligrosa.

Se quitó los bóxers y los dejó caer sobre la cubierta. Cogió el picaporte de la ducha y empujó la puerta para abrirla.

Me lancé contra el cristal y lo cerré de golpe.

—Basta, Brad. ¿Qué estás haciendo?

—Grrrgh.

La baba le goteaba de los dientes.

—Vete de aquí. Estoy en la ducha.

Trató de abrir la puerta de nuevo.

Volví a apoyar mi peso contra ella y mis pies se deslizaron hasta chocar contra el mamparo. Lo utilicé para hacer presión y empujé. La puerta se cerró con un clic.

—Brad, me estás asustando. Para ahora mismo.

—Follar —dijo, y señaló entre mis piernas.

—Vete. Lo digo en serio.

¿Qué clase de terror neurológico es este?

Los ojos de Brad se pusieron en blanco y colocó una mano contra la puerta. Entonces, cogió su erección con la otra mano y tuvo un orgasmo. Los chorros cremosos de semen salpicaron la puerta de la ducha. Lo observé. Horrorizada. Temblorosa. Su eyaculación se deslizó por la puerta, dejando unas manchas alargadas de aspecto jabonoso. Nunca había visto a Brad tocarse, ni siquiera durante el sexo. ¿Qué cojones había sido aquello?

Lloré. Aquella cosa no era mi marido.

Brad abrió los ojos y se quedó boquiabierto ante su erección y las manchas en la puerta de la ducha. Arrugó la frente, confuso. Levantó la mirada hasta la mía, como si estuviera haciendo una pregunta, e inclinó la cabeza a un lado.

—Me duele la cabeza —dijo.

Lo fulminé con la mirada, en silencio.

Él se dio la vuelta y se alejó, con su simiente goteando sobre el suelo.

Me di cuenta de que había estado conteniendo la respiración y jadeé.

Gimió cuando el colchón se movió bajo su peso. ¿Qué debería hacer? Si no hubiera cerrado la puerta, ¿me habría violado? ¿Sabía lo que estaba haciendo?

Estoy atrapada.

Apreté la cara contra el cristal y lloré.

Los ronquidos de Brad resonaron por la cabina, más un gorgoteo que una respiración. Salí de la ducha y miré por la puerta abierta. Estaba tumbado en la cama, con los pies temblando a causa de los espasmos musculares. Tenía que alejarme de él.

Abrí más la puerta y esta chirrió.

Brad dejó de roncar.

Me quedé paralizada. Contuve la respiración hasta que la suya se reanudó. Pasé por encima del desastre que había dejado sobre el suelo de teca y me mantuve alerta.

Brad tenía los ojos cerrados y estaba chasqueando los labios como si estuviera deshidratado. ¿Cuándo había sido la última vez que fue capaz de beber algo?

Había guardado mi ropa en el armario, al otro lado de la cama. Entré a hurtadillas en el camarote, a menos de un metro de los pies de la cama.

Brad resopló y enseñó los dientes, todavía dormido. Probablemente.

Di un paso hacia la cómoda y un trozo de cristal presionó mi venda. Me detuve y levanté el pie antes de que me atravesara la piel. Todavía había pequeños fragmentos que cubrían la cubierta frente a la cómoda.

Miré a Brad, que estaba teniendo otra erección. Ese virus era algo demoníaco.

Llevó la mano a su erección y sus ronquidos cesaron.

Tenía que irme.

Me colgué el botiquín médico al hombro, caminé de puntillas por la cabina y cerré la puerta detrás de mí.

Brad gimió.

Lo había logrado, ¿pero ahora qué? ¿Adónde podía ir? ¿Trataría de hacerme daño?

Brad gruñó y el colchón chirrió.

Miré al otro lado del salón, hacia los camarotes de popa.

Los pies de Brad golpearon la cubierta con un ruido sordo.

Fui corriendo hacia la popa en dirección al camarote de estribor, mientras la puerta del camarote principal se abría detrás de mí. Entré en la cabina y miré hacia el salón.

Mis huellas ensangrentadas manchaban la cubierta y conducían directamente hacia mí.

CAPÍTULO TREINTA Y NUEVE

Me senté en el borde de la cama con los ojos fijos en el interior de la puerta y escuché a Brad tambalearse por el salón. Gruñía como un simio mientras abría y cerraba armarios. ¿Qué demonios estaba haciendo? La imagen de él irrumpiendo por la puerta pasaba por mi mente en un bucle continuo. Se me aceleró la respiración.

El virus de la rabia se había incubado en dos días, y la fase aguda comenzó después de solo una semana de síntomas similares a los de la gripe. Nunca había visto un caso de rabia furiosa y sus aterradores síntomas neurológicos. El virus atacaba el sistema nervioso y se manifestaba de formas únicas al destruir el cerebro de las personas. Durante miles de años, la gente había mezclado la rabia con mitos sobre personas metamorfoseadas en vampiros, zombis y animales. Puede que los monstruos no existan, pero la rabia furiosa transformaba a las personas en bestias salvajes.

Brad había pegado a su ex esposa y se había comportado de forma violenta conmigo, pero no me había atacado. Todavía no. Cuando intentó meterse a la fuerza en la ducha, parecía más excitado y confuso que furioso. Traté de calmarme. No había tratado de hacerme daño. Él jamás haría eso.

Estoy mintiendo.

Brad tenía problemas de ira, y ahora que el virus había devastado su mente, no era capaz de moderar su comportamiento.

Va a hacerme daño.

Las pisadas de Brad se hicieron más fuertes a medida que se acercaba a mi camarote. Los sonidos se detuvieron cerca de mi puerta. Su respiración entrecortada se convirtió en gruñidos densos y roncos. ¿Había visto mis huellas sangrientas? ¿Qué estaba haciendo?

El picaporte de la puerta se movió.

—¿Dagny?

Su voz sonaba extraña, antinatural. Desconocida.

Sentí un cosquilleo en el vello fino de la nuca y me rodeé con los brazos. No dije nada. Había cerrado la puerta con llave, pero no le resultaría difícil derribarla. Examiné los ojos de buey a lo largo de la pared. Dejaban entrar luz y aire, pero eran demasiado pequeños como para poder salir a través de ellos.

¿Qué estaba pensando? Brad era mi marido. Mi marido enfermo. Estaba sufriendo, y yo era médica. Me necesitaba. No podía permitir que mi miedo me impidiera ayudarlo. Se estaba muriendo, pero yo podía aliviar su sufrimiento. Me levanté y llevé la mano a la puerta. Rodeé el cerrojo con los dedos, pero no lo abrí.

Escuché. La respiración gutural de Brad sonaba como la de un animal. Un animal enfermo. La gente debería evitar los animales rabiosos, ¿verdad? Aun así, había jurado amarlo en la salud y en la enfermedad. También había hecho un juramento de ayudar a los pacientes necesitados. Tenía que superar mi miedo y actuar como una médica.

Hice girar la rueda plateada del cerrojo hasta la mitad, vacilante e insegura.

¿Estoy cometiendo un error?

Brad golpeó la puerta con fuerza y yo di un respingo. Sonaba como si hubiera golpeado la puerta con las palmas. Volvió a golpearla. La puerta tembló y el pomo se movió, deslizando el cerrojo a la posición de abierto. Desbloqueado.

Me lancé hacia el cerrojo y lo cerré.

Esa cosa no es mi marido.

Los pasos de Brad se desvanecieron en el salón. Exhalé y me dejé caer sobre la cama. Necesitaba un plan. Cerré los ojos y evalué la situación. Tenía que abordarla de la misma manera que diagnosticaba a un paciente: observando y articulando los problemas, y pensando en formas de mitigar cada uno de ellos.

La condición mental de Brad se había deteriorado hasta un punto del que no se recuperaría. Tenía que aceptarlo. Iba a tener que navegar hasta llegar a tierra, y no podía hacerlo escondida en la cabina. Sabía lo suficiente como para operar el motor y las velas y mantener el yate en movimiento, pero sin nuestros sistemas de navegación encontrar las Maldivas sería difícil. Estábamos en el rumbo correcto cuando cayó el rayo, así que si seguía la dirección del sol poniente, deberíamos llegar a las Maldivas o, si pasábamos de largo, a África.

Un rayo había destruido todos los componentes electrónicos, por lo que el SAI estaba desconectado, lo que creaba un segundo problema. Los barcos no nos verían, a menos que estuvieran empleando sus radares, y yo no recibiría una alarma de proximidad si estuviéramos en curso de colisión con otro barco. Si algún barco nos embestía, moriríamos.

Mi tercer problema era la falta de viento. Llevábamos días en la zona de calmas ecuatoriales, y esa calma podría llegar a durar varias semanas. El combustible nos duraría un par de días más, y no tendría que utilizar las velas hasta que estuviéramos cerca de las Maldivas. Podría ocuparme de los problemas de navegación más tarde.

El tiempo todavía nos amenazaba. La última tormenta eléctrica había avanzado con rapidez, y si otra nos golpeaba, era posible que no sobreviviéramos. No tenía habilidades para navegar por el mar embravecido, y si una ola nos golpeaba, zozobraríamos. Si el tiempo empeoraba, tendría que apagar el motor, soltar el ancla y cerrar las escotillas del barco. Para prepararme para una tormenta, tendría que salir de la cabina.

El virus que confundía el cerebro de Brad era mi problema más inmediato. Estaba en las etapas agudas de una rabia furiosa; se comportaba de forma agresiva y violenta. Brad parecía capaz de hacerme daño y, en su estado cognitivo disminuido, no podía contar con que tuviera ningún autocontrol. Su comportamiento en la ducha lo confirmaba. Mi seguridad tenía que ser lo primero. Estaba sufriendo y agonizando, pero no podía prestarle ayuda mientras estaba furioso. Incluso aunque se calmara, no podría hacer mucho por él, aparte de administrarle paracetamol y brindarle apoyo emocional.

Si Medevac Worldwide Rescue había llegado a rastrear nuestra ubicación antes de que Brad destruyera el teléfono, era posible que hubieran enviado un barco de rescate. Pero si no nos habían triangulado no enviarían ayuda, porque el océano era demasiado extenso como para localizar un velero solitario. Eric sabía que tenía problemas y sentía algo por mí, así que tal vez me enviara ayuda.

Dejé de soñar despierta. No iba a encontrarnos nadie. Estaba sola en un barco con un animal rabioso y nadie iba a rescatarme. Dejé caer la cara entre mis manos y me eché a llorar.

Brad subió por la escalera y salió a cubierta.

¿Me estaba buscando en su estado de confusión? ¿Y si se caía por la borda? Debería llevarlo al camarote, pero no podía moverme. Me daba miedo, y aunque no quería reconocer mis sentimientos, era verdad. Me había convertido en una náufraga en un yate, a la deriva, en un océano salvaje con un hombre que sufría un déficit neurológico; un loco. Me estremecí y me rodeé el cuerpo con los brazos.

La luz del sol se filtraba en la cabina a través de los pequeños ojos de buey en lo alto de la pared y miré hacia el interior de la cabina.

Brad pasó fatigosamente, arrastrando los pies como si tuviera problemas de coordinación. El virus había devorado sus terminaciones nerviosas. Murmuraba para sí mismo, alternativamente furioso y a la defensiva, pero no podía entender sus palabras.

Caminó en círculos por la cubierta, con su despotricamiento salpicado de aullidos agudos, casi como los ladridos de un perro. Caminó hacia estribor y desapareció de mi vista. Dejó de hablar y ya no pude oír nada.

¿Qué está haciendo?

El motor se detuvo.

CAPÍTULO CUARENTA

El yate se deslizó hasta detenerse en el lago plano de agua salada creado por la zona de calmas ecuatoriales. Nos mecíamos de lado a lado en la corriente, lo que nos alejaba de nuestro destino. Si llegara una tormenta, zozobraríamos. Los problemas aumentaban y mi situación parecía imposible. Me tumbé en la cama y cerré los ojos.

Me desperté confusa. Recordaba estar tumbada en la cama y nada más. Parpadeé y mi terrible situación inundó mi conciencia como si recibiera un aviso de muerte. A través del ojo de buey, el sol flotaba bajo en el cielo. Debía de haber dormido varias horas y me sentía más fuerte y descansada, que ya era algo.

Brad estaba gritando desde algún lugar de la cubierta. Miré por el ojo de buey a sus pies cerca del timón, de cara al mar.

—¡Que te jodan, que te jodan, que te jodan! —gritó.

¿Está hablando conmigo?

Se dio la vuelta y entró tambaleándose en la cabina de mando. Había algo primitivo en él ahora. Inclinó la cabeza a un lado, como un lobo buscando un olor en el viento. Extendió los dedos, rígidos como garras. Era posible que tuviera un calambre en las manos. Babeó sobre su camisa y gruñó.

Ahogué un grito.

Levantó la vista como si me hubiera oído, pero eso era imposible. Apartó los labios de los dientes. ¿Otro espasmo? Lanzó dentelladas al aire, tres veces seguidas, se encorvó y me dirigió una mirada maliciosa.

Me alejé del ojo de buey. ¿Me había visto? Mis ojos recorrieron el pequeño camarote, desesperados por escapar. La cama casi llenaba la habitación. Frente a un banco a los pies de la cama se encontraba el jardín anexo, un cuarto de baño mucho más pequeño que el de nuestro camarote. Encima del banco había un armario largo y dos ojos de buey que se abrían en lo alto de las paredes, a cada lado del camarote. Uno daba a la cabina y el otro al mar; ambos eran demasiado pequeños para atravesarlos. Había una larga ventana rectangular paralela a la cama, a más o menos un metro y medio por encima de la línea de flotación, pero no se abría.

Detrás de la cama, una plataforma elevada se extendía hasta la popa y había una escotilla que se abría en el espejo de popa. Las escotillas no funcionaban como salidas. Frente al jardín, dos grandes armarios colgaban del mamparo interior. Uno parecía un ropero y el otro tenía una forma extraña y solo sobresalía un poco de la cubierta. La habitación parecía una prisión, una prisión con un guardia demente patrullando el perímetro.

Brad desapareció de mi vista y me esforcé por escuchar algo. Me puse en pie sobre la cama y miré por el ojo de buey interior. Vi la cabina de mando y el timón, pero no a Brad. Me volví hacia la pared de estribor y solté un chillido.

Brad tenía la cara apretada contra el ojo de buey y me estaba mirando fijamente.

Se arrodilló y encorvó la espalda. Le goteaba saliva de la boca. El pelo enmarañado colgaba sobre unos ojos muy abiertos que me estaban taladrando. Ya había visto esa mirada antes.

La bestia había regresado.

CAPÍTULO CUARENTA Y UNO

Brad me estaba mirando a través de la ventana, como un león preparándose para atacar a un alce. Unos hilos alargados de saliva espesa colgaban de su labio inferior.

Me arrastré por la cama y presioné la espalda contra el mamparo interior. Quería parecer valiente, fingir que no pasaba nada, pero me temblaban las manos y los labios.

Pareció reconocer el miedo en mi rostro. Enseñó los dientes.

Si venía a por mí, podía quedarme en la habitación y desear tener fuerza suficiente para evitar que abriera la puerta. O podía salir corriendo de la cabina y esconderme. ¿Pero dónde?

Brad inclinó la cabeza a un lado y lanzó dentelladas al aire, haciendo volar la saliva. Se abalanzó sobre el ojo de buey, y su labio explotó a causa del impacto. La sangre salpicó el cristal, pero él no pareció darse cuenta. Retrocedió, chocó contra las cuerdas de salvamento y se dirigió hacia la cabina de mando.

Ya viene.

Tenía treinta segundos para decidir qué hacer. Me colgué el kit de medicina al hombro y salté de la cama. Crucé la cabina corriendo y cogí el pomo de la puerta. Escuché los pies de Brad golpeando la cubierta cuando entró en la cabina de mando. Examiné los pestillos empotrados de los armarios junto a la puerta, que eran diferentes de los tiradores del armario ropero de nuestro camarote.

Me arrodillé y apreté los botones cerca de la parte superior del armario. El pestillo saltó y la puerta se abrió para revelar el compartimento del motor, un espacio estrecho entre los camarotes de popa y debajo de la escalera. El motor se encontraba ante mí, y de él irradiaba calor.

Metí la cabeza dentro y miré hacia la popa. Al lado del motor salían mangueras de una caja blanca y había otra maquinaria zumbando cerca, probablemente el generador, el filtro de agua, la caldera y el aire acondicionado. El compartimento se extendía tres metros hasta la popa, estrechándose cerca del final, y el techo formaba un ángulo bajo el garaje para el bote auxiliar.

Hay espacio.

Cerré el pequeño armario y abrí la puerta más grande, que también daba acceso al compartimento. Miré de nuevo al espacio a oscuras. Por encima de mí, los escalones crujieron cuando Brad los pisó. No tenía elección.

Bajé el kit de medicina al espacio del motor y me metí dentro. Dudé antes de cerrar el armario. Había cerrado la puerta de la cabina desde dentro y no había ninguna otra salida, por lo que incluso en su condición perjudicada, Brad podría descubrir dónde me había escondido. Regresé a la cabina, subí a la plataforma detrás de la cama y abrí la escotilla sobre el espejo de popa. Tal vez Brad lo viera y pensara que había salido y me había caído por la borda.

Algo se estrelló contra la puerta de la cabina. Brad.

Correteé por la cama, tratando de no hacer ruido. Él gruñó y volvió a golpear la puerta. La madera se astilló cerca de la bisagra.

Me subí al compartimento, pero cuando intenté cerrarlo vi que no había ningún tirador por dentro, ya que no había sido diseñado como espacio habitable. Agarré los extremos de la puerta con las puntas de los dedos y esperé a que Brad volviera a hacer ruido. Me dolían los dedos, pero tenía que sincronizarlo a la perfección. Brad embistió la puerta de la cabina y la madera se astilló. Tiré del armario y se cerró con un clic mientras la puerta se abría de golpe y caía al suelo.

¿Me habrá visto?

Contuve la respiración.

Brad irrumpió en la habitación, resoplando y jadeando. Chocó contra algo en el suelo, probablemente la puerta rota, y la puerta del jardín se abrió de golpe. Soltó un grito.

Un momento después, gruñó desde el lado opuesto del mamparo. Golpeó la puerta del compartimento; yo me tapé la boca y cerré los ojos. Si la abría, estaba muerta. Los muelles del colchón chirriaron y lo oí arrastrándose por la plataforma detrás de la cama.

El compartimento del motor se había sumido en la oscuridad cuando cerré la puerta y no podía ver ningún interruptor de luz. Unas pocas líneas de luz parpadeaban alrededor de los bordes de los armarios, pero solo podía distinguir formas oscuras. El espacio apestaba a vapores de diésel y a cableado eléctrico caliente, y me hizo cosquillas en la parte posterior de la garganta. No podía toser. Ahora no. Tragué saliva para humedecerme la garganta.

Los muelles del colchón volvieron a chirriar y Brad aterrizó sobre la cubierta, y la puerta rota crujió bajo su peso. Salió furioso de la cabina en dirección al salón y después subió las escaleras hasta la cubierta pisando fuerte. Ya no podía oírlo.

Me arrastré lo más hondo que pude en el compartimento y me puse en posición fetal. El espacio estaba cálido y seco, y el sonido del generador hacía que me resultara difícil escuchar nada, lo cual era al mismo tiempo un problema táctico y una bendición psicológica. Los gemidos y los gruñidos de Brad me habían llevado al borde del pánico. Pero, por desgracia, no lo escucharía si regresaba.

Me mordí la uña y esperé.

CAPÍTULO CUARENTA Y DOS

No podía ver nada. Cuando me escondí dentro del compartimento por primera vez se filtraba un poco de luz, pero ya no, lo que significaba que había caído la noche. El zumbido del generador llenaba mis oídos, y el pie me palpitaba.

Me pasé los dedos por la planta del pie y se me quedaron manchados de sangre. Necesitaba encontrar el maletín médico y detener la hemorragia. Me apoyé contra el techo inclinado para evitar golpearme la cabeza y me incliné hacia adelante, equilibrando los brazos sobre la cubierta como si estuviera ciega. Mis dedos encontraron la bolsa de lona y la arrastré hacia mí.

Abrí la cremallera del kit, busqué entre los primeros módulos y toqué la forma familiar de una linterna. La hice girar en mi mano y presioné el botón. La luz iluminó el compartimento, cegándome, así que la cubrí con la palma. Era de noche y lo más probable era que el interior del yate estuviera oscuro; si el haz de luz se filtraba fuera del compartimento, Brad podría descubrir mi refugio.

Separé los dedos, dejando escapar un rayo de luz, y lo moví alrededor del compartimento del motor para reorientarme. Una segunda puerta se abría al compartimento de babor. No la había visto antes porque el generador me había bloqueado la vista.

Mi pie había pintado el suelo de sangre. Me alumbré la planta. La herida se había coagulado, pero mi movimiento había reiniciado el flujo y necesitaba suturarla. En la bolsa encontré peróxido de hidrógeno para esterilizar mis instrumentos y una botella de Betadine, una polividona yodada para desinfectar el tejido. Reuní agujas de sutura, tijeras quirúrgicas, material de sutura no absorbible, jeringuillas y un bisturí. Dejé los apósitos y las vendas a mi lado y rasgué las esquinas del paquete para poder tener un acceso rápido cuando fuera necesario.

Esto me va a doler.

Me metí tres comprimidos de paracetamol en la boca, los trituré entre los dientes y me tragué el polvo amargo. Envolví un guante de látex en el extremo de la linterna para ocultar el haz de luz, que brillaba como una bombilla. Sostuve la linterna con la boca para dejarme las manos libres. A menudo bromeaba diciendo que había hecho tantas cirugías que podía operar con los ojos cerrados, y ahora prácticamente tendría que hacer eso mismo.

Ahora o nunca.

Coloqué una capa de gasa sobre la cubierta y me puse guantes para evitar que las bacterias de mis manos contaminaran mi herida. No quería pensar en el sinfín de patógenos que habría dentro del compartimento del motor. Si se me infectaba la herida, tendría un problema grave. Doblé la pierna y puse el pie sobre la gasa con la laceración frente a mí. Quería mojar los instrumentos para desinfectarlos, pero al no tener ningún recipiente, tenía que echarles el peróxido de hidrógeno por encima y colocarlos sobre la gasa. Me palpé la herida y confirmé que había quitado todo el vidrio.

Es el momento.

Empapé un vendaje en Betadine, respiré hondo alrededor con la linterna en la boca y hundí la gasa esterilizada en mi laceración. El dolor explotó a través de mi pie y subió por mi pierna, como si hubiera estallado en llamas. Cerré los ojos y vi colores.

Froté la gasa dentro de la herida para eliminar cualquier residuo, usando movimientos circulares para sacar cualquier elemento contaminante de allí. La sangre comenzó a fluir, así que rocié la zona con suero fisiológico.

El cristal me había hecho una laceración irregular en la planta del pie y había dejado un trozo de piel desigual que sería difícil de coser. Tiré de la piel suelta con la mano izquierda y la corté con el bisturí, mordiendo con fuerza la linterna. Unas estrellas parpadearon en mi campo de visión.

Dejé caer la carne cortada sobre la gasa y respiré hondo varias veces. Utilicé las tijeras quirúrgicas para igualar las puntas de la piel, y el pie me palpitaba como si lo hubiera golpeado contra la puerta de un coche.

Apreté los bordes de la herida para juntarlos y la sangre burbujeó entre mis dedos. El compartimento se llenó del olor dulce y acre del hierro, como si hubiera preparado un asado para el horno. Cogí la aguja ya enhebrada y la coloqué contra mi piel en el extremo distal de la herida. Me tensé e inserté la aguja. Se me llenaron los ojos de lágrimas y reprimí un gemido.

Incliné la aguja en un ángulo de noventa grados y perforé mi piel por el otro lado. La zona inflamada sangraba y ardía. Pellizqué el hilo en el lado opuesto de la herida y tiré de él hasta que la sutura se tensó. Dolía de cojones, pero concentrarme en mi oficio, la vocación de mi vida, me traía paz.

Clavé la aguja en mi carne cerca de la primera sutura y lo hice de nuevo. Y otra vez. La laceración medía diez centímetros de largo y necesité veinte puntos para cerrarla. Una espesa capa de sudor cubría mi cuerpo. El corazón me latía con fuerza, y mi respiración había aumentado casi hasta el punto de la hiperventilación. Traté de soportar el dolor sin gritar ni llorar, pero las lágrimas fluían.

Vertí Betadine sobre la herida cerrada para matar cualquier bacteria restante y la sequé dando unos toquecitos con la gasa. La cubrí con un vendaje grueso para traumatismos, sin desenrollarlo, para poder tener un acolchado adicional que me ayudara a caminar. Envolví el vendaje con una gasa y la cubrí con una venda elástica.

Hecho.

Estiré la pierna, me tumbé sobre la cubierta y cerré los ojos. Mi respiración se hizo más lenta y el dolor ardiente se redujo a un latido sordo. Me permití quedarme dormida.

Desperté con un ruido sordo. Brad. Estaba corriendo por el yate, tratando de darme caza.

La luz ambiental se filtraba en el compartimento y llevé las manos a la linterna. La bombilla emitía un resplandor naranja y tenue. La había dejado encendida y la batería estaba casi agotada. Me maldije por haberme olvidado de apagarla. Me dolía el pie, pero no se había filtrado sangre a través de la venda, lo que indicaba que los puntos y el vendaje habían sido efectivos.

Habían pasado seis o siete horas desde que me había escondido en el compartimento y sentía que mi vejiga iba a explotar. Quería salir a hurtadillas a la cabina, pero si Brad me encontraba, no tendría adónde huir. Eso solo me dejaba una alternativa.

Fui hacia el lateral del compartimento, donde el suelo se inclinaba hacia la popa, y avancé hasta que el techo estuvo lo bastante alto como para permitirme agacharme. Me puse de cuclillas y oriné en el suelo. El fluido golpeó la cubierta y resonó como si estuviera orinando dentro de un tambor. Me acerqué más al suelo para minimizar el ruido y mi orina corrió entre la maquinaria. El olor llenó la habitación, pero no me importó: la liberación valió la pena. Tan solo esperaba que el olor no atravesara el mamparo.

Me arrastré hasta el centro del compartimento y me apoyé contra el generador, para dejar que calentara mi cuerpo desnudo. Tenía sed, hambre y miedo. Me había quedado sin ideas, pero no podía seguir ahí para siempre.

¿Cómo podría empeorar esto?

La linterna parpadeó y el compartimento quedó sumido en la oscuridad.

CAPÍTULO CUARENTA Y TRES

Tenía la piel arrugada por la deshidratación, envejeciendo y arrugándose, y unas manchas de sal corrían por mis brazos como senderos de hormigas. El dolor de haberme cosido el pie me había empapado de sudor y drenado mis fluidos. Me tambaleé en la oscuridad, mareada, y apoyé la cabeza entre las manos. Tenía que beber algo antes de perder el conocimiento.

El refrigerador de vino se encontraba a un par de metros de la puerta de la cabina, pero el frigorífico con las bebidas sin alcohol estaba encima de la lavadora, en el extremo más alejado de la cocina, adyacente al camarote principal. La última vez que lo revisé contenía unas cuantas latas de Coca Cola *light* y una botella de agua con gas Perrier. El resto de las bebidas embotelladas estaban en la bodega debajo del suelo. Sería demasiado ruidoso abrir la bodega, pero tal vez podría llegar al frigorífico sin alertar a Brad, suponiendo que estuviera en cubierta o durmiendo.

Un dolor de cabeza debido a la deshidratación me golpeaba las sienes. No tenía elección.

Me arrastré por el compartimento a oscuras y pasé las puntas de los dedos por la pared hasta que localicé el pestillo. Apoyé la oreja contra el frío material ignífugo que recubría el interior de la puerta y escuché los sonidos del yate, pero solo podía oír el zumbido grave del generador y los latidos de mi corazón. Deslicé el dedo por el pestillo, contuve la respiración y lo abrí.

La luna brillaba a través de los ojos de buey de la cabina, iluminando el compartimento del motor. Asomé la cabeza al camarote. Vacío.

Sostuve la puerta del armario y entré a hurtadillas en la cabina. El dolor se extendía a través de mi pie, y expulsé una larga bocanada de aire para no gritar.

La puerta de la cabina yacía destrozada en el suelo, donde Brad la había derribado. Miré a través del hueco hacia la cocina y vi que se filtraba suficiente luz de la luna como para confirmar que estaba desocupada. Brad podría estar en cubierta, en el otro camarote, o en el camarote principal. No tenía forma de saberlo. También podría estar escondido en el salón, fuera de la vista, esperando a que yo apareciera.

Me sacudí el miedo de encima.

Cerré el armario detrás de mí y el cierre encajó en su lugar.

Ha sonado demasiado fuerte.

Me quedé paralizada y esperé, pero Brad no vino corriendo.

Di un paso y el suelo crujió bajo mi pie. Me detuve y examiné la madera astillada y las piezas del mecanismo de la cerradura esparcidas por el suelo, y después puse la mano en la pared para mantener el equilibrio y caminé de puntillas entre los escombros. Los puntos de mi pie me tiraban con cada movimiento, y me mordí el labio para sofocar el dolor.

Asomé la cabeza fuera de la cabina. A mi izquierda, la escalera, la estación de navegación y el salón estaban vacíos. Delante de mí, unos pasamanos acolchados recorrían los electrodomésticos de la cocina y el respaldo del sofá del salón. Entré en la cocina, apoyé las manos en ambas barandillas para usarlas como muletas y avancé cojeando con el pie hinchado. Caminaba de puntillas para minimizar el sonido de mis pasos, pero los puntos me tiraban y la piel me ardía.

Me detuve a medio camino de la cocina. Necesitaba un arma para defenderme. Abrí un armario y saqué un cuchillo, pero parecía pequeño e impotente al final de mi brazo delgado. Volví a dejarlo donde estaba y cogí el cuchillo de carnicero que habíamos usado para cortar la carne. Equilibré la hoja en mi mano y el peso me dio una sensación momentánea de poder, pero entonces mis mejillas se calentaron y me sentí ridícula. ¿Sería capaz de utilizarlo para defenderme? ¿Sería capaz de matar a Brad?

Al menos, tener el cuchillo era mejor que nada: me daba una oportunidad.

El océano lamía el casco y el sonido intensificaba mi sed. Eché un vistazo al grifo que había sobre el fregadero, pero no podía arriesgarme al ruido que haría al coger un vaso y llenarlo de agua. Pasé arrastrando los pies, sin disminuir la velocidad.

Me detuve al final de la cocina y me asomé por la esquina. La puerta del camarote principal estaba entreabierta unos centímetros. Escuché, pero no había ningún sonido. Volví a la cocina y abrí el armario que contenía el refrigerador, una unidad de tamaño pequeño como la que tenía en mi dormitorio universitario.

Tiré de la manija y el sello saltó. Abrí la puerta y se agitaron unas latas en el estante de plástico del interior. Contuve la respiración y escuché el suave sonido del mar lamiendo el casco. En los estantes había una botella de plástico de agua con gas y dos latas de Coca Cola *light*. Cogí el agua, con cuidado de no sacudir la rejilla.

Detrás de mí, algo golpeó la cubierta del camarote.

Ya viene.

Salí de la cocina y miré el camarote. Demasiado lejos. Jamás lo lograría.

Otro golpe en el suelo. Más fuerte, más cerca.

Me deslicé entre los sofás del salón y me escondí debajo de la mesa del comedor.

Brad salió del camarote principal y se quedó ahí plantado. Solo lo veía de rodillas para abajo, y los músculos de sus pantorrillas se contraían a causa de los espasmos.

Apreté la botella con una mano y el cuchillo con la otra, quedándome inmóvil sobre manos y rodillas. Brad estaba quieto, mirando a estribor. ¿Qué estaba haciendo?

Eché un vistazo entre los sofás.

Brad estaba mirando fijamente el frigorífico abierto que se me había olvidado cerrar. Inclinó la cabeza a un lado, como un perro intentando resolver un problema de matemáticas.

—Glompf, nnngh, ¿dónde estás? —gritó, volviéndose hacia la escalera.

La mesa me ocultaba de su vista. Por ahora.

¿Qué estaba pensando?

Dio un paso hacia la popa y después se detuvo. Su baba goteaba sobre la cubierta, delante de mí.

Un picor me hizo cosquillas en la garganta reseca y sentí la necesidad de toser. Presioné la lengua contra el paladar y traté de exprimir la humedad, pero no me quedaba nada. Apreté los dientes para reprimir el impulso y respiré de forma superficial.

Brad avanzó hasta la escalera y subió los peldaños. Si se diera la vuelta, me vería debajo de la mesa. Lo observé mientras subía las escaleras y desaparecía en cubierta.

Tosí. Tenía que moverme ya.

Salí de debajo de la mesa y rodeé el sofá. Me apoyé contra la barandilla y corrí hacia la cabina de estribor. Mantuve los ojos clavados en la parte superior de la escalera. Brad permaneció fuera de la vista.

Me di la vuelta para entrar en la cabina y me detuve.

Más allá de la escalera y sobre la mesa de navegación, el cable cortado del teléfono por vía satélite colgaba del panel de instrumentos donde Brad había arrancado el teléfono de la pared. Los extremos deshilachados de los cables sobresalían de su funda de plástico. Si encontraba el teléfono y empalmaba los cables, tal vez podría llamar a Medevac Worldwide Rescue para que pudieran triangular nuestra posición.

Algo golpeó la cubierta cerca del timón.

Tenía que esconderme. Me metí en el compartimento del motor, dejé la botella y el cuchillo a mis pies y cerré la puerta detrás de mí. El espacio quedó sumido en la oscuridad.

Busqué a tientas mi botella y me bebí el agua con gas. El líquido me revivió mientras corría por mi cuerpo. Me alejé de la puerta y me senté en el suelo. Ya no podía oír nada fuera del compartimento. Era una prisionera dentro de un agujero, en un barco rodeado por miles de millas de océano, con un demente persiguiéndome.

Si me quedaba allí, moriría.

CAPÍTULO CUARENTA Y CUATRO

Me quedé sentada en la oscuridad, con los ojos ardiendo y la garganta constreñida. La desesperación hervía dentro de mí, extendiéndose desde mi corazón a través de mi pecho hasta consumirme por completo. Las lágrimas caían por mis mejillas, y mi pecho subía y bajaba. Mi cuerpo estaba sufriendo espasmos. Presioné mi boca con las manos.

¿Cómo he acabado en un barco?

Después del trauma de mi infancia, había jurado que jamás volvería a acercarme al agua. Eso había sucedido hacía veintiún largos años, pero lo sentía como si hubiera ocurrido el día anterior: el recuerdo había quedado grabado a fuego en mi mente a causa de una tragedia abrasadora.

Había sido un sábado de julio, cálido y soleado, la clase de día con el que los habitantes de Nueva Inglaterra soñaban durante todo el invierno. Mi padre me había despertado con una radiante sonrisa.

—¿Qué te parece si pasamos el día juntos? —me preguntó.

—¿En serio, papá? ¿No tienes que trabajar?

—Sí, pero prefiero ir a nadar contigo, princesa.

Me levanté de la cama de un salto, me puse un traje de baño y una hora después llegamos al Roosevelt Center: una enorme piscina de tamaño olímpico, con cinco trampolines y una zona amplia y poco profunda para los niños. Había padres e hijos chapoteando en el agua fría, llenando el aire de risitas, gritos y alegría. Mi padre me dio diez dólares para comprar algo de picar y yo fui corriendo hasta el puesto de comida para hacerme con un cono de helado.

Quince minutos más tarde, regresé y me encontré con más de un veintena de personas apiñadas, mirando algo en el suelo. Llamé a mi padre, pero no lo vi. Las expresiones compungidas de la gente, ahora silenciosa y solemne, me atrajeron hacia ellos como la gravedad de un agujero negro.

Atravesé la multitud y vi a mi padre tirado sobre el cemento, pálido e inmóvil.

Un socorrista, un chico que no podía tener más de dieciocho años, estaba soplando aire en los pulmones de mi padre. Incluso entonces, supe que estaba siendo un mal intento de hacerle la reanimación cardiopulmonar. Vi cómo los labios de mi padre se volvían azules y el color abandonaba su cuerpo. Murió antes de que llegara la ambulancia.

Me quedé allí plantada y lo miré, con el helado goteando entre mis dedos y las lágrimas corriendo por mi cara.

Más tarde, supe que mi padre se había golpeado la cabeza y había estado bajo el agua el tiempo suficiente para que el líquido se filtrara a sus pulmones. El socorrista no le había dado la vuelta para expulsar el líquido de sus vías respiratorias antes de comenzar la reanimación cardiopulmonar, y sus esfuerzos hicieron que el agua con cloro penetrara aún más en los bronquios de mi padre, hasta lo más profundo de sus lóbulos inferiores. La falta de aire le provocó un paro cardíaco, pero el socorrista no llegó a hacerle compresiones torácicas, privando de oxígeno al cerebro de mi padre.

Había visto cómo la vida abandonaba el cuerpo de mi padre, y todo porque nadie había sabido cómo hacerle la reanimación cardiopulmonar. Si alguien lo hubiera hecho, mi padre habría sobrevivido, pero en su lugar había muerto. De forma innecesaria. Me habían arrancado de la vida a la persona que más me importaba, lo había perdido porque nadie tenía la formación médica adecuada.

Ese fue el momento que definió mi vida, la razón por la que me hice médica, la razón por la que nunca más volví a nadar.

Y sin embargo ahí estaba, dentro de un barco. Un crucero de pesadilla.

¿Era lo bastante inteligente como para pensar una forma de salir de aquello? ¿Había una solución para aquella encrucijada?

Podía enfrentarme a Brad e intentar vencerlo para acabar con aquello de una vez, pero eso podría acabar en una muerte horrible para mí. O podía rendirme y aceptar la derrota. Sería fácil bajar por la popa, hundirme bajo la superficie y tomar una última bocanada de agua salada.

Me sequé los ojos. No, jamás me rendiría. Tenía que asumir la responsabilidad de mis decisiones y enfrentarme a la situación en la que me encontraba. Ganara o perdiera, iba a luchar hasta el final.

Necesitaba arreglar el teléfono por vía satélite.

CAPÍTULO CUARENTA Y CINCO

No oía a Brad. No oía nada. Estaba corriendo un gran riesgo, pero si conseguía arreglar el teléfono, podría dirigir a los rescatadores hasta nosotros. Tenía que jugármela.

Corrí el pestillo de la puerta del compartimento y abrí una rendija. El camarote estaba vacío. Entré en la cabina y cerré la puerta detrás de mí, porque no podía permitir que Brad descubriera mi escondite, mi único refugio a bordo. Caminé de puntillas entre los escombros y miré hacia el salón.

Brad no estaba.

No había visto lo que había hecho con el teléfono después de arrancarlo de la pared, pero si lo había tirado por la borda, estaba muerta. Esperé que estuviera en algún lugar de la cabina principal. Tenía que estar allí.

Entré por la puerta y examiné los muebles y las mesas. El teléfono no estaba. Me agaché junto a la escalera y entrecerré los ojos para escudriñar las sombras del suelo.

¡Ahí!

El teléfono por vía satélite yacía debajo del sofá, contra la pared de babor. Entrecerré los ojos para mirar más allá de la escalera, hacia la noche. No había señales de Brad.

Cojeé por la cocina para evitar pasar por delante de los escalones y me deslicé entre los sofás. Me metí debajo de la mesa del comedor y me arrastré hacia la pared de babor. Apoyé la mejilla contra la cubierta y estiré el brazo por debajo del sofá. Mis dedos tocaron algo de plástico, pero el roce hizo que se moviera y quedara fuera de mi alcance. Estiré los dedos, tirando de los músculos de mi brazo y mi espalda, y lo toqué de nuevo. Enganché el teléfono con las uñas y lo arrastré hacia mí.

Examiné el auricular del teléfono por vía satélite en la penumbra. Tenía la forma de un *walkie-talkie*, una pantalla de vídeo, un teclado de marcación y botones para los canales configurados y para desplazarse por la pantalla. El botón de encendido era más grande que los demás y estaba colocado en la parte superior. Del fondo colgaban unos cables, como raíces colgando de una verdura recién arrancada de la tierra. Cuatro manojos de cables de cobre sobresalían de la carcasa negra rota. Cada uno de ellos tenía un color distinto (rojo, negro, verde y blanco) y, aunque no entendía sus funciones individuales, eso no importaba, porque el código de colores contrarrestaba mi falta de conocimientos técnicos. Solo tenía que conectar los cables del auricular a los manojos del mismo color en la otra mitad del cable.

El soporte del teléfono por vía satélite colgaba junto al panel de navegación carbonizado en la pared de popa, justo encima de la silla del capitán. La mesa de mapas se encontraba a tan solo un par de metros de distancia, pero para llegar a ella tenía que cruzar la habitación y quedar a la vista, a muy poca distancia de los escalones.

Una sombra revoloteó por el suelo y eché un vistazo por la escotilla de la escalera. Brad atravesó la cabina de mando. Extendió los brazos con los codos entrelazados y los dedos enroscados, como si sufriera calambres o algún tipo de disfunción neurológica. Inclinó la cabeza a un lado y miró por encima de la borda hacia el horizonte, dándome la espalda.

¿Qué estaba haciendo?

Lo más inteligente sería retirarme por la cocina y esconderme de nuevo en el compartimento del motor, pero tenía el teléfono y estaba muy cerca.

Puedo hacerlo.

Salí gateando de debajo de la mesa del comedor y crucé la cubierta moviéndome a cuatro patas. Pasé junto a la silla del capitán y la giré hasta que quedó de cara a la escalera. Me agaché tras ella. Podía ver el cielo a través de la escotilla, pero no a Brad.

Estabilicé mi respiración y conté hasta diez. Seguía sin haber señales de él.

Dejé el cuchillo en el suelo, me puse en pie detrás de la silla e inspeccioné el panel del teléfono por vía satélite. Si Brad bajaba, vería sus piernas en los escalones, lo que me daría la oportunidad de agacharme. En teoría.

Cogí el otro extremo del cable telefónico, del que salían los mismos cuatro manojos de colores de cables de cobre. No sabía nada sobre el funcionamiento interno de los equipos electrónicos, pero parecía obvio que solo tenía que unir los cables de cobre para reparar el daño.

Los pasos de Brad resonaron sobre la cubierta, en algún lugar cerca del timón. Me detuve y me concentré en la escotilla.

Nada.

Manoseé el cable roto y traté de exponer los cables de cobre escondidos dentro de las carcasas de colores, pero no conseguía sacarlos. Probé a arrancar la goma con las uñas, pero era demasiado gruesa. Después, cogí el cuchillo y clavé la punta en la carcasa del cable, pero la hoja era demasiado grande para caber y cortó el cable de cobre.

Dejé el cuchillo sobre el escritorio y utilicé los dientes para morder la goma. Eso funcionó, así que quité el revestimiento y dejé al descubierto algo más de un centímetro de cable. Mordisqueé los extremos de los tres manojos de colores restantes hasta que todos los cables quedaron visibles, y mi boca se inundó de un sabor metálico.

Con el cable en la pared preparado, centré mi atención en la otra mitad que colgaba del teléfono por vía satélite. Tenía que sacar esos cables también.

Algo chocó contra la pared detrás de mí. Los pasos de Brad resonaron por la cubierta de babor. Me incliné sobre la mesa de mapas y miré por los ojos de buey mientras Brad pasaba por el otro lado con dificultad. Me agaché y seguí mordisqueando la goma. Tenía que darme prisa.

Dejé expuestos tres de los cables, pero el cobre de la carcasa blanca se había fundido con la goma y, cuando lo retiré, dos de los cuatro hilos de cable de cobre se rompieron. ¿Importaría? Había cuatro manojos de cuatro cables cada uno, ¿sería un problema si había dos cables rotos en uno de los manojos? No podía arriesgarme.

Brad pasó junto a los ojos de buey que había encima de la cocina. Estaba regresando al timón. ¿Vendría abajo?

Cogí el cuchillo y corté cinco centímetros de la carcasa blanca. Utilicé los dientes para abrir el extremo y exponer el cable, y después preparé los cuatro manojos en ambos extremos del cable cortado.

Brad entró en la cabina y se chocó contra algo. Estaba viniendo hacia mí. Tenía que hacer que se retrasara.

Me di la vuelta hacia el panel electrónico, carbonizado por el fuego. Al lado había un interruptor manual para las luces de navegación. Los instrumentos habían quedado destruidos, pero era posible que los interruptores redundantes de las luces del mástil todavía funcionaran.

Los pasos de Brad sonaron sobre la cubierta, y chocó contra la mesa de la cabina de mando.

Pulsé el interruptor.

Los pasos de Brad se detuvieron. Eché un vistazo por la esquina y vi que se quedaba quieto en la escotilla de la escalera. ¿Se habían encendido las luces del mástil? Brad se dio la vuelta y desapareció de mi vista.

Dejé el teléfono sobre el escritorio y me puse a trabajar. Cogí los cables de cobre de la carcasa blanca en cada extremo del cable arrancado y los enrollé juntos. Se quedaron sujetos. Empalmé el segundo, el tercer y el cuarto manojo con dedos temblorosos.

Oí un golpe cerca del mástil mayor y los pasos de Brad resonaron a babor, volviendo al timón.

Retorcí los cables del último manojo. Hecho.

Brad entró en la cabina de mando.

Presioné el botón de encendido del teléfono por vía satélite. La pantalla no se iluminó. Probé los otros botones, pero nada funcionaba. Algo más debía de haberse roto en el interior del aparato cuando Brad lo había arrancado de la pared. Me desinflé, y mi energía y esperanza se desvanecieron.

Brad puso el pie en el primer escalón.

Solté el teléfono, me metí debajo de la mesa de mapas y giré la silla para ocultarme. Presioné el cuero suave con los dedos para impedir que se moviera. Me temblaban los labios.

Brad bajó las escaleras pisando fuerte y se detuvo en el salón. Respiraba con bufidos roncos, llenos de mucosidad.

—Aargh —gritó, con la voz alta y tensa.

El cuchillo.

Se me había olvidado el cuchillo en el escritorio, al lado del teléfono. Si Brad lo veía e iba a buscarlo, me vería.

Se acercó más, ahora a solo un metro de distancia, y olí su aliento putrefacto. Se giró hacia el camarote de babor y cruzó la puerta de la cabina.

El corazón se me aceleró. Me temblaba el cuerpo. La silla se tambaleó frente a mí, pero no me atreví a soltarla por miedo a que girara y me revelase. Me incliné alrededor de la silla.

Brad se encontraba en la puerta del camarote, con los puños cerrados y el pelo empapado en sudor. Miró fijamente la cabina vacía e inclinó la cabeza a un lado, como si me sintiera cerca.

Miré a través del salón hacia el camarote de estribor. Tendría que pasar junto a Brad para llegar hasta allí.

Levanté una mano de la silla y la estiré hacia arriba, tanteando el escritorio para coger el cuchillo. Toqué el mango y lo sujeté con las uñas.

Lo deslicé más cerca hasta que pude coger el mango, y entonces bajé el cuchillo detrás de la silla mientras Brad entraba otra vez en el salón.

Apreté el mango con más fuerza y contuve el aliento.

Brad cruzó el salón y entró en el camarote principal.

¿Sería un truco? ¿Estaba intentando que picara el anzuelo para que saliera de mi escondite?

Me puse de pie y dudé. Me obligué a moverme. Caminé de puntillas por el salón hasta llegar al camarote de estribor, manteniendo mis ojos en la puerta del camarote principal. Esperaba que cruzara la puerta y me atrapara, pero no lo hizo.

Entré en el camarote y me encerré dentro del compartimento del motor con un fuerte clic.

¿Y ahora qué?

CAPÍTULO CUARENTA Y SEIS

Me desperté de una pesadilla, ansiosa por gritar pero incapaz de emitir ningún sonido. ¿Cuánto tiempo había dormido? A juzgar por la falta de luz dentro del compartimento, tenía que ser de noche. Los motores habían estado apagados durante cerca de doce horas, aunque era imposible juzgar el paso del tiempo en la oscuridad del compartimento. Si todavía seguíamos flotando cerca del ecuador, la corriente nos estaba alejando de las Maldivas. El yate se estaba meciendo más, lo que significaba que el viento había regresado. Podría estar acercándose una tormenta. Si el viento se intensificaba, iba a tener que tomar el timón antes de que zozobráramos.

Era el séptimo día de síntomas agudos, y lo más probable era que Brad ya solo viviera otros tres o cuatro días. Yo no podía sobrevivir tanto tiempo sin beber agua, lo que hacía que fuera imposible esperar a que muriera dentro del compartimento del motor. Tenía que controlar el barco para llegar a tierra. Eric me había dicho que la parálisis y el coma eran las etapas finales de una rabia furiosa. Tendría una oportunidad si podía esperar hasta que Brad se quedara incapacitado, ¿pero cuánto tardaría en llegar a ese estado y cómo sabría cuándo había sucedido?

No oía nada fuera del compartimento, lo que significaba que Brad podría estar ya muerto.

Dios mío, Brad. . . muerto.

La tristeza apartó mi miedo a un lado y mis ojos se llenaron de lágrimas. Brad no había sido un marido maravilloso, pero no se merecía morir, no de ese modo. Nadie lo merecía.

El doctor Singh me había dicho que en la India sufrían más de veinte mil muertes a causa de la rabia cada año, y yo había leído que había más de cincuenta mil anuales en todo el mundo. Si sobrevivía a aquello, iba a combatir esa horrible enfermedad. El desafío me motivaba a seguir luchando.

Mi lengua hinchada se me pegaba a la boca y la cabeza me palpitaba con fuerza. Necesitaba conseguir agua y comida, y después esperar a que Brad muriera. Para sobrevivir tenía que volver a escabullirme a la cocina, pero el miedo me clavaba los pies en la cubierta.

Tal vez mañana.

Apreté los dientes y negué con la cabeza. No podía esperar. Me esforcé por escuchar a Brad. Si estaba en cubierta, podría llegar hasta el frigorífico y volver a hurtadillas a mi refugio. Tenía que intentarlo.

Iba a tener que gatear para minimizar los ruidos, así que puse las manos sobre el generador para orientarme y estiré las piernas por detrás de mí. Mi pie golpeó la linterna, que se deslizó por la cubierta y cayó en un hueco entre las máquinas con un ruido ensordecedor; el sonido más fuerte del mundo.

Me quedé paralizada. Se me formaron unas gotas de sudor en la frente. ¿Lo habría oído Brad? Tal vez estaba en cubierta, donde el océano enmascararía el ruido, o tal vez estaba durmiendo

—Aargh —gruñó Brad desde el camarote de estribor, a tan solo unos metros de distancia. El sonido era bajo y gutural, como un oso defendiendo a un cachorro, un perro protegiendo un hueso, un monstruo dándome caza en un velero. Sabía dónde me escondía y había estado esperando a que me mostrara. Arañó la puerta del compartimento, tratando de alcanzarme.

Busqué el cuchillo, pero no podía localizarlo. Tenía que estar cerca.

Brad volvió a golpear la puerta.

Abandoné mi búsqueda del cuchillo y me deslicé lejos del sonido, hacia el camarote de babor. El panel de salida se encontraba al ras del mamparo, pero no podía verlo.

Me arrastré hacia mi izquierda y mi pierna tocó una tubería ardiendo. Se me escapó un chillido y me mordí la lengua para dejar de gritar.

Brad aporreó la puerta, arañando y dando zarpazos, gruñendo con su sed de sangre.

Me apresuré a avanzar, tanteando a través de la maquinaria. Un grueso tubo de plástico colgaba en mi camino. Pasé por encima de él y caí, golpeándome la boca contra una esquina afilada. Noté el sabor de la sangre.

El pestillo hizo clic detrás de mí: Brad había resuelto el rompecabezas. Me moví más rápido y mi cabeza chocó contra el mamparo. Deslicé las manos a través de él, buscando la puerta. El panel se abrió detrás de mí, inundando el compartimento de luz.

Me di la vuelta mientras Brad asomaba la cabeza por la abertura y me miraba con los ojos inyectados en sangre y cubiertos de mucosidad. Su piel se había puesto roja como un tomate, aunque no sabía si era a causa de la fiebre o del sol, y su cara y su pecho se contraían con los espasmos. Ya no parecía humano. Mostró los dientes y la saliva formó espuma sobre sus labios.

Se introdujo a rastras en el compartimento.

Me volví hacia el mamparo, donde la luz iluminaba el pestillo del panel. Clavé los dedos en él y la puerta se abrió hacia el camarote de babor. Miré por encima del hombro.

Brad estaba a cuatro patas detrás de mí. Se inclinó sobre el generador y trató de alcanzarme con los dedos manchados de sangre.

Traté de darle una patada en la mano, pero fallé y mi talón chocó contra su pecho. La fuerza del impacto le hizo perder el equilibrio y cayó entre el generador y el aire acondicionado. Me di la vuelta, me sujeté a los bordes de la abertura y salí. Mis rodillas golpearon el borde inferior del compartimento cuando caí al camarote, y giré para colocarme boca arriba.

Brad se movió hacia mí como una sombra malévola.

Me arrodillé, deslicé los dedos por debajo de la puerta del armario y la cerré de golpe. El cierre hizo clic mientras las manos de Brad golpeaban la madera.

Salí corriendo de la cabina, rodeé la escalera y entré en el camarote de estribor.

Brad se arrastraba hacia mí bañado en sombras, con la cara transformada en una máscara de furia. Cerré el panel de golpe.

Brad gimió como un animal atrapado en la oscuridad. El virus no lo había debilitado, como yo esperaba. Era fuerte, violento y salvaje. Una pesadilla. Golpeó la puerta, que no aguantaría mucho tiempo.

Tenía que esconderme. ¡¿Pero dónde?!

CAPÍTULO CUARENTA Y SIETE

Corrí a través del salón hacia la cocina y saqué un cuchillo para la carne de un cajón. Mejor eso que nada. Después, fui a toda prisa al camarote principal y cerré la puerta detrás de mí. Tiré del cerrojo, pero eso tampoco iba a detener a Brad.

Examiné el jardín, con su endeble puerta. Si me escondía allí y él me encontraba, las escotillas eran demasiado pequeñas como para pasar a través de ellas y me quedaría atrapada. Miré las escotillas que había encima de la cama. Esas sí que podía cruzarlas, pero ¿qué haría después? Recogí mi bikini del suelo y me lo puse. De alguna manera, estar vestida me hacía sentir menos vulnerable.

Los golpes de Brad resonaron dentro del compartimento del motor mientras trataba de abrirse camino a puñetazos a través del panel. Si usaba las piernas, rompería la madera en cuestión de segundos.

Tenía que defenderme, pero no poseía ninguna habilidad de lucha. Nunca le había dado un puñetazo a nadie, nunca había estado en una pelea, ni siquiera cuando era niña. Solía salir a correr seis días a la semana y había tonificado mi organismo, pero no levantaba pesas y poseía poca fuerza en la parte superior del cuerpo. No era rival para un hombre musculoso.

Si quería sobrevivir, tenía que utilizar mi mente como arma.

Brad golpeó la puerta y sus gruñidos resonaron detrás de la

escalera como si el propio barco estuviera gruñendo. La madera se astilló.

Me subí a la cama y me puse de puntillas, sintiendo que me tiraban los puntos de la herida. Levanté la pierna y me equilibré sobre el pie bueno. Cogí la manija de plástico de la escotilla, presioné el botón de apertura y la giré en sentido contrario a las agujas del reloj para romper el sello. Empujé para abrir la escotilla de plexiglás y el aire salado me golpeó la cara. Brad iba a escapar del compartimento del motor en cualquier momento.

Me aferré a la escotilla y esperé.

La madera se astilló en la popa y los pies de Brad golpearon la cubierta. Había escapado. Una puerta se abrió de golpe, probablemente el jardín del interior del camarote, y después sus pasos resonaron por el salón. Golpeó la puerta del camarote principal, lanzándole patadas y puñetazos como cegado por la rabia.

Tiré mi cuchillo a la cubierta a través de la escotilla abierta. Me impulsé en la cama y me metí por el hueco. Necesité todo mi esfuerzo para subir mi peso por encima del borde de la escotilla. Me abrí camino a través de la pequeña abertura y salí a cubierta. Cerré la escotilla detrás de mí.

Cogí el cuchillo y miré a través del plexiglás. La puerta del camarote se abrió de golpe y Brad entró corriendo en la habitación; era un depredador salvaje en busca de su presa. Babeaba como un perro, rociando saliva y convirtiendo el yate en un peligro biológico. Sus ojos recorrieron la habitación, salvajes e inhumanos. Abrió la puerta del cuarto de baño de una patada y se metió dentro. Chocó contra el lavabo e hizo que se cayeran al suelo el jabón y los cepillos de dientes.

Brad salió corriendo del baño y cruzó la habitación. Chilló cuando pisó fragmentos de vidrio rotos, pero el dolor no lo frenó en modo alguno. Abrió las puertas del armario y giró, con aspecto confuso. Después, se dio la vuelta y miró fijamente la cama.

El viento silbaba a través de la escotilla sin sellar. Brad levantó la mirada hacia el sonido y sus ojos se encontraron con los míos.

Una sonrisa se extendió por su rostro y lanzó una dentellada al aire.

Saltó sobre la cama y trató de alcanzarme, pero sus manos golpearon el plexiglás y cayó de nuevo sobre el lecho. Se puso en pie a toda prisa y saltó una vez más, se sujetó al borde y se impulsó hasta la escotilla.

Corrí lo más rápido que pude por la borda en dirección a la popa. Me detuve un momento en la cabina de mando para asegurarme de que venía. La parte superior de su cuerpo se deslizó por la abertura de la escotilla y se tambaleó hasta quedar de rodillas sobre la cubierta. Entré en la cabina de mando y bajé corriendo las escaleras. Me tropecé en el último escalón y aterricé con fuerza sobre la cubierta inferior, torciéndome el tobillo. Caí al suelo a causa del dolor, y el cuchillo se deslizó por la cubierta.

Me puse en pie como pude. La laceración me ardía, y el tobillo me palpitaba. Cojeé por el suelo, cogí el cuchillo y entré cojeando al camarote principal.

Los pasos de Brad retumbaban sobre mi cabeza mientras corría a lo largo de la cubierta.

Me subí a la cama y lancé mi arma por la escotilla, que resonó en la cubierta. Salté hacia la escotilla, pero fallé y caí sobre la cama. Mis piernas se habían debilitado. Detrás de mí, Brad bajaba por la escalera pisando con fuerza. Estaría encima de mí en unos segundos, y yo estaba herida y desarmada...

Doblé las rodillas y me catapulté al aire. Me sujeté al borde de la escotilla y me impulsé con todas mis fuerzas. Mi cintura salió de la escotilla y la parte superior de mi cuerpo se tambaleó hacia la cubierta, pero mis piernas colgaban dentro del camarote.

Brad se lanzó hacia mí y su mano chocó contra mi muslo. Giré mi cuerpo y conseguí esquivarlo.

Salí por la escotilla y miré hacia dentro. Brad se levantó del suelo y se subió a la cama. Jadeé en busca de aire, con el corazón latiendo con fuerza mientras mi pie y mi tobillo pedían alivio a gritos. Mi cuerpo ansiaba alimento y mis fuerzas estaban menguando. No podía seguir con ese juego del gato y el ratón mucho más tiempo. Seguro que me atraparía.

Cerré la escotilla de golpe mientras Brad se lanzaba hacia ella, y sus manos golpearon el plexiglás. Aulló de dolor.

Cogí el cuchillo, pero con eso no bastaba. Él era más fuerte; salvaje e imparable. Tenía que evadirlo. Era mi única esperanza. Mis ojos se movieron a mi alrededor, desesperados por escapar. Podía saltar al mar, pero eso significaría una muerte segura. Mis ojos examinaron la cubierta en busca de algo que pudiera usar contra él.

Brad saltó y abrió la escotilla, haciéndome perder el equilibrio. Caí a la cubierta.

Sus manos atravesaron la escotilla.

Pisé sobre el cristal y lo derribé. De un momento a otro se daría cuenta de que podía usar las escaleras para subir a cubierta y acabar conmigo. Yo podría dejarme caer dentro de la cabina, pero ya no tendría fuerzas para volver a subir. El final se acercaba.

Brad volvió a abrir la escotilla. Le corté la mano con el cuchillo, y él gritó y cayó a la cabina. Goteaba sangre del borde de la hoja. Tenía que escapar, ¿pero dónde podía esconderme en un yate? Miré por encima del hombro hacia la proa. La línea de proa estaba enrollada cerca del bauprés.

Ya está.

El mejor lugar para esconderse en un barco de vela no era precisamente dentro del barco. Corrí hacia la proa.

CAPÍTULO CUARENTA Y OCHO

Me metí el mango del cuchillo en la boca, agarré la línea enrollada de la cubierta y solté el extremo. Formé un lazo de sesenta centímetros de longitud y le hice un doble nudo, del mismo modo que me ataba las zapatillas de correr. Saqué unos dos metros y medio de cuerda de la bobina, la enrollé alrededor de una abrazadera de metal y la apreté bien.

La escotilla se abrió detrás de mí y las manos de Brad arañaron la cubierta.

Tiré el cabo por la proa y miré por la borda. El lazo colgaba a poco más de medio metro sobre la superficie del mar y chocaba contra el casco. Una imagen apareció en mi mente: el sol reflejándose en el agua azul de la piscina, detrás del cuerpo sin vida de mi padre. Cogí la línea con ambas manos y pasé por encima de las cuerdas de salvamento. El corazón me latía con fuerza, y apreté la línea para detener los temblores de mis manos. Empecé a inundarme de un sudor frío.

Eché un vistazo hacia la escotilla cuando la cabeza de Brad asomó por ella, y lo vi subiendo a cubierta mirando hacia la popa. Tenía que darme prisa antes de que se diera la vuelta y me viera.

Me apoyé contra la línea para asegurarme de que permaneciera tensa y me subí al lateral del casco. Me alejé del yate, transfiriendo mi peso a mis pies. Bajé mano sobre mano, caminando con los pies sobre el casco en dirección al agua.

Miré por encima de la borda una última vez. Brad se puso en pie y flexionó los músculos de sus brazos. Se dio la vuelta y yo me agaché. La línea me quemó la piel de las palmas y estiré los dedos de los pies para mejorar mi tenue agarre sobre el casco. Me detuve a medio camino y doblé las rodillas hasta que mi cuerpo quedó contra el casco. Moví mi pie sano por debajo de mí y utilicé los dedos para localizar el lazo. Después, deslicé mi pie dentro y el nudo se tensó a su alrededor. Cambié mi peso a la pierna y quité la tensión de mis brazos. Entonces, aflojé mi agarre de la cuerda.

Arriba, Brad gruñía y corría por la cubierta, tratando de darme caza. El virus había devastado su mente, y sus sinapsis no lograban conectar a medida que el daño se extendía. Su cerebro se había convertido en un espectáculo de fuegos artificiales neurológicos. Dudaba que se le ocurriera mirar por la borda, lo que significaba que estaba a salvo.

Por el momento.

CAPÍTULO CUARENTA Y NUEVE

Estaba colgando de la proa, agarrada a la cuerda y aferrándome a la vida. Arriba, Brad gruñía y correteaba por la cubierta, como un lobo acechando a una cierva herida. Un momento más tarde, los sonidos ahogados de un cristal rompiéndose emanaron de la cocina. Parecía furioso.

El viento arreció y las velas se agitaron, escorando el yate y proporcionando algo de impulso hacia adelante. El mar se ondulaba a mi alrededor.

Si perdía el agarre y caía al agua, no podría volver a subir a bordo sin la cuerda. Incluso en la zona donde la popa estaba más baja en el agua, la cubierta seguía muy por encima de la línea de flotación. Inalcanzable. Me palpitaba el pie donde los puntos se me tensaban. Goteaba sangre de mis dedos. Seguí una gota con la mirada mientras caía por el aire y salpicaba sobre el océano... Una neblina rosada se formó en la superficie por debajo de mí.

El tiburón.

Sentí una sacudida de miedo; una descarga eléctrica recorrió mis terminaciones nerviosas. ¿Cómo me había podido olvidar del tiburón? Había leído que los tiburones podían detectar una gota de sangre en el agua a kilómetros de distancia, y Brad me había dicho que podían saltar fuera del agua para alcanzar a su presa. Estaba colgando a poco más de medio metro por encima de la superficie, como un gusano en un anzuelo.

Mis ojos examinaron la superficie, frenéticos. La línea crujió por mi peso cambiante y se rozó contra la borda. Si la cuerda se rompía, no tendría que preocuparme por morir ahogada. El tiburón me devoraría.

Cerré los ojos. No había ido a la iglesia desde el funeral de mi padre, pero incliné la cabeza y recé. No pedí que Dios interviniera y me salvara, eso era demasiado como para creerlo. En lugar de eso, recé para ser lo bastante inteligente como para encontrar la salida a aquella situación, para pensar un camino que me llevara hacia la seguridad. Pero, si existía una solución, no podía verla.

—Mierda.

Negué con la cabeza. Tenía a un demente por encima de mí y un tiburón en algún lugar por debajo. El viento había aumentado y no había nadie manejando el timón. Brad tan solo viviría unos días más, así que si conseguía aguantar más que él, tendría la oportunidad de sobrevivir.

Mi pierna buena estaba cansada, y la línea se me clavaba en la planta del pie. Apreté los dientes alrededor del mango del cuchillo y mi mandíbula tembló con un espasmo. Mi posición era insostenible, y pronto estaría demasiado cansada como para subir por la línea. Necesitaba encontrar un escondite mejor, un lugar seguro para poder trazar un plan.

Tenía el vendaje empapado de sangre y un hilo rojo corría a través de mi pie y me goteaba sobre las puntas de los dedos. Vi cómo las gotas crecían y después se liberaban y caían al agua. Me balanceé sobre la pierna derecha, me incliné y me limpié la sangre. Después, me sequé los dedos en la parte inferior del bikini. Un largo rastro de sangre flotaba en el agua mientras el yate flotaba hacia el este, y esperé a que la herida se coagulara.

Debajo de mí, una forma negra y difusa bordeó el costado de babor, nadando a tres metros bajo el agua. El gran tiburón blanco había regresado. Me había convertido en un juguete para gatos que colgaba del extremo de una cuerda. No iba a tener más remedio que subir a cubierta.

Una aleta dorsal rompió la superficie del agua a unos doce metros de estribor y giró hacia mí. El tiburón estaba siguiendo el rastro de sangre, que llevaba hasta mí.

Me impulsé y apoyé los pies a cada lado de la proa para mantener el equilibrio. Seguí la aleta con los ojos y esperé. Tendría que ser rápida.

El morro del tiburón rompió la superficie a menos de cinco metros de distancia. Su boca se abrió como si estuviera saboreando la sangre en el agua. El escualo me miró fijamente con sus ojos negros, movió su poderosa cola y se sumergió.

Doblé la rodilla derecha, cambié mi peso sobre ella y giré hacia el lado de babor del casco.

El tiburón salió a la superficie, con las fauces abiertas, y puso los ojos en blanco. Lanzó una dentellada y se chocó contra la proa, justo donde yo estaba colgada un momento antes. Volvió a caer al agua con un tremendo salpique y desapareció bajo la superficie tan rápido como había atacado.

Me temblaba el cuerpo y estaba hiperventilando. No me importaba si Brad estaba rabioso. Tenía que escapar del tiburón. Levanté el pie izquierdo y moví mi peso sobre la proa hasta quedar sentada a horcajadas encima. Me impulsé más arriba, mientras caminaba con un pie a cada lado del casco. Tenía los brazos más débiles de lo que había imaginado. La fuerza y la energía casi se me habían agotado por completo.

Cuando estaba a unos metros de la cubierta, alcancé la borda y enrosqué los dedos sobre ella. Mantuve la mano derecha sobre la cuerda, porque caer al agua supondría una muerte rápida y espantosa. Levanté la cabeza al nivel de la cubierta.

Entonces mis ojos se cruzaron con los de Brad.

Estaba a cuatro patas, y me gruñó a menos de un metro de distancia. Debía de haber oído al tiburón golpeando la proa. Volvió a gruñir y se acercó a mí.

Me agaché debajo de la cubierta y mi pie herido resbaló sobre la superficie ensangrentada del casco. Me estrellé contra la proa. Solté un gruñido de dolor, dando vueltas en el aire mientras colgaba de la cuerda. El polipropileno me cortaba las palmas. Me dolían los músculos, y mi agarre flojeó.

Brad me miró con el ceño fruncido desde el lateral, con la boca llena de espuma y los ojos ardientes.

Aflojé mi agarre y me deslicé hacia el agua, quemando más piel de mis manos. Apreté con fuerza para detener mi descenso, pero seguí deslizándome. Moví los pies y toqué el lazo con el pie, pero rebotó y me deslicé hacia el agua. Golpeé el lazo con mi pie herido y lo enganché. Mi peso cayó sobre mi herida y solté un grito.

Me puse en pie sobre la cuerda y saqué la otra pierna del agua. Me erguí. Mis palmas desolladas enrojecían la línea, y la sangre goteaba de mi pie hacia el océano. Moví la cabeza buscando a mi alrededor al tiburón, pero no vi nada más que agua azul.

Brad gruñó encima de mí y yo le devolví la mirada con un odio que reflejaba el suyo. Entonces, tiró de la cuerda con ambas manos y me elevé alrededor de un metro en el aire.

Es demasiado fuerte.

Presioné el pie contra el casco y tiré de la línea para alejarla de él. Caí algo más de medio metro y reboté contra el yate. El impacto me quitó el aire de los pulmones y el cuchillo cayó. Desapareció en el océano.

Mi única arma… perdida.

Brad gruñó y se paseó por la cubierta, irradiando pura agresividad. La pesadilla neurológica había consumido su mente. Al menos, su hidrofobia le impediría acercarse al agua. No me seguiría por la línea.

¡Eso es! La hidrofobia de Brad.

Podía utilizar su hidrofobia patológica inducida por la rabia como arma contra él.

Se me erizó el vello del cuello y miré por encima del hombro. La aleta dorsal se dirigía hacia mí. Sujeté la cuerda y me senté a horcajadas sobre la proa. Tenía que estar preparada.

En esta ocasión, el tiburón avanzó desde babor y se sumergió bajo la superficie.

Hice rápel hasta el otro lado del casco mientras el escualo salía del océano. Lanzó una dentellada al lado de babor, exactamente donde yo había estado.

Me había impulsado demasiado fuerte desde el barco, y la tensión de la línea me hizo retroceder hacia la proa. Mi impulso me llevó hacia el tiburón.

Madre mía, no puedo parar.

El tiburón sacudió la cabeza mientras me deslizaba hacia él.

Levanté las piernas para evitar su boca abierta y le di una patada en el morro, empujando a la bestia. Choqué contra el casco y apoyé los pies contra la fibra de vidrio.

El tiburón se retorció en busca de alimento, pero no encontró nada y desapareció bajo la superficie.

Ahora o nunca.

Me quité la parte superior del bikini con una mano, me incliné y la arrastré por el agua. Si el tiburón aparecía ahora, me cortaría por la mitad de un mordisco. Sostuve la parte superior empapada del bikini entre los dientes y subí como un montañero, con el miedo confiriéndome una oleada de vigor. Brad se aferró a la botavara de proa y se colgó sobre el borde, esperándome. Me detuve a apenas un metro de su alcance y me saqué el bikini de la boca.

—¿Quieres un poco de agua, Brad? —Inclinó la cabeza a un lado, como si estuviera tratando de procesar mis palabras—. Es importante hidratarse bien —grité.

Le lancé el bikini, lleno de agua salada, y este lo golpeó directamente en la cara, empapándolo. Él chilló y cayó fuera de la vista.

Subí mano a mano hasta llegar a la parte superior. No podía volver a bajar o el tiburón me atraparía, y con mis fuerzas agotadas no tenía la resistencia necesaria para volver a subir la línea. Tenía que enfrentarme a Brad ya. Me agarré a la borda y me impulsé hasta el otro lado. La parte superior de mi bikini estaba tirada en un charco sobre la cubierta.

Brad había desaparecido.

CAPÍTULO CINCUENTA

El agua había ahuyentado a Brad... por el momento. No comprendía lo que estaba pasando en su mente confundida por el virus, pero sabía que volvería a darme caza, y lo haría pronto. Me había quedado sin energía y mi cuerpo funcionaba solo a base de adrenalina. Tenía que encontrar otro lugar donde esconderme.

Frente a mí se encontraba la entrada al armario del trinquete. Abrí la escotilla, bajé hasta la mitad de la escalera y la cerré detrás de mí. La sofocante cabina había estado cerrada desde que zarpamos y el olor acre de la fibra de vidrio me hacía cosquillas en la nariz. Me froté la cara para reprimir un estornudo. Cerré la escotilla, pero un fino trozo de plástico era lo único que la mantenía cerrada. Si Brad me encontraba, lo rompería y yo no tendría adónde huir.

Un minuto más tarde, Brad cruzó corriendo la cubierta en dirección a la proa. Sacudió la cabeza, echando espuma por la boca a causa de la furia.

Había logrado esconderme por los pelos. Solté la manija y bajé la escalera de puntillas. Me pegué a la pared en el estrecho compartimento, lo más lejos posible de la escotilla.

Brad pisó fuerte la cubierta y golpeó las cuerdas de salvamento con las manos. Los puntales crujieron bajo su ira furiosa. Se había dado cuenta de que me había escapado, ¿pero acaso pensaba que me había caído al océano y que el tiburón me había atrapado? Aulló de forma frenética.

Quería gritar, llorar, hacer que parara, pero no era capaz de emitir ningún sonido. Me rodeé el cuerpo con los brazos y gimoteé, demasiado deshidratada para llorar.

Brad pisó la escotilla, que crujió bajo su peso. Examinó la cubierta y la saliva goteó sobre el plexiglás. Gruñó y se dirigió hacia la popa, hasta quedar fuera de mi vista.

No estaba a salvo allí. Abrí un armario y encontré dos botellas de Evian. Les quité los tapones, manchando el plástico de sangre, y me las bebí una tras otra. Mi cuerpo se empapó del líquido como una planta en el desierto. No vi nada de comida.

Me acerqué a la escalera para localizar a Brad y me golpeé el dedo del pie con una bolsa de lona.

El elevador de mástil.

Podría funcionar, si tuviera el valor. Me colgué la bolsa al hombro y subí la escalerilla. El sol se reflejaba en el cristal y solo podía ver unos pocos metros en cualquier dirección. Llevé la mano al mango. No tenía elección. Desbloqueé la escotilla y la abrí hasta la mitad. Asomé la cabeza y vi la cubierta vacía.

Hora de irse.

Subí la escalerilla que iba a cubierta y fui de puntillas hacia el mástil, con cuidado de evitar las escotillas del camarote principal. Me agaché por si acaso Brad estaba mirando desde la cabina.

Conseguí llegar hasta el mástil. Desaté un cabo de una cornamusa en la base y lo volví a atar a una cornamusa que había a lo largo de la borda. Dejé la bolsa en la cubierta y saqué el arnés. Sujeté los elevadores al cabo, tal como había visto hacer a Brad en el mar de Java, hacía ya una vida.

Sonó un golpe en la cabina de abajo.

¿Me había oído? Tenía que darme prisa.

Me puse el arnés y pasé las piernas por los lazos de la parte inferior del elevador. Me puse de pie y me pasé el elevador superior por encima de la cabeza. Me senté en la silla de contramaestre y me quité el peso de los pies. Llegué hacia abajo, levanté el elevador inferior, me puse en pie sobre las correas y repetí el proceso. Me había elevado más de un metro sobre la cubierta cuando Brad asomó la cabeza por la cabina.

—¡Aaaah! —gritó.

—Mierda, mierda, mierda.

Empujé el elevador por encima de mí y me recliné en el asiento. Brad vino a por mí.

Sujeté el elevador inferior, pero tiré de él demasiado rápido y no se movió. Usé ambas manos y lo deslicé más arriba.

Más de cuatro metros.

Me puse en pie sobre los estribos y levanté el elevador superior. Brad se abalanzó contra mi pierna.

Me recliné en el asiento y levanté los pies.

Lanzó manotazos al aire mientras corría, y sus dedos pasaron a unos centímetros de mis tobillos. Cayó sobre la cubierta y rodó.

Levanté el elevador inferior y me puse de pie, empujando el elevador superior conmigo.

Brad corrió por la cubierta y saltó de nuevo.

Me senté y levanté las piernas dentro de los estribos. Brad falló por poco más de medio metro. Subí hasta quedar colgada a seis metros de la cubierta, lejos de su alcance.

Jadeé en busca de aire, el corazón me latía como si hubiera sufrido un infarto. Logré respirar y miré hacia arriba. La luz del sol se reflejaba en la cápsula de comunicaciones, a más de veinte metros de altura. No tenía intención de llegar más alto. La sangre goteaba de mi pie sobre la cubierta y mis manos en carne viva oscurecían el elevador. Estaba sudando copiosamente y la fatiga desgastaba mi determinación. Tenía que descansar.

La silla de contramaestre se mecía de un lado a otro. Miré abajo. Brad tenía la línea entre las manos.

Empezó a subir.

CAPÍTULO CINCUENTA Y UNO

Brad se arrastró, mano sobre mano, trepando por la línea tensa hacia mí. Su peso hacía temblar mi silla de contramaestre y me sujeté mientras esta se movía de un lado a otro. Tenía que seguir adelante. Me puse de pie, levanté el elevador superior, me senté en el asiento elevado y tiré del elevador inferior detrás de mí. Repetí el proceso y no miré hacia abajo. No me apresuré y me moví con la mayor fluidez posible. Si cometía un error, me atraparía.

—Es más rápido ir con cuidado, es más rápido ir con cuidado —me repetí.

Mi técnica mejoró y levanté el asiento ocho veces antes de detenerme para recuperar el aliento. Miré entre mis piernas. Brad había dejado de escalar. Estaba colgando del cabo, a seis metros por encima de la cubierta. Arqueó el cuello y me miró fijamente. Los músculos de sus brazos se contrajeron con espasmos. Bajó un poco.

Entonces, perdió el agarre y cayó.

Su cuerpo golpeó la cubierta con un chasquido y se quedó inmóvil. La cabeza me daba vueltas y cerré los ojos. Nunca había estado suspendida en el aire. Las alturas me aterrorizaban, pero hasta ese momento había estado demasiado asustada como para darme cuenta: mi deseo de vivir superaba mi miedo.

Brad gimoteó.

Abrí los ojos.

Sacudió la cabeza, derramando saliva por todas partes. Se puso de rodillas, y después se incorporó y chilló. Entonces se desplomó sobre la cubierta, sujetándose la parte inferior de la pierna. El chasquido había sido la fractura de su peroné o de la tibia. O ambas cosas. Se puso de pie, en equilibrio sobre una pierna, y me fulminó con la mirada. Lanzó una dentellada al aire, se alejó cojeando y desapareció en la cabina de mando.

¿Mi incapacidad para recuperarme de la muerte de Emma había iniciado una cadena de acontecimientos que habían conducido a esta pesadilla? ¿Era yo la responsable de la infección de Brad? ¿Mi debilidad lo había condenado? ¿Me había condenado a mí? Negué con la cabeza. No podía seguir por ese camino. Ahora no. Jamás.

—¡Esto no es culpa mía! —grité.

Me balanceé en el asiento, a más de veinte metros por encima del nivel del mar. Desde mi posición podía ver a ocho o nueve millas de distancia y exploré el horizonte en todas direcciones. No había tierra. Ni barcos. No había nada más que océano. Por el lado de babor, la aleta dorsal del gran tiburón blanco rompió la superficie y trazó círculos alrededor de nuestro yate. Estaba colgada del mástil, atrapada encima de un gran tiburón blanco y un demente que quería matarme.

¿Qué demonios iba a hacer ahora?

CAPÍTULO CINCUENTA Y DOS

Tenía la lengua hinchada dentro de mi boca seca, y mis labios resecos se estaban agrietando. Necesitaba más agua, y deseé haber cogido la parte superior de mi bikini de la cubierta, porque mi pecho se había puesto de un rojo intenso. Me dolía todo el cuerpo a causa de las quemaduras solares y la fatiga pesaba sobre mí como un grueso abrigo. Brad se quedó en algún lugar de abajo, a la sombra, probablemente durmiendo en la cama mientras yo me aferraba al mástil.

Le odiaba.

Pero eso no era justo. Estaba enfermo y el virus lo había convertido en un monstruo, pero no podía evitar la sensación de que su daño neurológico había desatado una propensión a la violencia que ya existía. Si Brad hubiera sido capaz de controlar su temperamento cuando estaba sano, tal vez la enfermedad no se habría manifestado de esa forma. Lo había convertido en un monstruo carnívoro. Un perro rabioso. Un zombi.

El aire se enfrió mientras el sol se hundía en el horizonte, trayendo alivio consigo. Las velas ondeaban con ráfagas de viento suave. Había fijado el timón en rumbo oeste, que era la dirección correcta, pero si el viento soplaba demasiado fuerte y no hacía ajustes, podíamos volcar. Tener las velas desplegadas con un timón sin tripular sería catastrófico con una brisa fuerte.

Me colgué del asiento, a mitad del mástil. ¿Qué iba a hacer cuando se pusiera el sol? Si me quedaba dormida, podría caerme.

Necesitaba asegurarme al mástil, pero para hacerlo tendría que llegar a la cima, a más de veinticinco metros por encima de la cubierta. Me cosquillearon los dedos de las manos y los pies solo de imaginarlo. Si quería subir hasta ahí, tendría que moverme antes de que oscureciera, porque sería muy fácil resbalarme de los estribos una vez que se pusiera el sol del todo. Levanté el elevador inferior y me enderecé. Moví el elevador superior y subí más alto.

—No mires hacia abajo, no mires hacia abajo, no mires hacia abajo.

Lo repetí como un mantra.

Clavé los ojos en la parte superior del mástil, muy, muy lejos de mí. Se me revolvió el estómago y me hormiguearon los brazos. Mis habilidades motrices finas se volvieron más lentas, y mi visión se oscureció. Aquello me aterrorizaba más que el tiburón. Bueno, tal vez no. Repetí el proceso una y otra vez, y la cima se acercó.

Cinco minutos más tarde, llegué a las cápsulas del satélite y las comunicaciones, carbonizadas por el impacto del rayo. Si se produjera otra tormenta, tendría que bajar. Coloqué la mano sobre la cápsula más grande y la utilicé para mantener el equilibrio. Me subí encima, llegué a la parte superior y rodeé el mástil con los brazos. Estaba atada al elevador, pero tenía que fijar la parte superior de mi cuerpo al mástil, porque si me quedaba dormida podría caerme del arnés y precipitarme.

¿Qué podría usar?

Me desaté la parte inferior del bikini y me aferré al mástil mientras me lo quitaba. Acerqué mi cuerpo al mástil con la mano izquierda y me puse el bikini por encima del brazo. Utilicé la mano derecha y los dientes para atarlo al mástil. Tiré de él. No aguantaría mi peso, pero se tensaría contra mi mano si me quedaba dormida y me inclinaba hacia fuera del mástil. Eso debería despertarme... en teoría.

Abracé el mástil y pegué la mejilla a la superficie lisa. Quería cerrar los ojos, quedarme dormida y despertar en Commonwealth Avenue para descubrir que el año pasado había sido un sueño, una horrible pesadilla. Anhelaba la seguridad de la cama de mi infancia, pero esconderme de la realidad no me ayudaría. Ahora no.

Miré fijamente hacia el horizonte. Unos días antes, me aterrorizaba pensar que los piratas pudieran atacarnos. Ahora rezaba para que los rufianes abordaran nuestro yate. Qué rápido cambiaban las circunstancias y la perspectiva. Los rayos de sol atravesaban la superficie alrededor del yate iluminando a seis metros más abajo, como si fuera una piscina. Una silueta oscura nadaba a menos de treinta metros del lado de babor. Tenía que ser el tiburón. Lo seguí con los ojos durante mucho tiempo, y entonces el sol se puso y volvió opaca la superficie, ocultando a los habitantes de las profundidades.

Mirar hacia la cubierta me mareaba, pero concentrarme en el horizonte mitigaba mi miedo. Una caída me mataría, pero mirar hacia el horizonte engañaba a la parte más primitiva de mi cerebro. Estando a casi treinta metros de de altura, podía ver a once o doce millas de distancia. De repente, algo me llamó la atención en el horizonte sur. ¿Qué había sido eso? Forcé los ojos y me incliné hacia adelante... Una luz parpadeó.

¡Un barco de vela!

La luz del mástil parpadeaba en el horizonte mientras el velero se mecía entre las olas, y después desapareció. El cielo se convirtió en un lienzo de colores y mi visión se oscureció y se volvió borrosa por la poca luz, pero no aparté la vista del lugar donde lo había visto. Cayó la noche y me esforcé por volver a ver el barco. Necesitaba que la luz estuviera ahí, necesitaba a otra persona en el océano conmigo, necesitaba saber que no estaba sola.

Mis párpados se volvieron pesados y mi cuerpo suplicaba descanso. Mi cabeza cayó una, dos, tres veces. Mis ojos se cerraron y ya no podía abrirlos. Mi respiración se volvió más profunda y visualicé a Emma sonriéndome. Un foco de calor se extendió a través de mí y mi dolor desapareció.

CAPÍTULO CINCUENTA Y TRES

Me desperté presa del pánico y agité el brazo sobre el vacío.

—¡Ayuda! —grité.

Di una sacudida dentro del arnés y recordé dónde estaba y lo que había ocurrido. Me aferré al mástil y rodeé el sistema de satélites con los pies. Tenía el corazón acelerado, como si me hubiera despertado mientras caía en paracaídas.

Día ocho de síntomas agudos.

El sol había salido sobre el horizonte y el viento se había fortalecido, hinchando nuestras velas e inclinando el yate unos pocos grados a estribor. Las olas salpicaban contra el casco a medida que nuestra velocidad aumentaba. Habíamos escapado de la zona de calmas ecuatoriales. A juzgar por la posición del sol, el yate se había desviado durante la noche y ahora apuntaba hacia el noroeste. Me moví para buscar la luz del otro barco de vela, pero no vi nada. Escudriñé los trescientos sesenta grados del horizonte.

El otro velero había desaparecido.

La adrenalina corrió por mis venas mientras me equilibraba al borde del pánico. Traté de calmarme. Había llegado muy lejos, y ahora lo único que tenía que hacer era sobrevivir a Brad. Una vez que se produjera la parálisis o entrara en coma, yo podría tomar el control del timón y dirigirme hacia un puerto. Se había roto la pierna y ya no duraría mucho más. Solo tenía que aguantar.

Me despegué la lengua del paladar. Necesitaba agua y comida, y me dolía la vejiga por la necesidad de orinar. Mi pie había dejado de sangrar, pero se había hinchado como un globo y me ardían las palmas en carne viva.

Desaté la parte inferior del bikini del mástil y me la puse sobre el hombro. Me agarré al mástil con las manos, arqueé la espalda para inclinar el asiento del contramaestre y alivié mi vejiga. La orina se acumuló en mi asiento y se derramó por el lateral, corriendo sobre mis piernas, pero no me importó. Necesitaba hacerlo. La orina se disipó con el ligero viento y llovió sobre la cubierta. Dos días antes, orinar desde el mástil me habría resultado humillante y degradante. Ahora, era un paso lógico para la supervivencia. Las circunstancias cambiaban las percepciones y priorizaban las necesidades. Había visto el mismo fenómeno en la sala de espera de cirugía, pero ahora lo comprendía.

La orina tenía un olor acre, un signo de la deshidratación. ¿Cuánto más podría aguantar sin agua? Dirigí los ojos hacia el sur. ¿Adónde se había ido el barco de vela? Algo llamó mi atención y parpadeé para concentrarme.

Una tenue luz parpadeaba en el horizonte: mi viejo amigo había regresado. Tal vez se trataba de una ilusión o de mi imaginación, pero la luz parecía más grande. Tenía un tono verdoso que podría ser un efecto óptico causado por los reflejos de la superficie, pero si de verdad era verde, eso significaría que la luz se encontraba encima del lado de estribor del mástil. Las luces de los mástiles de los cruceros eran verdes a estribor, rojas a babor y blancas desde atrás. El verde indicaría que el barco de vela se dirigía hacia el oeste, y todavía podía ver la luz, lo que sugería que el velero estaba siguiendo un rumbo paralelo a menos de doce millas de nosotros.

No sabía si sería capaz de sobrevivir sin ayuda. Incluso si el virus incapacitara o matara a Brad, todavía tendría que llegar yo sola a un puerto. Mis habilidades de navegación eran las de una principiante y no tenía equipo para navegar, ni siquiera una brújula. Necesitaba contactar con el velero. ¿Pero cómo?

Podía ver la luz del mástil distante porque se encontraba muy por encima de la superficie, pero la otra tripulación no podía vernos desde la cubierta del barco. Si recibían nuestra señal de radar, la respuesta normal sería darnos un amplio margen, no cubrir el hueco entre nosotros. Tenía que enviar una señal de socorro, y como se había inutilizado la radio, tendría que ser una señal visual.

La pistola de bengalas.

Cuando recorrí el yate en Bali, Brad había mencionado que había una pistola de bengalas en el armario del trinquete. Me maldije a mí misma por no pensar en eso cuando me escondí allí, pero había estado tratando de escapar y no contemplaba la posibilidad de un rescate. La pistola de bengalas era mi única herramienta para hacerle una señal al otro barco. Tenía que hacerme con ella.

Giré en mi silla y miré hacia abajo. Me daba vueltas la cabeza, y las náuseas subieron a mi garganta. Cerré los ojos, me aferré al mástil y respiré. Abrí un ojo y volví a echar un vistazo. La cubierta y la cabina de mando parecían vacías.

¿Dónde estaba Brad?

¿Sería capaz de caminar con la pierna rota? ¿El virus lo había paralizado? ¿Estaba muerto? No ver a Brad y no saber lo que estaba haciendo me daba más miedo que verlo sentado debajo del mástil.

Estiré los brazos y las piernas para que la sangre volviera a circular. Me dolía el pie. Me incliné para tocar el vendaje y la parte inferior de mi bikini se me cayó del hombro. Traté de alcanzarla, perdí el equilibrio y tuve que agarrarme al mástil para estabilizarme. Mi bikini ondeó en el viento y cayó por un lateral hacia el océano. Ahora ya no podía atarme al mástil. Necesitaba hacerme con la pistola de bengalas y avisar al otro barco, porque tal vez no volvería a ver otro en días o semanas. O jamás.

Tenía que intentarlo.

El proceso de descenso era inverso al de ascenso. Levanté mi peso del asiento y bajé el dispositivo. Me recosté, saqué los pies de los estribos y los bajé. Me hicieron falta cuatro repeticiones antes de encontrar el ritmo.

Me detuve a seis metros por encima de la cubierta e inspeccioné el yate de proa a popa. Traté de ver a través de las escotillas del camarote principal, pero el cielo y las nubes se reflejaban en el cristal. Estiré el cuello hacia la cabina de mando, pero el techo rígido Bimini ocultaba la mitad de ella de la vista. Brad podría estar allí esperando a que bajara o podría estar bajo cubierta, pero eso no importaba. No tenía ninguna alternativa viable.

Sentía mariposas revoloteando en mi estómago, pero ya me había enfrentado al miedo antes. Había superado la pérdida de mi padre y el posterior abandono de mi madre alcohólica. Intervenir a mi primer paciente me había exigido un valor increíble. Había sobrevivido a la muerte de Emma. Este viaje me había obligado a enfrentarme a mis peores miedos y había sobrevivido. Podía hacerlo. Si Brad me estaba esperando, me enfrentaría a él. No iba a morir como una oveja, temerosa de fracasar.

—Te quiero, Emma. Si no lo consigo, te encontraré.

Me sujeté al elevador y bajé. Me quité el arnés y puse los pies en cubierta. El dolor estalló desde mi pie, recorrió mi columna vertebral y llegó hasta mi cerebro. Mis tendones de la corva se habían tensado dentro del arnés, y me costaba estirar las piernas. Di un paso, vacilante. Y después otro.

Eché un vistazo hacia la cabina de mando. Si Brad doblaba la esquina ahora, no habría forma de que pudiera trepar al mástil o escapar de él. Caminé arrastrando los pies por la cubierta hacia la proa sin generar ningún ruido. Me arrodillé junto al armario del trinquete y miré hacia la popa. Nada. Levanté la escotilla y me subí a la escalerilla. Tenía que colocar el talón del pie herido sobre cada peldaño para evitar que se me saltaran los puntos. Me detuve a medio camino y cerré la escotilla detrás de mí.

Me dejé caer al suelo y me acerqué a un armario. Saqué una botella de Evian y me la bebí entera. Después, me bebí una segunda botella. Y una tercera. Se me hinchó el estómago por la acumulación de agua y el líquido fluyó a través de mí, rejuveneciendo mi cuerpo y devolviéndome las fuerzas. Abrí un compartimento de almacenamiento y busqué entre los suministros. Encontré una camiseta blanca con el nombre del yate, KARNA, impreso en letras doradas en la parte delantera. Cuando me la puse, vi que me colgaba hasta la mitad del muslo, pero hizo que se me quitara la carne de gallina. Seguí rebuscando en el contenedor y encontré una navaja suiza. La sujeté a mi camiseta con el clip.

En el rincón más alejado del compartimento descubrí una caja negra, hecha de plástico pesado. La dejé sobre la cama y la abrí. La pistola de bengalas descansaba en su interior. Tenía un nombre francés, y parecía un revólver con un cañón demasiado grande. Saqué la pesada arma, presioné una palanca y abrí la culata. Dentro de la caja había tres bengalas envueltas en plástico. Abrí una de ellas e inspeccioné la bengala, que parecía un proyectil de escopeta, solo que más ancho y más alargado. Guardé la bengala y el arma en la caja.

No podía cargar con la pistola y utilizar los elevadores al mismo tiempo. Busqué en la cabina por si había cuerda o una correa, pero no encontré nada. Pensé por un momento y, después, quité la sábana de la litera. La corté con la navaja suiza y arranqué una tira larga de tela. Pasé la tira por las asas del estuche y la até sobre mi hombro como si fuera una bandolera. Saqué las dos últimas botellas del frigorífico, me bebí una y guardé la otra para más tarde. Haría calor durante el día. Rebusqué en la cabina, con cuidado de no hacer ruido, pero no encontré nada más.

Era hora de irse.

Subí la escalera, abrí la escotilla y miré por encima del borde. Brad estaba en el lado de estribor de la cabina de mando, mirando el mástil. Ya sabía que había bajado.

CAPÍTULO CINCUENTA Y CUATRO

Bajé la escalera y me alejé de la escotilla. El otro velero podría desaparecer de la vista en cualquier momento, y cada segundo que esperase podría significar perder mi oportunidad. Además, tan solo había unos pocos lugares donde pudiera esconderme dentro de un yate, e incluso el cerebro dañado de Brad acabaría planteándose la idea de revisar el armario del trinquete. Tenía que subir al mástil, pero jamás lo lograría con él ahí plantado.

La idea de abandonar mi escondite hizo que me flojearan las rodillas, así que me apoyé contra el mamparo. Me imaginé la cara de Emma. Me había enfrentado a mis días más oscuros y había llegado muy lejos. Podía conseguirlo.

Tuve una idea.

Abrí de nuevo el compartimento de almacenamiento y busqué algo pesado y fácil de manejar. Encontré un soporte para cañas de pescar debajo de la cama y lo sopesé en mi mano. Tenía el peso adecuado, pero era demasiado largo. No había nada más. Apreté la botella que tenía en la mano. La necesitaría más tarde, pero si no llegaba a subir al mástil, el agua era lo de menos. Tenía que utilizarla.

Subí la escalera y miré a través del plexiglás. No veía a Brad. Abrí el pestillo y levanté la escotilla unos centímetros. Brad se encontraba cerca del mástil, frente al asiento del contramaestre, con la cabeza inclinada hacia un lado. Se dio la vuelta y miró hacia la cabina, tratando de solucionar el problema. Tenía que darme prisa antes de que lo lograra.

Levanté la escotilla, rezando para que no se diera la vuelta, y saqué la parte superior de mi cuerpo por la abertura. Retorcí el torso, ladeé el brazo y lancé la botella al aire con todas mis fuerzas. Pasó por encima del techo Bimini y aterrizó ruidosamente cerca del timón. Brad giró la cabeza hacia el sonido. ¿Había visto la botella? Fue cojeando hacia la popa y los huesos de la pierna crujieron bajo su peso. El sonido me resultaba enfermizo.

Subí por la escotilla mientras él iba dando zancadas hacia la cabina de mando. Si se daba la vuelta, me atraparía. Caminé de puntillas, tratando de no hacer ruido, y el vendaje ensangrentado producía un chapoteo entre los dedos de mis pies. Unas llamas subieron a través de mi pierna, obligándome a apretar los dientes.

Una ola golpeó la proa y la cubierta se meció y cabeceó. Perdí el equilibrio, caí con fuerza de costado y me quedé despatarrada sobre la cubierta. Me di la vuelta y miré hacia la popa. Brad también se había caído. Se había quedado enredado con las líneas de salvamento, de espaldas a mí, y entonces se puso en pie y golpeó las líneas con la mano abierta.

Me puse en pie y cojeé hasta el mástil. Me coloqué los arneses y me apreté el cinturón alrededor de la cintura. Vi a Brad entrando a trompicones en la cabina de mando. Inclinó la cabeza hacia el cielo y gruñó. Levanté el elevador, me senté en el asiento y me puse en pie sobre los estribos. Elevé el asiento y repetí el proceso, más rápido que antes. La funda de la pistola de bengalas me golpeaba la cadera cada vez que me ponía en pie.

—¡Aaaah! —gritó Brad.

Miré por encima del hombro y lo vi fulminándome con la mirada desde la popa. Levantó las manos por encima de la cabeza y enroscó los dedos. Gruñó y subió a cubierta.

Yo estaba colgada a solo tres metros en el aire. Aparté la mirada de él y me concentré en la velocidad. Levantar el elevador... Sentarme... Levantar los estribos... Detenerme. Brad caminaba fatigosamente por la cubierta en dirección a mí, golpeándose la pierna mientras se movía. El ruido se hizo más fuerte, más cercano.

Estaba cada vez más cerca, pero no me di la vuelta para comprobarlo. Cualquier movimiento desperdiciado me ralentizaría.

—Aargh —gritó Brad por debajo de mí.

Miré hacia abajo. Dio un salto y golpeó la línea con las manos, fallando a la hora de intentar alcanzarme por tan solo unos centímetros. La silla se balanceó en el aire y yo me aferré al arnés para evitar caerme. Brad cayó al suelo y gritó de dolor. Seguí subiendo.

Llegué a la parte de arriba y descansé.

Había estado cerca. Mi vida había estado a unos pocos segundos de terminar, y ahora que el peligro había pasado me temblaban las manos. Me abracé al mástil para estabilizarme. Los cúmulos se arrastraban por el cielo azul. Respiré el aire salado, fresco y denso. El yate se mecía en el océano mientras el viento soplaba con más fuerza y el mar se agitaba. El mástil se balanceó, sufriendo bajo mi peso. Había estado a punto de morir, pero logré sobrevivir. Mi cuerpo se estremeció de euforia, más fuerte que nunca. Luchar por mi vida y usar mi ingenio contra mi enemigo, contra la naturaleza, me había empoderado. Había convertido mi mente en un arma y había ganado, tal vez no la guerra, pero sí una batalla.

Todavía había esperanza.

Me recosté en el asiento, que colgaba tan alto como antes, pero esta vez me sentía más segura, más protegida. Examiné el horizonte hacia el suroeste. Tardé un minuto, pero al final vi la luz del sol reflejada en el mástil del otro barco. Tenía tres bengalas en mi poder. Era posible que una bengala no resultara visible a la luz del día, pero si esperaba hasta la noche y el velero desaparecía, lamentaría haber perdido mi oportunidad.

Me puse el maletín bajo el brazo, lo apoyé contra mi cintura y me enganché al mástil con los pies. No iba a dejar caer la pistola de bengalas después de haber estado a punto de morir al tratar de conseguirla. Saqué la pistola, abrí la culata y la dejé dentro de la caja. Después, saqué una bengala del paquete abierto y la cargué dentro de la pistola. Cerré la culata y sostuve la pistola con la mano.

El viento llevó los gritos agudos de Brad hasta mis oídos. Se estaba balanceando sobre su pierna herida y golpeaba el mástil con la mano, provocando unas vibraciones que llegaban hasta mis piernas. Lo ignoré y me giré en mi asiento para mirar la luz distante.

Levanté la pistola de bengalas sobre mi cabeza. Nunca antes había disparado ningún tipo de arma de fuego, y el corazón se me aceleró, ya fuera por el miedo a la pistola o por la posibilidad de que mi señal pasara desapercibida.

Tomé aire, lo contuve y apreté el gatillo. El metal se clavó en mi dedo magullado, pero el arma no se disparó. El hambre y la deshidratación habían debilitado mis fuerzas y no era capaz de apretar el gatillo hasta el fondo. Coloqué la mano izquierda sobre la derecha y usé dos dedos. El gatillo retrocedió poco a poco.

El martillo saltó hacia adelante y el arma detonó. Una bengala roja salió disparada del cañón y se elevó en el aire seguida de una cola roja y ardiente. La bengala se elevó más y más hasta que estalló en una explosión estelar y un millar de fragmentos de fósforo ardieron en el cielo, como fuegos artificiales sobre el océano Índico.

Mis ojos siguieron la bengala mientras caía en picado y desaparecía en el agua salada, dejando un rastro de humo blanco tras ella. Busqué la luz verde del barco, pero no vi nada. Esperé un minuto entero. Y otro. Los ojos me ardían y la garganta se me cerró. Una lágrima corrió por mi mejilla.

El barco había desaparecido.

CAPÍTULO CINCUENTA Y CINCO

El sol de la tarde me quemaba la piel, volviéndola de un rojo cereza. Estaba colgada en el asiento, con el maletín de la pistola de bengalas asegurado contra mi cadera. Brad se había pasado horas caminando por la cubierta después de que disparase la bengala, alterado ya fuera por la explosión o por mi huida. Tal vez la rabia lo hacía sensible a los ruidos fuertes, pero sus propios chillidos incesantes no parecían molestarle. Para mí la historia era muy diferente. Su gruñido demencial me ponía de los nervios y me helaba los huesos.

Quería arrancarme la carne del cuerpo.

Brad se quedó en cubierta y me vigiló. No parecía que quedara nada humano dentro de él, pero era lo bastante consciente de la situación como para no dejarme sola de nuevo. Su cerebro primitivo reconocía que me había arrinconado, que había acorralado a su presa. Sabía que iba a tener que bajar, y cuando lo hiciera, me destrozaría.

Enseñó los dientes como un oso pardo y arañó la cubierta con las uñas.

Aparté la mirada. Me quité la camiseta y me hice un turbante para protegerme los ojos del sol. Tenía la lengua hinchada, pero seguía sudando. Eso era una señal positiva, porque una vez que dejara de sudar, lo siguiente sería el agotamiento por calor, seguido de un golpe de calor y la muerte. El estómago me rugía de hambre. Llevaba varios días sin comer nada y mis fuerzas estaban menguando.

Las drizas chocaban rítmicamente contra el mástil, tranquilizándome, y me quedé al borde del sueño y luchando por mantenerme despierta. No podía amarrarme al mástil a menos que desatara el maletín de la pistola de bengalas y utilizara la tira de sábana, pero entonces correría el riesgo de perder la pistola. Me obligué a mí misma a despertar.

Mis pensamientos se dirigieron a Eric. El tímido Eric. El amable Eric. El brillante Eric. Exudaba paz interior, una cualidad que Brad fingía tener pero que nunca tuvo.

Había dudado de la idoneidad de Brad desde el principio, pero en cuanto me casé con él, me comprometí. Nunca lo engañé con otro, nunca coqueteé con nadie, nunca tuve pensamientos románticos sobre otro hombre. La fidelidad lo era todo para mí, pero de alguna manera la furia de Brad ahí abajo, esperando para matarme, había liberado mi mente para poder pensar en Eric y un futuro alternativo. Si conseguía superar aquella situación, le diría a Eric lo que su amistad significaba para mí. Esa fantasía me ayudaba a seguir adelante.

Volví a ver el barco de vela, captando vistazos de su mástil en la lejanía, al menos a diez millas de distancia. Si lo veía después de que anocheciera, probaría con otra bengala. Podía funcionar o podía no hacerlo. Mi vida dependía del resultado.

Lejos, hacia el este, el horizonte se oscurecía a causa de las nubes. Otra tormenta. ¿Qué fuerza tendrían los vientos, y cuánta violencia? La borrasca parecía lejana, pero si nos alcanzaba, tendríamos problemas. No podría desplegar el ancla ni gobernar el barco, y nuestra posibilidad de zozobrar sería demasiado real.

El sol tardó toda una vida en alcanzar el horizonte, toda una vida de carne chisporroteante, toda una vida de sed, toda una vida de escuchar a Brad ahí abajo. Brad furioso. Brad rabioso. Ya no podía pensar en él como mi marido. Se había transformado en un diablo, un demonio de mis pesadillas. El sol tocó el horizonte y se extendió, resplandeciendo en los confines de la tierra. Se derritió en el océano y el cielo cambió de peltre a negro.

Me puse el maletín sobre el regazo, lo abrí y cargué otra bengala. Solo quedaban dos. Apunté el arma hacia la luz del mástil distante y apreté el gatillo. La bengala se elevó hacia el cielo y explotó como otro sol, mucho más brillante que antes. Me permití tener esperanza.

Me quedé mirando la luz verde del mástil que parpadeaba en la distancia mientras el velero se mecía sobre las crecientes olas. El océano subía y bajaba como el pecho de una bestia gigante. El viento amainó. Brad me observaba desde la cubierta de abajo.

Esperé.

CAPÍTULO CINCUENTA Y SEIS

Día nueve.

Apoyé la cara contra el mástil, flotando entre la consciencia y el sueño. Pensé en Emma y mis ensoñaciones cobraron vida propia. Mi cabeza se balanceaba y me obligué a despertarme. El cielo se volvió de un azul acerado, señalando la proximidad del amanecer. Sacudí la cabeza. La vela se había hinchado y el yate se mecía mientras surcaba las olas. Calculé que estábamos escorados unos quince grados a estribor, y si los vientos cambiaban más, tendría que aflojar la botavara o alejar el barco del viento. Un barco de vela sin tripular estaba condenado.

El sol apareció en el horizonte y convirtió el agua en miel dorada. Levanté las manos sobre la cabeza y estiré mi cuerpo dolorido. El cielo se había despejado hacia el este, por lo que la tormenta no nos había alcanzado. Giré el torso para crujirme la espalda y me quedé inmóvil. El otro velero parecía más cerca. ¿Se estaba dirigiendo hacia nosotros? Me froté los ojos y volví a comprobarlo. Detecté la delgada línea oscura del casco y las luces rojas y verdes en el mástil. No había sido mi imaginación. El velero había virado hacia nosotros y estaba acortando la distancia.

La tripulación debía de haber visto mi señal de socorro. El barco parecía estar a unas diez millas de distancia y el viento se había fortalecido, soplando desde el este e impulsándonos hacia adelante a un mínimo de cinco o seis nudos. Podríamos ir más rápido si recogíamos las velas para alejarlas del viento, pero como eso era imposible, el otro barco iba a tener que navegar más rápido que nosotros. Si su tripulación lograra aprovechar el viento para sacar algunos nudos más, podrían cubrir la distancia que nos separaba, suponiendo que tomaran el ángulo correcto para interceptarnos. Sin embargo, era poco probable que el ángulo perfecto fuera el ángulo ideal con respecto al viento, y eso los frenaría. Tampoco sabía de qué clase de barco se trataba, ni si se enfrentaban a corrientes más fuertes o mares más agitados, ni cuál era la habilidad que tenían navegando. Muchas variables determinarían su velocidad, pero estimé que nos alcanzarían durante la noche.

La cabeza me daba vueltas, me dolía el estómago por el hambre y un dolor se propagaba por mis sienes. O la deshidratación había causado mis síntomas o me había infectado de la rabia. Descarté ese pensamiento. Algunas cosas estaban fuera de mi control.

¿Estaría consciente cuando llegara la ayuda? Necesitaba advertir a la otra tripulación sobre la pesadilla rabiosa que acechaba debajo. Si pudiera frenar nuestro yate, nos alcanzarían antes. Podría desplegar el ancla, pero la había guardado después de la tormenta. La solución más obvia era plegar las velas o virar hacia el viento, pero necesitaba estar al timón para realizar cualquiera de esas maniobras.

Miré por encima de la silla del contramaestre a Brad, que estaba sentado en la cubierta de abajo. Levantó la cabeza y me devolvió la mirada. Jamás llegaría viva hasta el timón.

—Hola, Brad, tenía que contarte una cosa. Quiero el puto divorcio.

Él inclinó la cabeza a un lado y me enseñó los dientes.

Observé el otro barco. El mar era un lugar peligroso, y miles de años de navegación habían creado una cultura en la que los marinos ayudaban a otros en apuros y, con o sin obligación legal, la mayoría de los capitanes se apresuraban a ir en ayuda de los marinos necesitados. Esa tenía que ser la razón por la que el otro barco había cambiado de rumbo. A la tripulación debía de resultarle extraño que hubiéramos disparado una bengala de socorro pero mantuviéramos las velas izadas y nos estuviéramos alejando de ellos. ¿Qué pasaría si decidían que no teníamos problemas? ¿Y si cambiaban de rumbo y nos dejaban solos? Tenía que arriar las velas para frenarnos, o me arriesgaría a que la otra tripulación abandonara sus esfuerzos de rescate.

El borde del grátil de la vela mayor se encontraba sujeto a la driza con unos grilletes que estaban encerrados a lo largo de una pista de metal dentro de la parte de popa del mástil. Podía entre-cerrar los ojos y verlos ahí dentro, pero no podía alcanzarlos. Las enormes velas del yate estaban hechas para controlarse desde el timón, no por una novata que se balanceaba en el mástil como un mono.

Me incliné y examiné la vela. Mi objetivo era arriar la vela, así que no tenía que enrollarla como lo haría en circunstancias normales. Tan solo necesitaba que perdiera el viento. Me quité la navaja suiza de mi camiseta y pasé la mano por la vela mayor. Estaba construida con tela pesada, probablemente dacrón o alguna otra fibra sintética, y cubierta con un laminado.

Abrí la hoja más grande y la presioné contra la vela, pero la navaja no podía penetrarla. Me puse de pie en los estribos y sujeté la parte superior de la vela. Tiré del borde del grátil para dejarlo lo más tenso que pude. El tejido se movía en mi mano mientras el viento tiraba de ella. Giré el cuchillo que tenía en la mano, incliné la hoja hacia abajo y la levanté por encima de mi cabeza.

Apuñalé la vela y el cuchillo perforó el tejido con un restallido.

Cambié mi agarre y tiré del cuchillo hacia abajo, pero no estaba lo bastante afilado como para cortar la tela. Cerré la hoja y exa-miné las demás herramientas. Abrí una pequeña sierra con dientes afilados, la inserté en el agujero y la froté hasta que atravesó la vela.

El sudor goteaba sobre mi piel, me resbalaba por la frente y me quemaba los ojos. Hice una incisión de casi un metro. El viento soplaba a través de la abertura, tirando de la vela y haciendo que me resultara más fácil serrar. Bajé la silla de contramaestre uno o dos metros más y continué cortando. La vela ondeó cuando el viento entró a través de la abertura entre ella y el mástil. Seguí serrando y se agitó con violencia, golpeándome y haciendo que me ardieran los brazos.

Bajé la silla y corté casi diez metros más. La vela ondeaba fuera de control y me golpeaba cuando me acercaba demasiado. El viento se deslizaba por el borde roto, ralentizando el yate y disminuyendo el ángulo de la escora.

El agujero en la vela llegó a un punto de inflexión, y cuando el viento sopló a través de él, el peso de la tela hizo que se rasgara por sí sola. Me sujeté la navaja a la camisa y moví la silla del contramaestre hacia adelante, para alejarla de la tela que se rompía. El viento completó mi trabajo y desgarró el borde de la vela mayor hasta la botavara.

La vela ondeaba sobre la cubierta, haciendo que el yate se tambaleara y se balanceara de un lado a otro. Había reducido nuestro impulso a uno o dos nudos, y nuestra vela dañada sería visible desde la distancia. Si el otro barco apareciera a la vista, sabrían que teníamos problemas, pero si abandonaban la búsqueda, había destruido mi mejor opción para navegar hasta un puerto.

Exhausta, me apoyé contra el mástil y esperé. Un movimiento me llamó la atención y vi que la aleta dorsal había surgido a unos cuarenta y cinco metros de babor. El tiburón había regresado, si es que alguna vez se había ido. Nadó alrededor del barco en un círculo perezoso y después se sumergió en las profundidades.

Los minutos se convirtieron en horas y el día pasó. Soñé con agua, no con el océano, sino con grandes vasos de bebidas frías: limonada, zumo de manzana, café helado; cualquier cosa que me sirviera para hidratarme. Los labios se me habían agrietado y sangraban bajo el sol. Me los lamí y se me llenó la boca de sabor a hierro. Me ardía la piel en las zonas donde no estaba cubierta por la camiseta. Tenía ganas de vomitar, una señal del golpe de calor.

Brad esperaba abajo. No se apartó del sol. No fue al baño. Se quedó sentado y me miró. Cada pocos minutos gruñía y golpeaba la cubierta con las manos. Una vez, comenzó a dar sacudidas como si estuviera sufriendo un ataque. Incluso desde lo alto del mástil podía ver que la piel se le había quemado y estaba llena de ampollas, pero no parecía importarle. Su único objetivo era yo. Quería atraparme, hacerme daño… Asesinarme. Era un animal en plena caza.

Deseé que muriera pronto.

¿Qué iba a hacer con Brad cuando falleciera? Su cuerpo, invadido por la rabia, suponía un riesgo biológico, y el calor aceleraría su descomposición. Era un pensamiento morboso, pero había estado cerca de suficientes cadáveres como para saber lo que iba a ocurrir. Su cuerpo se hincharía, explotaría y se licuaría. El olor se volvería insoportable y convertiría el yate en un ambiente inhabitable en cuestión de dos días. Iba a tener que arrastrarlo por la borda, pero si moría bajo cubierta, no tendría fuerzas para llevarlo arriba. Si lo tiraba al agua, el tiburón blanco se lo comería y atraería más depredadores al yate. ¿Sería capaz de alimentar a los tiburones con el cuerpo de mi difunto marido?

Me estremecí. ¿Cómo le iba a explicar eso a la policía? ¿A sus padres?

La espera me estaba volviendo loca.

—¿Qué me está pasando? —dijo Brad.

Me giré en mi asiento y lo miré. ¿Estaba hablando conmigo? Esas eran las primeras palabras coherentes que había pronunciado en varios días.

—¿Brad?

—¿Qué es esto? —preguntó él.

—Brad, ¿me entiendes?

—No te acerques a mí, Dags. Lo… Lo siento mucho.

No podía creer que estuviera hablando otra vez. ¿Estaba venciendo a la rabia?

—¿Te encuentras bien? —le pregunté.

—Aargh —gritó, y me lanzó una dentellada.

Eric me había dicho que algunos pacientes experimentaban períodos de lucidez cerca del final. Aquel virus era diabólico. Brad debía de estar sufriendo un calvario. Desvié la mirada.

El sol caía a plomo sobre mi cara.

Me obligué a no mirar hacia el otro velero y tratar de estimar cuándo llegaría. Revisaba cada hora para ver si mi salvación se acercaba o si habían cambiado de rumbo y me habían dado por muerta. Se me encogía el estómago antes de mirar y entonces lo veía: más grande, más cerca y viniendo a salvarme. Al anochecer, calculé que se encontraba a unas dos o tres millas de distancia. Nos alcanzaría antes del amanecer.

¿Qué pasaría cuando lo hiciera? El velero venía en nuestra ayuda porque la tripulación había visto la señal de socorro, y yo tenía el deber de advertirles sobre Brad. Era violento y muy contagioso, y si mordía a alguien, lo infectaría. Jamás me oirían gritar por encima del viento y las olas, así que ¿cómo podría hacerle señales al barco para decirles que tenía a un lunático rabioso a bordo? Podía agitar los brazos y señalar, como en un horrible juego de mímica. Un juego en el que los perdedores morirían.

Inspeccioné las luces del mástil. Podía utilizarlas para hacer señales, pero el único código Morse que conocía era el SOS. Estaba en el libro de navegación que había leído en el avión. Punto, punto, punto; raya, raya, raya; punto, punto, punto. Era lo bastante simple como para recordarlo.

Mantuve la mano sobre la luz roja durante dos segundos y después la retiré. La cubrí dos veces más, seguidas de tres exposiciones largas y a continuación tres cortas. Repetí la secuencia una y otra vez. Si alguien estaba mirando, debería reconocer el código de socorro internacional.

Me agarré al mástil y descansé. Incluso el más mínimo esfuerzo físico me cansaba. Desaté la sábana del maletín de la pistola de bengalas y la usé para atarme al mástil, a fin de no caer y morir horas antes de que llegara la ayuda. Equilibré la pistola de bengalas sobre mi regazo. Necesitaba introducir alimento en mi cuerpo pronto. Me imaginé un plato grande de espaguetis a la boloñesa, con la salsa de tomate goteando sobre la pasta cabello de ángel, el queso parmesano rallado derretido encima y un trozo de pan de ajo con mantequilla al lado. Una punzada de hambre me retorció el estómago.

Cerré los ojos, me apoyé contra el poste y soñé con comida.

CAPÍTULO CINCUENTA Y SIETE

La sábana me tiró de la muñeca por donde la había atado al mástil y me desperté sobresaltada, sin saber dónde me encontraba ni lo que estaba pasando. La falta de nutrientes, la deshidratación y el esfuerzo físico me habían dejado exhausta, y debía de haberme desmayado. Me desaté la mano y la agité para que la sangre fluyera. Fui a coger la pistola de bengalas de mi regazo, pero se había caído durante la noche. Vi el maletín tirado en la cubierta, aunque no había señales de Brad.

El sol salió por el horizonte, volviendo el cielo de color naranja. Día diez de síntomas agudos. Mi pesadilla iba a terminar pronto, de una forma u otra. Busqué en el horizonte el otro velero, pero no lo vi. ¿Se habría dado la vuelta durante la noche?

Escuché algo débil, algo nuevo, y dirigí el oído hacia el viento. El ruido sordo y gutural de un motor en punto muerto resoplaba cerca de allí. Giré la silla del contramaestre y miré hacia la popa. El otro velero flotaba a menos de diez metros de nuestro lado de estribor. Tenía las velas plegadas y se mecía sobre las olas del océano. Se me hinchó el pecho.

¿Cuándo había llegado? Había perdido el conocimiento antes del amanecer, por lo que el barco no podía haber estado allí mucho tiempo. Si habían tratado de llamarme, no los había escuchado. No se veía a nadie a bordo del velero, de doce metros de eslora.

Las palabras «Sun Odyssey 419» adornaban el blanco casco, bajo la borda de color beige. No veía a la tripulación. Ni a Brad.

—Hola —traté de gritar, pero solo me salió un graznido. Tenía la boca seca. Chasqueé los labios y traté de salivar, pero no podía—. Ayuda, ayuda, ayuda —grité.

Me quedé mirando la cubierta vacía del barco. Nadie respondió. No podían oírme. Me quité la navaja suiza de la camiseta y la golpeé contra el mástil. Envié el código SOS. Clang, clang, clang. Clang... clang... clang... Clang, clang, clang.

Nada.

—Estoy aquí arriba. ¡Que alguien me ayude!

No hubo respuesta.

Me dolía el pecho y solté un sollozo sin lágrimas. Había entrado en el sueño recurrente que tenía cuando era pequeña, en el que trataba de llamar a mi madre pero no era capaz de emitir ningún sonido. La salvación estaba a la vista, pero no podía gritar lo bastante fuerte como para que alguien me oyera. Golpeé de nuevo el cuchillo contra el mástil y el ruido metálico resonó por el aire.

¿Por qué nadie podía oírme?

Examiné nuestro yate con la mirada, pero la vela tapaba la cabina de mando. ¿Se había ido Brad abajo?

El sol se reflejó en algo a unos cuarenta y cinco metros a babor. Me puse la mano encima de los ojos y reconocí el perfil de un bote blanco, desocupado. Debía de ser el bote salvavidas del Sun Odyssey. Se mecía en la superficie, alejándose y trazando una línea en el agua. ¿Por qué su bote se alejaba flotando?

Volví a mirar al Odyssey.

—¡Socorro!

El viento llevó mi voz por encima de la proa y a través del océano. La tripulación debía de haberme visto colgando del mástil. ¿Estaban bajo cubierta? ¿Qué demonios estaba pasando?

Mi frustración dio paso a la ira. Tenía que bajar del mástil y encontrarlos, advertirles sobre Brad. Si es que todavía seguía vivo.

Bajé por la línea hacia la cubierta. La vela se agitaba con la brisa de las primeras horas de la mañana, y me impulsé desde el mástil con los pies para evitarla. Nuestro yate se estaba alejando del otro barco mientras nos mecíamos sobre las alargadas olas. Dudé a tres metros sobre la cubierta. No veía a nadie. Algo iba mal.

—¿Hola? ¿Hay alguien ahí? —No hubo respuesta—. ¿Brad? Nada.

Escudriñé la cubierta por última vez. Había llegado el momento. Había destinado todos mis esfuerzos en avisar al velero, mi última esperanza de supervivencia. Ahora había llegado y necesitaba conseguir ayuda.

Bajé hasta la cubierta.

Mi pie hinchado palpitaba con unas ondulantes oleadas de dolor. Apoyé mi peso sobre él, como si estuviera de pie sobre un globo parcialmente desinflado. Me quité el arnés y examiné la cubierta, esperando que Brad emergiera de abajo y acabara conmigo.

—¿Hola? —dije con voz baja y vacilante.

Me moví a lo largo de la borda, esquivando la vela que ondeaba sobre la cubierta como un pájaro herido. Caminé hasta el borde de la cabina de mando, me asomé y miré dentro. Nada. Volví a mirar hacia el otro velero. Parecía abandonado.

La aleta del gran tiburón blanco atravesó el agua entre el yate y el otro velero. Me estremecí. ¿Dónde estaba Brad? ¿Dónde estaba la otra tripulación? Se me puso la carne de gallina en los brazos. Me temblaban los labios.

Algo va mal.

Me arrodillé sobre la cubierta y presioné la cara contra las pequeñas ventanas de la cabina. El interior estaba oscuro y no podía ver a través de la negrura. Caminé hasta la popa y miré al otro lado del timón. La puerta de la escalera estaba abierta.

—¿Hola?

No hubo respuesta.

Rodeé el timón y entré en la cabina. No veía nada en la oscuridad de abajo. Miré hacia el velero. Se balanceaba en silencio, como si fuera un barco fantasma.

—¡Ah del barco, Sun Odyssey! —grité.

No hubo respuesta.

Di un paso. Se me erizó el vello de la nuca. Di otro paso. Me temblaban las manos. Me dirigí hacia las escaleras, doblé la cintura y miré hacia el salón.

Estaba vacío.

Me agarré de los pasamanos y subí las escaleras. ¿Qué otra cosa podría hacer? Tenía que encontrar a la otra tripulación. Puede que Brad estuviera muerto. Titubeé en el escalón superior. Me temblaba todo el cuerpo.

—¿Brad? ¿Estas ahí? Por favor, respóndeme.

El océano lamía el casco. La vela ondeaba. Di otro paso. Miré a derecha e izquierda. Las sombras velaban los camarotes de popa. Mis huellas sangrientas se habían secado y se habían vuelto de un marrón oxidado. Bajé las escaleras, contuve la respiración y escuché. Un leve crujido provenía de algún lugar ahí abajo.

—¿Brad?

¿Había sucumbido al virus? Después de diez días de síntomas agudos, ya debía de estar cerca del final. Me moví hacia la izquierda y miré hacia el camarote de babor. Vacío. Revisé el camarote de estribor, que también estaba vacío. La puerta rota yacía en el suelo.

Sonó otro ruido desde el camarote principal.

¿Qué es eso?

Le eché un vistazo hacia la escalera; cada uno de mis instintos me instaba a huir, ¿pero adónde podía ir? Me di la vuelta y miré hacia la proa. Cojeé hacia adelante y pasé junto al salón y la cocina. Salí al pasillo que conducía al camarote principal. La puerta estaba abierta unos centímetros.

Un sorbido húmedo emanó de la habitación. Había alguien ahí. ¿Era Brad roncando? Abrí la puerta hasta la mitad, apoyé la palma de la mano en la jamba de la puerta y me asomé por la abertura.

Un hombre mayor yacía boca arriba sobre la cama, con las manos y las piernas colgando sobre los bordes. Tenía el rostro contorsionado en una máscara de terror, y sus ojos muertos e inmóviles me miraban fijamente. Brad estaba encorvado sobre él como un animal. El estómago del hombre estaba abierto, y dos costillas rotas sobresalían en ángulos extraños. La sangre empapaba la cama y goteaba de las sábanas empapadas sobre la cubierta. El líquido carmesí fluía por el suelo, derramándose contra los mamparos y salpicando las paredes. La habitación apestaba a heces, sangre y muerte.

Brad hundió las manos en el abdomen del hombre y sacó de la cavidad una larga soga de intestinos grises y resbaladizos, como salchichas crudas. Se los metió en la boca y los mordió. La sangre chorreó sobre su pecho. Agitó la cabeza, arrancó un trozo y lo masticó. Mordió y sorbió mientras las entrañas se deslizaban fuera de su boca.

—Nooo... —dije con un gemido que escapó de mis labios.

Brad levantó la cabeza de golpe y me miró con ojos amarillentos, salvajes e inhumanos. Aplastó los intestinos entre sus dedos. Gruñó y me mostró los dientes con una sonrisa demoníaca.

CAPÍTULO CINCUENTA Y OCHO

Saqué la cabeza del camarote y cerré la puerta de golpe. Se me quedó la mente en blanco. Huí impulsada por el instinto. Mis piernas se movían solas y me llevaban a través del salón. Llegué a la escalera y me sujeté a los pasamanos.

Sonó un golpe por detrás de mí.

Miré por encima del hombro. Brad estaba en el salón, empapado en la sangre del marinero. Casi dos metros de intestinos colgaban de sus manos y se arrastraban por la cubierta detrás de él. Clavó los ojos en los míos y enseñó los dientes. Un trozo de vellosidad intestinal desgarrada colgaba de la comisura de su boca. Avanzó hacia mí, arrastrando la pierna rota detrás de él.

Me di la vuelta y subí los escalones mientras el dolor irradiaba desde mi pie lacerado. Arrastré los pies por la cabina de mando hacia el lado de estribor y me detuve.

¿Adónde podía ir?

El marinero, mi salvador, estaba muerto. Su velero se había quedado a la deriva a treinta metros por detrás de nosotros. Me agarré a las cuerdas de salvamento entre los montantes. Necesitaba subirme a su barco, ¿pero acaso recordaba siquiera cómo nadar?

Las escaleras crujieron bajo el peso de Brad.

Tenía que saltar. Doblé las rodillas y tensé el cuerpo, preparada para saltar por la borda. Me temblaban las manos, casi fuera de control. Se me habían entumecido las piernas, como si pertenecieran a otra persona.

La aleta dorsal pasó a menos de cinco metros por delante de mí. Si saltaba en ese momento, el gran tiburón blanco me comería viva.

Brad dio otro paso y gruñó.

Salí corriendo hacia el mástil.

Me subí al techo de la cabina, di un paso y me resbalé con el vendaje ensangrentado. Caí con fuerza sobre la cubierta y me despellejé la rodilla. La cabeza de Brad apareció en la cabina de mando. Se giró y sus ojos me encontraron. Volví a ponerme en pie y me puse el arnés. No me detuve a ajustarlo bien. Levanté el elevador superior y me senté en la silla.

Brad dobló la esquina y avanzó por la borda, hacia mí. Arrastraba la pierna detrás de él, como si fuera una maleta. Su pierna rota lo ralentizaba, pero su cuerpo irradiaba intensidad. Si me ponía las manos encima, todo se acabaría.

Levanté el elevador inferior y me monté en los estribos. Me puse de pie y levanté el elevador superior con un solo movimiento. Me senté en el asiento y miré a Brad. Estaba a medio camino hacia mí, y yo colgaba a solo poco más de un metro de la cubierta. No iba a lograrlo; ni siquiera me iba a acercar. Brad me atraparía, me quitaría el arnés y me mataría. Necesitaba un plan alternativo.

Me levanté de la silla del contramaestre y me dejé caer sobre la cubierta.

Brad arrojó los intestinos a la cubierta, gruñó y me mostró los dientes. Olí la descomposición en él. Se subió a la parte superior de la cabina.

¿Ahora qué? Di un paso atrás, tropecé con un objeto y caí con fuerza sobre mi costado. El maletín de la pistola de bengalas yacía al lado de mi pie. Lo cogí y corrí hacia la proa, con mis terminaciones nerviosas aullando de dolor.

Brad giró el cuerpo y balanceó los brazos. Dio un paso con un ruido sordo, se detuvo y empujó la pierna tras él, arrastrándola

sobre la cubierta. Continuó avanzando hacia mí. Ruido sordo...
Pierna arrastrada... Ruido sordo.

Llegué hasta la proa y me di la vuelta.

Siguió persiguiéndome a través de la cubierta. Ruido sordo...
Pierna arrastrada... Ruido sordo.

Mis dedos buscaron a tientas los cierres del maletín. Lo abrí y
saqué la pistola de bengalas. Solo quedaba una bengala.

Ruido sordo... Pierna arrastrada... Ruido sordo. Estaba a
menos de cinco metros de distancia.

Traté de romper el paquete de plástico que envolvía la bengala,
pero las manos, sudorosas, me resbalaban.

Ruido sordo... Pierna arrastrada... Ruido sordo. Tres metros.

Me metí el paquete en la boca y lo abrí. Saqué la bengala. Ruido
sordo... Pierna arrastrada... Ruido sordo. Brad estaba justo
delante de mí.

Me moví hacia un lado para esquivarlo y ponerme lejos de su
alcance. Me agarré a un montante y me subí al bauprés. Me equilibré sobre el trozo de metal de poco más de un metro de largo y
treinta centímetros de ancho, que salía desde la proa como si fuera
una pasarela.

Ruido sordo... Pierna arrastrada... Ruido sordo. Brad llegó
hasta el borde.

Me tambaleé sobre la superficie resbaladiza y miré a través de
una rendija al ancla que colgaba debajo. La aleta del tiburón pasó
a su lado, a menos de veinte metros a babor.

El yate se mecía con el oleaje y Brad titubeó antes de subir al
bauprés.

Abrí la culata e hice girar la bengala en mi mano para inser-
tarla en el cañón. La proa subió sobre una ola y perdí el equilibrio.
Agité los brazos, tratando de no caer, y se me cayó la bengala.
Chocó contra el bauprés. Moví mi peso hacia adelante sobre las
rodillas y recuperé el equilibrio.

El yate se inclinó sobre otra ola y la bengala rodó hasta el borde.
Me incliné hacia adelante y traté de alcanzarla. La bengala rebotó

en el bauprés y se deslizó por el borde. Me lancé hacia ella y la atrapé en el aire.

Me senté en el bauprés, con los pies colgando por el borde.

Brad gruñó y se arrastró hacia delante, llevando la pierna detrás de él.

Metí la bengala dentro de la pistola y cerré la culata de golpe. Brad trató de alcanzarme la garganta.

Le apunté al pecho con la pistola y apreté el gatillo.

La bengala salió disparada del cañón con un silbido. Un rastro blanco de humo oscureció el espacio entre nosotros. El pecho de Brad se iluminó con una llama roja y brillante. Gritó y se levantó de golpe, y después se apresuró hacia la cubierta agarrándose el pecho. Su camiseta estalló en llamas, con el fósforo blanco ardiendo, caliente y brillante. Tropezó hacia atrás y le dio un manotazo.

Me miró a los ojos, con el rostro convertido en una máscara de dolor y rabia. Gruñó y dio un paso hacia mí.

La bengala estalló con la explosión secundaria y los trazadores rojos salieron volando de él.

Me ardía la pierna, y le di un manotazo a un trazador en llamas que se había incrustado en mi muslo. Traté de arrancármelo con las uñas, quemándome. Se soltó, cayó y chisporroteó en la superficie de abajo.

Brad corrió gritando por la cubierta, con la bengala clavada en su piel y la cubierta humeando a su paso. Llegó hacia la popa y desapareció dentro de la cabina de mando. Gritó y golpeó cosas abajo.

Un fuerte silbido estalló por encima de mí cuando la vela mayor estalló en llamas debido a los trazadores. El fuego trepó por la vela, quemando y derritiendo el dacrón. Un humo negro se elevó en el aire, muy alto. Una amplia capa de tejido, encendida por las llamas, se rompió y se enroscó en el aire. Me agaché mientras flotaba por encima de mí y se alejaba hacia el mar. Unas cenizas oscuras caían y ardían sobre la cubierta. Las llamas prendieron una docena de lugares y el fuego se extendió.

Arrojé la pistola de bengalas vacía al océano y me aferré al bauprés con ambas manos. Moví el pie bueno por detrás de mí y enganché el metal. Hinqué una rodilla y me impulsé con las manos para levantarme. La proa se inclinó sobre una ola y el yate se inclinó hacia babor. El peso de la parte superior de mi cuerpo se extendió sobre el bauprés.

Me caí.

Enganché los brazos alrededor del bauprés y las piernas se me quedaron colgando por debajo de mí. Me goteaba sangre de los dedos de los pies. Miré a izquierda y derecha, pero el tiburón no estaba a la vista. El metal se clavó en mis brazos. Traté de levantarme, pero ya no me quedaban fuerzas en la parte superior del cuerpo. La sangre se acumuló en la superficie por debajo de mí. Tomé un respiro para recomponerme.

La mente está por encima de la materia... Piensa bien.

No era lo bastante fuerte para subir, pero podía ayudarme con el peso de mi cuerpo. Giré el torso y moví las piernas por debajo de mí, como un péndulo, elevándolas cada vez más. En la cúspide del arco, pasé la pierna izquierda por encima del bauprés y usé mi impulso para tirar de mi cuerpo hacia arriba. Me enderecé y metí por la rodilla debajo de mí.

Esperé hasta que el yate se elevara sobre una cresta y después bajara. Entonces, apoyé mi peso sobre la rodilla y me puse de pie. El yate subió la siguiente ola. Di dos pasos rápidos hacia adelante, me agarré a las cuerdas de salvamento y caí a cubierta.

Corrí hacia la popa. Resbalé sobre una pila húmeda de intestinos del marino y me agarré a la cuerda de salvamento para evitar caerme por la borda. El tiburón nadaba cerca del yate, probablemente atraído por mi sangre. El humo flotaba por la cubierta.

Tenía que llegar al Odyssey. El propietario del Karna había guardado la balsa salvavidas de emergencia debajo del camarote de babor. Cojeé a través del puesto de mando, pero la cabina estaba en llamas y un humo acre salía de la escalera como si fuera una chimenea. Subí al escalón superior y me atraganté con el fuerte olor a químico. Brad estaba golpeando cosas en algún lugar detrás del humo, gritando como un loco. Incluso aunque fuera capaz de llegar hasta el camarote sin quemarme o sufrir algún ataque, jamás podría arrastrar yo sola una pesada balsa salvavidas por la escalera.

Salí al aire libre. La cubierta ardía en una docena de lugares. El protector solar del toldo Bimini estalló en llamas. Me retiré a la popa. El Odyssey se había alejado a casi cuarenta metros detrás de nosotros.

¿Qué podía hacer?

Me apoyé en un montante y vi pasar al tiburón, trazando lentos círculos alrededor del yate. Mis ojos se dirigieron al espejo de popa debajo de mí. La lancha motora hinchable de casco rígido se encontraba en el garaje auxiliar. Podía bajar al dique seco, empujar la lancha a través de él y conducir hasta el Odyssey. Tenía que darme prisa antes de que Brad emergiera de abajo o el fuego me consumiera.

Me volví hacia el timón para bajar el espejo de popa y abrir el muelle, pero la pantalla digital estaba negra. El rayo había quemado el sistema eléctrico y no podía abrir el garaje de forma manual.

La cubierta debajo de mí se calentó mientras los dos camarotes ardían. Un humo negro brotó desde abajo y los gritos de Brad resonaron desde el camarote principal. Una llamarada lamió la parte superior de la cabina alrededor de la escalera. Subí a la cubierta, que ahora estaba caliente al tacto. El yate gimió y algo explotó en la cocina. Cuando las llamas alcanzaran los tanques de combustible, el yate se desintegraría.

¡El combustible!

Podría encender el motor, acercar el barco al Odyssey y saltar a su cubierta. Volví a entrar en la cabina de mando y llevé la mano al contacto...

Brad se había llevado la llave.

CAPÍTULO CINCUENTA Y NUEVE

Tenía que llegar hasta el Odyssey a nado. No había otra forma. El tanque de combustible podía prenderse de un momento a otro y hacer que el yate saliera volando en un millón de pedazos. E incluso aunque el combustible no explotara, el fuego abriría un agujero en el casco y hundiría el yate, y entonces el tiburón me atraparía. A menos que muriera quemada primero. No tenía mucho tiempo.

Al menos, en el agua tenía una oportunidad. Madre mía, el agua. La imagen del cuerpo pálido e inmóvil de mi padre pasó por mi mente. El Odyssey se había alejado a unos cuarenta y cinco metros. ¿Sería capaz de nadar tan lejos? Estaba más fatigada que después del parto, pero tenía que intentarlo. No iba a morir ahí por miedo a actuar.

Subí a cubierta y pasé por encima de las cuerdas de salvamento. Me puse de puntillas, lista para saltar. ¿Dónde estaba el tiburón? Mi pie resbaló en la borda y me agarré a la cuerda para sostenerme. La sangre goteaba por el casco. Me sangraba el pie, mucho más que antes. La sangre atraería al gran tiburón blanco y lo conduciría hacia mí como un rastro de migas de pan. Tenía que distraerlo y ganar tiempo para nadar hasta el Odyssey. Miré el yate y mi mirada se posó en la pila de intestinos.

Tiene que funcionar.

Salté por encima de las cuerdas de salvamento y corrí hacia adelante, me arrodillé, contuve la respiración y cogí los intestinos en mis brazos. Se aplastaron y se desenmarañaron mientras los reunía contra mi pecho. El hedor a muerte me envolvió. Los intestinos se deslizaron entre mis manos como serpientes arrastrándose. Se me empapó la camiseta de sangre.

Caminé con cautela hacia babor por la cubierta mojada. Me incliné hacia un lado y lancé los intestinos al aire. Cayeron sobre la superficie con una salpicadura repugnante, y la sangre y la bilis se extendieron por la superficie. Un cebo demoníaco. El agua de mar se filtró dentro de ellos y comenzaron a hundirse. No había señales del tiburón.

Metí la mano entre las cuerdas de salvamento y golpeé el casco con la palma para atraer al gran tiburón blanco. Todavía no había señales de él. Cerré la mano en un puño y golpeé con todas mis fuerzas el lateral del barco.

El tiburón salió del agua por debajo de los intestinos y se llenó la boca con los restos del marino. Sus mandíbulas mordieron la carne mientras su morro se elevaba en el aire. Se quedó allí por un momento, con los intestinos colgando de su boca, y después se hundió bajo la espuma blanca. El impacto salpicó agua fría sobre la borda y me empapó.

Había atacado desde abajo, sin previo aviso.

Mi sangre goteaba sobre la cubierta y corría por la borda. Era ahora o nunca. Salté a la cabina de mando, cogí un cojín del sofá y lo lancé por encima del espejo de popa.

Subí sobre las cuerdas de salvamento, dudé y después me arranqué la camiseta ensangrentada. La hice una bola y la lancé por el lado de babor, cerca de los restos de los intestinos. Miré hacia el abismo negro y sin fondo que había por debajo de mí.

Salté.

El mar me golpeó como un bofetón en la cara. El agua fría hacía que me hormiguearan las piernas por debajo de la superficie. Moví las piernas y las manos, tratando de nadar como un perro. Mi cuerpo daba sacudidas, y apenas era capaz de mantener la cabeza fuera de la superficie. El impacto del cambio de temperatura me sacó del pánico e hizo que mi mente se concentrara.

Me había decidido y ya no me quedaba nada más que hacer, salvo nadar.

Agité los brazos por el agua en dirección al cojín. Lo alcancé con dos brazadas y me lo coloqué por debajo del pecho. Me mantuvo a flote y reprimió mi miedo. El Odyssey se encontraba a casi cincuenta metros de distancia. Me dirigí hacia la popa, que estaba lo bastante baja como para poder subir a bordo... si es que conseguía alcanzarla.

Me equilibré sobre el cojín y pataleé, tratando de mantener las rodillas fijas como me había enseñado mi padre. Remé con los brazos, lanzándolos por delante de mí.

Poco más de cuarenta metros.

Me concentré en el velero y no miré hacia atrás. No serviría de nada. El Odyssey se estaba alejando de mí, pero estaba consiguiendo acercarme.

Treinta y cinco metros.

El cojín mantenía la flotabilidad, sin duda diseñado para servir como dispositivo de flotación, y compensaba mi falta de forma. Decidí no pensar en cuánto se parecían mis brazos agitándose a cada lado del cojín a una foca desde abajo. Seguí avanzando por la superficie, impulsada por el terror.

Poco más de veinticinco metros.

Algo salpicó a mi lado y el corazón me dio un vuelco. Hubo otra salpicadura, y después otra. Unos pequeños peces grises estaban saltando del agua. Peces asustados. Peces huyendo de un depredador que había abajo. Algo grande.

Menos de veinte metros.

Los peces se arremolinaban a mi alrededor y contra mí, rebotando contra mi cuerpo. El terror los impulsaba por los aires conforme el gran tiburón blanco se acercaba.

Diez metros... Ya estaba muy cerca.

—¡Te quiero, Emma! —grité.

Los peces se arremolinaban en un revoltijo de pánico. Rebotaban contra la popa y alrededor del barco. Agité las piernas tan fuerte como pude, pero necesitaba ser más rápida. Lo sentía debajo de mí.

Me zambullí desde el cojín y nadé hacia el barco.

Extendí la mano por encima de la cabeza y toqué el Odyssey, agarrando el espejo de popa con ambas manos. Di una patada de tijera y me impulsé fuera del agua. Mi pecho cayó sobre la borda. Me agarré a un cabo y subí a cubierta, levantando los pies por encima del espejo de popa.

Detrás de mí, algo golpeó la superficie y me salpicó. Me di la vuelta y miré. La superficie estaba cubierta de espuma blanca. El cojín había desaparecido.

Me alejé del borde, caminando como un cangrejo, hasta quedarme contra el timón. Subí las rodillas hasta el pecho y me froté las piernas y los pies. Todo mi cuerpo seguía intacto y de una pieza.

Lo había conseguido.

CAPÍTULO SESENTA

Los gritos de Brad resonaban en el espacio entre nosotros.

Me puse en pie sobre la cubierta del Odyssey y vi arder el Karna. Las llamas irrumpían por las ventanas y se elevaban en el aire. La brisa me traía un olor químico y tóxico. No había nada que pudiera hacer; nada que quisiera hacer.

Escuchar a Brad morir quemado era horrible, un destino que no le desearía a nadie, pero el Brad que había conocido, mi Brad, ya no habitaba su cuerpo. El virus le había devorado el cerebro dejando a su paso un monstruo homicida y devorador de carne. Ver a la criatura en la que se había convertido darse un festín con ese hombre inocente me había insensibilizado. Mi Brad no habría sido capaz de hacer eso. Ningún ser humano sería capaz de hacerlo.

La rabia había liberado algo perverso y atroz dentro de Brad, unos rasgos que había mantenido ocultos. Puede que sus tendencias violentas siempre hubieran estado ahí, esperando un desencadenante físico o social para escapar. Tal vez el virus que había dentro de él le había devorado los nervios y le había quitado la capacidad de controlar sus instintos primarios. El gobierno de Indonesia tenía que acabar con todos los murciélagos dentro de la cueva Pura Goa Lawah, antes de que transformaran a más personas en demonios.

Unos largos zarcillos de llamas anaranjadas atravesaron las escotillas del camarote principal y los gritos de Brad cesaron. Su pesadilla había terminado. Una enorme columna de humo negro salió del yate y se elevó en el aire. Un destello cegador me obligó a cerrar los ojos y una oleada de presión me derribó.

Me zumbaban los oídos, y sacudí la cabeza para aclarar mi mente. Me agarré a la borda y me puse de rodillas. El techo de la cabina del yate había desaparecido en la explosión. Llovían fragmentos sobre la superficie del mar mientras las llamas consumían el barco.

Un fuerte crujido resonó a través del agua. La proa del yate se inclinó en un ángulo agudo y se deslizó hacia atrás, hacia la popa, en el océano. El fuego chisporroteó y restalló mientras el agua fría del mar lo extinguía. La embarcación se deslizó bajo la superficie y solo el mástil quedó visible, como si el Karna me estuviera señalando con el dedo.

El yate se hundió.

La superficie burbujeaba con el aire liberado desde abajo. Una ola arrasó con la perturbación y el océano se tornó plácido, como si el yate jamás hubiera existido. Tan solo quedó una nube de humo negro y unos escombros desperdigados.

El yate había desaparecido. Brad había desaparecido. El pobre navegante había desaparecido. Pero yo estaba viva.

Contemplé las miles de millas de océano azul que me rodeaban. El único sonido era el chapoteo del mar contra el casco. Me pasé las manos por las piernas otra vez para asegurarme de que estaba de una pieza. ¿Cómo había logrado salir del yate? ¿Cómo había escapado del tiburón? Mis posibilidades de sobrevivir no habían sido altas.

Bajé la escalera y caminé por la cabina, sintiéndome como una intrusa. El anciano marino había estado navegando por su cuenta por el océano y había acudido a rescatarme, solo para ser salvajemente asesinado. Esperaba que hubiese muerto de forma rápida y no hubiera sufrido. Sentí una punzada de culpa que pesaba sobre mi alma. No había tenido intención de hacerle daño a nadie. Mi idea había sido advertir a quienquiera que acudiese, pero había llevado mi mente y mi cuerpo más allá de mis límites de resistencia y me había desmayado en el mástil.

Iba a tener que vivir con eso.

En el yate me había enfrentado a mis peores miedos y a obstáculos insuperables, la suma de todas las tragedias de mi vida, pero perseveré. Me había enfrentado a todo y gané. Por debajo de mi depresión, un rescoldo, una llama, todavía ardía dentro de mí. Iba a aprender a vivir con la muerte de Emma. Su pérdida era parte de mí, pero ya no me dolía tanto como hacía unas semanas. Iba a ser feliz. No sabía el camino exacto que iba a tomar, porque el futuro seguía siendo un misterio, una aventura interminable llena de tristeza y alegría. Pero sabía una cosa.

Quería intentarlo.

El Odyssey tenía un sistema electrónico al lado de la mesa de mapas. Abrí la pantalla de navegación y la posición del barco apareció en el mapa. Alejé la vista. Habíamos llegado a menos de cien millas de las Maldivas.

Una luz en la radio marina emitía un brillo de color verde, y encima había una lista de frecuencias pegada con cinta adhesiva. Conecté el canal marítimo de emergencia, me llevé el auricular a la boca y titubeé. Si notificaba a los gobiernos de las Maldivas o de la India, ¿me permitirían atracar o me negarían la entrada como posible portadora de la rabia?

Podría navegar el resto del camino yo sola, atracar en las Maldivas y coger un vuelo de vuelta a casa. Pero dos personas habían muerto, y tenía que informar a las autoridades. Si el marino tenía familia, se merecían saberlo. También tenía que advertir a las autoridades de Bali antes de que sufrieran otro brote de rabia. Y Eric se preocupaba por mí. Todos se merecían saber lo que había pasado. Tenía el deber moral de informar de lo que había ocurrido, aunque eso significara que podían denegarme la entrada.

Tenía una obligación con los muertos. Y con los vivos.

Me llevé el auricular a la boca.

—*Mayday, mayday.* Este es el barco de vela Odyssey declarando una emergencia.

CAPÍTULO SESENTA Y UNO

Cuatro años después.

Estaba de pie frente a la tumba de Emma. Habían pasado cuatro años desde que murió. Parecía inconcebible que alguien tan pequeño, cuya vida había sido tan efímera, pudiera haber tenido tal impacto. Su muerte me había sacudido hasta lo más profundo de mi ser, me había hecho preguntarme si algún día podría volver a ser feliz. La muerte de Emma también me llevó a Bali y me hizo subirme a ese yate. Me había impulsado a enfrentarme a mis demonios y a algo más elemental. Me había obligado a decidir si me sometería y moriría, o si me negaría a rendirme y elegiría la vida. La vida de Emma me había llevado a un viaje para descubrir quién era yo y qué era lo que realmente importaba. Había sido una misión para salvar mi alma.

El aire de principios de primavera olía a ranúnculos, lilas y esperanza. Había terminado otro duro invierno en Nueva Inglaterra y el sol calentaba mi piel con la promesa del verano. Me arrodillé sobre la hierba suave y coloqué un ramo de tulipanes junto a la lápida. Besé mi mano y toqué el granito.

—Son unas flores preciosas —dijo Eric.

—Flores preciosas para una niña preciosa —respondí.

Me di la vuelta y le sonreí. Verlo me hacía sentir completa.

Eric se inclinó, tomó mi mano y me besó la mejilla.

—Spenser y Sophie están jugando con Tesoro en el coche, pero están deseando llegar al parque. ¿Necesitas más tiempo?

—Ya he terminado.

Eric me ayudó a ponerme en pie y caminamos hacia nuestro vehículo. Me había pedido salir seis meses después de que regresara de mi viaje. Esperó lo suficiente para que me recuperase de mis heridas físicas, psicológicas y emocionales, y me dio el tiempo suficiente para llorar a Brad.

Después de llegar a las Maldivas me pasé veinticuatro horas en cuarentena, hasta que un médico confirmó que no tenía síntomas. Recibí catorce días de profilaxis post-exposición, por si acaso Brad me había infectado con el virus de la rabia. Durante ese tiempo las autoridades llevaron a cabo una investigación de su muerte. El testimonio de Eric describiendo mis llamadas frenéticas ayudó a corroborar mi historia, y el Departamento de Salud de Bali descubrió cientos de murciélagos infectados en la cueva Pura Goa Lawah.

Evitaron un brote de rabia y la policía me absolvió de cualquier delito.

Las autoridades identificaron al marino al que Brad había matado: un ingeniero retirado llamado Robert Mathis. Su esposa había fallecido años antes y no tenían hijos. Traté de encontrar a otros miembros de su familia, pero no tenía ningún pariente vivo. Hice donaciones en su nombre al Centro de Cirugía Pediátrica de Boston y a un grupo de concienciación sobre la rabia en Indonesia. Me juré hacer esos regalos todos los años para mantener vivo su nombre.

La muerte de Brad destrozó a sus padres, pero cuando intenté consolarlos, ellos se alejaron de mí. Tal vez me culpaban por lo sucedido, o puede que verme les recordara su pérdida. Tal vez rechazaban mi simpatía porque nunca les caí bien, porque nunca pensaron que fuera suficiente para su hijo. Contrataron a un abogado para hacer cumplir el acuerdo prenupcial que había firmado, pero yo no necesitaba ninguna de las cosas de Brad. Me sentí feliz de regresar a la casa de arenisca de mi familia en Boston, feliz de regresar a mi programa de la beca, feliz de continuar con mi vida. Firmé un papel comprometiéndome a no impugnar el acuerdo prenupcial y salí de su casa por última vez.

Nunca sabría si Brad había causado la muerte de Emma. Si le había hecho daño, él era un monstruo y yo no tenía la culpa; no era una mala madre. Si él la había matado, lo odiaría para siempre. Quería una respuesta, pero ese anhelo podía convertirse en obsesión y, de todos modos, Emma estaba muerta y nada la traería de vuelta a la vida. Tal vez fuera mejor no saberlo.

Terminé mi especialización en cirugía pediátrica seis meses después de regresar a Boston y me convertí en cirujana pediátrica certificada en el Centro de Cirugía Pediátrica de Boston. Eric y yo nos veíamos a diario y pasábamos todo nuestro tiempo libre juntos. Me había pedido que me casara con él unos meses más tarde, y yo acepté sin las dudas ni los conflictos internos que había experimentado con Brad. Sabía que era lo correcto.

Eric era mi alma gemela y todo lo que siempre había querido en un hombre. Su amabilidad y su inteligencia me recordaban a mi padre. Su pasión por ayudar a los niños y su deseo de ser el mejor médico posible me recordaban a mí misma. Compartíamos una visión común de la vida, un enfoque racional para la resolución de problemas, y lo más importante, el deseo de encontrar la felicidad y la importancia de cada momento.

Eric y yo nos casamos menos de un año después de que me propusiera matrimonio y tuvimos mellizos, Sophie y Spenser, dos niños hermosos y sanos. Ya tenían dos años, y planeábamos darles un hermano o una hermana pronto.

Llegamos a nuestra camioneta y nuestra perra, Tesoro, asomó la cabeza por la ventana. Era la *golden retriever* que yo siempre había querido, la perra con la que había soñado y que pensé que nunca tendría. Vivíamos en la casa de arenisca de mi familia y la llevaba a pasear todos los días por Commonwealth Avenue.

Dentro de la camioneta, Spenser y Sophie estaban abrazados a Tesoro y gritaban de alegría. Los até en los asientos de seguridad y Eric nos llevó al centro, al Jardín Público de Boston.

Extendimos nuestras mantas y abrimos una cesta de pícnic cerca de la laguna. Los árboles a lo largo de la orilla colgaban sobre el agua con los capullos abiertos, revelando flores blancas y rosadas. Spenser señaló a dos cisnes que flotaban a unos metros de distancia y se rio con el contagioso sonido de alegría desenfrenada que solo un niño puede producir. Sophie corría alrededor de la manta divertida, y Tesoro estaba tumbada a mi lado mientras observaba una bandada de patos que chapoteaba por la superficie. Eric me lanzó una mirada llena de amor, confortándome y llenándome de felicidad. Solo Eric era capaz de hacer eso.

Mi vida había cambiado en cuatro años. Me había centrado en mi carrera desde la infancia, tratando de alguna manera de compensar la trágica muerte de mi padre. Mi embarazo de Emma y mi matrimonio con Brad cambiaron mi vida de la noche a la mañana y me hicieron abandonar mi identidad.

Y entonces vino el viaje.

Enfrentarme a una muerte segura había reorganizado mis prioridades y me permitió ganar perspectiva sobre mi vida. Me di cuenta de que mi dedicación altruista a salvar niños era noble, pero también había sido un mecanismo de afrontamiento, una forma de superar el trauma infantil. Creer que mi vida iba a terminar en ese yate me había hecho volver a pensar cómo iba a pasar el tiempo que me quedaba en la Tierra. Todavía me importaban mi carrera y ayudar a los demás, pero sabía que primero tenía que concentrarme en mi felicidad, lo que significaba casarme con el hombre que amaba, tener hijos y disfrutar de cada momento.

Ese viaje lo había cambiado todo.

Tesoro levantó la cabeza y olfateó el aire. El pelo de su lomo se erizó y se puso en pie de un salto, con los ojos muy abiertos y alerta. Pensé que iba a salir corriendo tras los gansos o los patos, pero estaba de espaldas al estanque mientras miraba algo en el jardín.

Un horrible gruñido retumbó detrás de nosotros, visceral, furioso y cercano. Mi cuerpo se convirtió en hielo. Volvía a estar en el yate, con el monstruo.

Me di la vuelta y me encontré con un mastín de noventa kilos. Estaba mirando fijamente a Tesoro, y después giró la cabeza hacia Sophie, Spenser y Eric. Frunció los labios y enseñó los dientes. La baba goteaba de sus colmillos.

En mi mente, vi a Brad de rodillas, encorvado sobre el marino y comiéndose sus intestinos. Brad de pie debajo del mástil, arañando el aire, esperándome. Brad con carne colgando de la boca. Había muerto, pero el monstruo jamás desaparecería por completo.

Eric se puso de pie de un salto y cogió a Spenser y a Sophie en brazos, para protegerlos con su cuerpo. Tesoro bajó la cabeza, preparada para saltar.

Un gruñido bajo y gutural salió de la garganta del mastín y sus músculos se tensaron.

Planté un pie debajo de mí y cargué contra el animal, agitando las manos en el aire. La bestia se giró hacia mí.

—¡¡Largo de aquí, perro de mierda!! —grité.

El mastín retrocedió, sorprendido por mi agresividad. Giró la cabeza y se alejó al trote, con el rabo entre las piernas.

Miré a Eric y él sonrió. Dejó a Spenser y a Sophie en el césped y ellos se fueron corriendo a observar a los patos, sin dejarse perturbar por el ataque del perro.

—Pensé que proteger a nuestra familia era mi trabajo —dijo Eric con una sonrisa.

—Podemos protegernos los unos a los otros. No voy a dejar que nada haga daño a mi familia. Jamás.

Eric me tomó la mano y me besó.

Cuatro años antes, tenía miedo de muchas cosas. Pero ahora ya no tenía miedo de nada. El viaje me había dado ese regalo y siempre estaría agradecida por ello. Me quedaba mucho por hacer, y estaba capacitada y preparada para ello. Tenía pacientes que curar y niños que salvar. Tenía un marido al que amar y unos mellizos que criar. Cerré los ojos, dejando que el sol me calentara el rostro, y sonreí.

Tenía una vida que vivir.

Agradecimientos

Para escribir una novela hay que pasar muchas horas a solas con un manuscrito, pero ningún autor lo consigue sin ayuda. No podría haber terminado esta novela sin el apoyo de Cynthia Farahat Higgins; mi amor, mi mujer y mi vida. Ella es la persona más fuerte que conozco, y escribo mis libros por ella.

Mis padres, James y Nadya Higgins, me leían desde una edad muy temprana y han apoyado en todo lo que he hecho. Les atribuyo el mérito de avivar mi imaginación e instilar en mí el amor por las historias. No podría haber pedido unos padres mejores.

Los escritores deben aprender el arte de la escritura, pero el don de contar historias también es genético. Con eso en mente, me gustaría dar las gracias a mi abuelo Nejm Aswad, que era autor, poeta, filósofo, escultor y pintor. Ojalá hubiera vivido para leer mi primera novela publicada.

Mis lectores beta se enfrentaron con valentía a los primeros borradores de *Furia*, y les estaré eternamente agradecido por sus comentarios. Gracias a Cynthia Farahat Higgins, James Higgins, Nadya Higgins, Adam Meyer, Stacy Woodson, el doctor John Hunt, Stephen Cone, Susan Stiglitz, Matthew Stiglitz y Richard Elam.

Un buen grupo de escritura es el activo más valioso de un escritor, así que doy gracias por las certeras críticas de mis compañeros escribas de la Royal Writers Secret Society (Sociedad Secreta de Escritores Reales). Me siento honrado de ser miembro de un grupo tan talentoso. Además, gracias a los International Thriller Writers (Escritores de *Thrillers* Internacionales) por seguir apoyando a los escritores de misterio y *thriller* de todo el mundo.

He tenido el honor de que mi foto de autor la hiciera Rowland Scherman, ganador de un premio Grammy y talentoso fotógrafo que ha capturado la imagen de varios iconos de la cultura norteamericana. Puedes ver su trabajo en www.rowlandscherman.com.

Por último, gracias a Reagan Rothe y a todo el equipo de la editorial Black Rose Writing por darle la oportunidad a un autor novel.

CONCLUYÓ LA EDICIÓN DE ESTE LIBRO A
CARGO DE BERENICE EL 9 DE ABRIL DE 2024.
TAL DÍA DE 1920 NACE EN BARCELONA
VICENTE FERRER, FILÁNTROPO ESPAÑOL
CONSIDERADO UNA DE LAS PERSONAS MÁS
ACTIVAS EN LA AYUDA, SOLIDARIDAD Y
COOPERACIÓN CON LOS DESFAVORECIDOS
DEL TERCER MUNDO, QUE DESARROLLÓ SU
ACTIVIDAD PRINCIPALMENTE EN LA INDIA.